조선의 조직폭력배 검계
1

조선의 조직폭력배 검계1

초판 1쇄 찍은 날 2008년 11월 3일
초판 1쇄 펴낸 날 2008년 11월 10일

지 은 이 | 이수광
펴 낸 이 | 서경석

편 집 장 | 문혜영
책임편집 | 정은경

펴 낸 곳 | 도서출판 청어람
등록번호 | 제1081-1-89호
등록일자 | 1999. 5. 31
어람번호 | 제 9-0001호

주소 | 경기도 부천시 원미구 심곡동 163-2 서경B/D 3F (우) 420-010
전화 | 032-656-4452 **팩스** | 032-656-4453
http://www.chungeoram.com
E-mail | eoram99@chollian.net

ISBN 978-89-251-1542-9(SET)
ISBN 978-89-251-1543-6(04810)

조선의
조직폭력배

검계

이수광 역사 소설 1

OBELISK
오벨리스크

18세기 조선의 장외 인물들에게 바치는 헌사

역사소설, 혹은 팩션소설의 주인공들이 대부분 우리 역사에 한 획을 그었던 인물이었던 데 반해 이 소설의 주인공은 작가들이 소재로 채택하지 않던 조선의 장외 인물들이어서 흥미진진한 관심을 끌고 있다. 이들은 그동안에 실록에 한 줄씩 기록되었거나 개인 문집에 남아 18세기 여항인들을 어렴풋이 살펴볼 수 있었으나 이 소설은 특이하게 조선의 뒷골목을 주름잡던 조직폭력배 검계, 거지왕, 한의원, 기생, 양수척, 풍류객 등이 망라되어 풍성한 이야깃거리를 만들어낸다. 이들이 또한 대부분 실존 인물어서 더욱 흥미롭다. 검계 표철주, 거지왕 광문, 기생 분단은 박지원의 〈광문자전〉에, 포도대장 장붕익은 〈조선왕조실록〉과 〈장대장전〉에, 다모 이향은 〈다모전〉에, 검계 이영은 〈조선왕조실록〉에서, 사명당의 제자 사암 도인은 〈침구요결〉에 나오는 인물들이고 이들이 벌이는 행각도 각종 문집에서 차용하여 조선의 18세기를 리얼하게 복원하고 있다. 연쇄살인사건을 수사하는 포도청의 수사관들은 〈심리록〉과 〈흠흠신서〉, 〈증수무원록〉에서 원형을 찾을 수 있다. 숙종 말기에서 영조 초기를 배경으로 하는 조선의 18세기를 살았던 이 소설은 오히려 드라마틱한 정치사를 배경으로 민중들의 질곡의 삶을 담고 있다.

소설은 일단 재미있다. 흥미진진하게 읽힌다. 때로는 무협소설처럼 박진감이 넘치고 때로는 애정소설처럼 안타깝다. 그러면서도 미스터리 기법을 도입하여 양반의 부녀자들만 겁탈하고 살해하는 연쇄살인사건이 잇달아 발생하고 조직폭력과의 전쟁을 선포한 포도대장 장붕익의 활약이 눈부시게 전개된다.

안석경의 한문소설 삽교만록 〈검녀〉에 나오는 검녀를 차용하여 진사 소응천을 찾아가 3년을 같이 살다가 대장부다운 기개가 없다고 버리고 떠나는소설 1장, 검녀의 이야기부터 예사롭지 않다. 그녀의 무예는 입신의 경지에 이르고 있다. 중국 무협소설에나 나옴직한 지붕 위를 훨훨 날아다니는 무예의 고수 이야기는 허균의 〈장생전〉에서 차용했고 '양반을 살육할 것, 양반의 부녀자를 겁탈할 것, 양반의 재물을 약탈할 것' 등 행동강령까지 만들었던 조선의 검계(조직폭력)이야기는 〈국조보감〉에서 차용하고 있어서 더욱 생생하게 느껴진다. 이처럼 조선의 18세기를 살았던 다양한 인물들이 망라되어 소설을 이끌어간다. 그런가 하면 18세기 조선 경제의 파탄으로 유리걸식하는 민초들의 삶이 생생하게 드러나고, 대하와 같은 거대한 역사의 물줄기를 만나면서 소설은 대단원을 향해 숨가쁘게 달려간다.

소설은 검계 표철주가 주인공이다. 그는 흉년으로 부모에게 버림받고 유리걸식하다가 양수척의 데릴사위가 되고, 난전을 주름잡는 수먹패들과 싸우면서 점점 조직폭력의 세계에 빠져 들어간다. 숙종 말기와 경종 시대 한양의 조직폭력계을 평정한 표철주는 연잉군(훗날의 영조)의 호위무사가 되지만 노론과 소론의 치열한 당쟁으로 인한 목호룡 고변사건에 말려들어 정치적으로 이용을 당한다. 그는 주먹이나 권력이 부질없다는 사실을 비로소 깨닫는다.

　표철주는 느릿느릿 걸음을 떼어놓고 있었으나 어느 사이에 저만치 멀어져 있었고, 또 어느 사이에 하나의 점처럼 멀어지더니 보이지 않았다.

'축지법을 쓰는군. 검제가 신선이 되었는가?'

광문은 표철주가 사라진 벗둑에 망연히 서 있을 뿐이었다. 그가 서 있는 청계천 벗둑에 어둠이 서리서리 내리고 쏴아아, 밤바람이 불면서 나뭇잎이 우수수 떨어져 날렸다.

　소설의 마지막 부분, 주인공이 신선이 되어 사라지는 부분도 신비롭다. 마치 그동안에 펼쳐진 소설 속 세상도 그와 함께 사라지고 있는 듯하다.

문학평론가 유명우

  소옹천이 검녀의 옷차림을 살피자 머리에는 푸른 모직으로 만든 수건을 쓰고, 위에는 붉은 비단 적삼, 아래에는 눈처럼 하얀 비단 바지에 황색 수를 놓은 허리띠를 매고 있었다. 신발은 무소 가죽으로 만든 신발을 신었는데 손에는 싸늘한 검기가 뿜어지는 연화검 한 쌍을 들고 있었다. 백의녀는 소옹천에게 두 번 절을 하고 일어섰다. 백의녀는 눈 위에 발자국을 남기듯이 사뿐히 마당으로 날더니 돌연 외마디 기합성과 함께 칼을 허공으로 던지고 몸을 날려 옆구리에 끼었다. 처음에는 매화꽃이 사방으로 흩어져 꽃잎이 자욱하게 떨어지는 듯싶더니 중간에 원을 그리며 돌 때마다 푸른 섬광이 천지사방에서 번쩍였다. 그 사이사이로 백의녀는 고니와 학처럼 공중에서 자유자재로 날았다. 사람도 보이지 않고 칼도 보이지 않았다. 문득 백광이 동서남북으로 치고 부딪치면서 번쩍이더니 휙휙 하는 바람 소리가 귓전을 어지럽히고 하늘이 싸늘하게 얼어붙는 것 같았다. 잠시 후 외마디 기합성이 허공에서 터져 나오더니 뜰에 있던 나무가 베어지고 사람이 우뚝 서 있었다. 그러나 허공에는 여전히 푸른 검광이 자욱하게 난무하고 싸늘한 기운이 사람을 감고 휘돌았다.

—안석경의 『삽교만록』 중 검녀에서

劍芒

1

노으천의 첩 거녀

소응천의 첩 검녀

진사 소응천이 살고 있는 담양으로 가는 길은 가을색이 완연했다. 멀고 가까운 한길에는 따사로운 햇살이 부챗살처럼 퍼지고 있었고, 길가의 행자목(杏子木:은행나무)은 노랗게 물들어 바람이 일지 않는데도 하늘거리며 잎사귀를 떨어뜨리고 있었다. 청풍에 만산홍엽이다. 산들은 타는 듯이 붉고 들판은 눈부신 황금빛이었다. 들녘 어느 곳에서 가을걷이를 하고 있는 것인가. 청량한 바람결에 실려오는 농가월령가(農家月令歌) 한 자락이 아득하게 신명이 지펴 있었다.

죽립을 깊숙이 눌러쓴 백의녀는 고갯마루에 올라서자 담양의 한 마을을 시선 눈빛으로 내리니고있다. 첩첩 산들이 옹기게 있는 산 밑으로 그뒤 갑은 집들이 옹기종기 모여 있고, 농사천하지대본(農事天下之大本)이라 쓴 농기(農旗)가 세워져 있는 들판에는 흰옷을 입은 농부들이 벼를 베고 있었다.

"소응천 선생이 저 마을에 있겠구나. 과연 나같이 천한 계집을 반겨 맞아주실까?"

백의녀는 담양의 한 마을을 내려다보면서 낮게 중얼거렸다. 문득 가슴이 싸하게 저려왔다. 소응천은 생면부지의 선비다. 일면식도 없는 선비에게 일생을 의탁하러 가는 것이 얼마나 무모한 짓인가. 그러나 몇 해를 세상을 표랑해도 협기있는 사내를 만날 수가 없었다.

가자!

백의녀는 무디어져 가는 날을 세우듯이 입속으로 낮게 뇌까리고 걸음을 재촉하기 시작했다. 그녀의 걸음은 가볍다. 흡사 춤을 추듯이 사뿐사뿐 내딛는 걸음이었다. 나비가 꽃잎 위를 날 듯이, 바람이 풀잎 위를 스치듯이 그렇게 가을 햇살이 수선대는 오솔길을 가고 있다.

백의녀는 마을이 가까워질수록 이상하게 가슴이 설레고 눈앞이 몽몽해왔다. 내가 소응천 선생을 만나러 가는 것이 꿈결의 일이런가. 나는 정녕 꿈속을 가고 있는 것인가. 진사 소응천을 한 번도 만나지 못했으나 그가 쓴 충의록(忠義錄)을 읽은 뒤 자신도 모르게 사모하는 마음이 일어나 견딜 수가 없었다.

충의록은 왜적이 온 나라를 유린했던 임진년의 기록으로 동래부사 송상현의 장렬한 분투기였다. 그 책을 읽었을 때 백의녀는 벼락을 맞은 듯 몸을 떨었었다. 그래서 송상현의 사당에 가서 향을 피우고 절을 올린 뒤 충의록을 쓴 소응천을 찾아오고 있는 것이다.

소응천의 모습은 어렵지 않게 상상할 수 있었다. 검은 머리와 넓은 이마, 그리고 가슴까지 길게 늘어진 수염을 머릿속에 떠올리자 가슴이 타는 것 같았다. 잠을 자거나 눈을 감으면 그의 깊은 눈이 자신을 보고 있는 것 같아 소스라쳐 벌떡 일어난 일이 한두 번이 아니었다.

'나는 반드시 그를 찾아갈 거야.'

백의녀는 입술을 지그시 깨물었다. 과년한 여인이 사내에게 몸을 의탁하러 간다는 사실이 비루하게 여겨지기도 했다. 그러나 세속의 일에 신경 쓰지 않는 검녀(劍女)였다. 천하를 떠돌다가 모처럼 사모하는 상대를 찾게 되었는데 물러설 수가 없었다.

한길은 오롯이 담양의 마을로 향하고 있었다. 담양은 대나무의 고장이다. 한길 양편에 죽림이 무성하여 바람이 일 때마다 잎잎이 녹향을 뿜는 대나무 잎사귀들이 쏴아아, 쏴아아아 바람 소리를 내면서 물결처럼 출렁이고 있었다. 죽림은 청정하게 푸르렀다. 백의녀는 죽림을 지나면서 자신의 마음까지도 푸르게 푸르게 물드는 것 같았다. 잎새에 이는 바람도 상쾌했다. 죽림이 끝나자 논밭과 야산, 그리고 퇴락한 산간 마을이 이어졌다. 눈이 시리게 너른 황금빛 들판과 타는 듯이 붉은 야산에는 산국화가 무더기 무더기 피어 바람이 일 때마다 청정한 꽃향기를 날려 보내고 있었다.

백의녀는 촌락을 지났다.

행운유수(行雲流水).

백의녀의 걸음은 구름 같고 흐르는 물과 같았다.

담양의 시가에 가까이 이르자 집들이 다닥다닥 붙어 있고, 마을 곳곳에 행자목이 서 있었다. 행자목 잎사귀들은 노랗게 물이 들어 바람이 일 때마다 자욱하게 떨어져 날렸다.

백의녀는 길바닥에 노랗게 깔린 행자목 잎사귀를 밟고 사뿐사뿐 걸었다. 춤을 추는 듯 가뿐한 걸음걸이다. 이내 담양을 동서로 관통하는 시내가 나왔다. 시내의 둑에는 수양버들이 휘휘 늘어져 있었고 단풍잎이 둥둥 떠내려 오고 있었다. 시내에 반달처럼 걸린 부운교(浮雲橋·구름다리)를 건너자 배산임수(背山臨水) 형태로 빽빽한 대나무 숲을 배경으로 웅장한 와가(瓦家)가 한 채 서 있었다.

대나무는 군자의 상징이다.

백의녀는 집 뒤의 울울창창한 대나무 숲을 보자 가슴이 뻐근해 왔다.

담양서원.

진사 소응천이 서책을 읽고 글을 쓴다는 장원이었다. 장원의 정문에는 용사비등한 필체로 '潭陽書院' 이라고 쓴 현액이 걸려 있었다.

백의녀는 시야가 흐릿해져 왔다.

담양서원.

마침내 꿈에도 잊지 못하고 있던 담양서원을 찾아온 것이다.

진사 소응천은 자신의 앞에 그린 듯이 무릎을 꿇고 앉아 있는 백의녀를 무연히 응시했다. 충의록을 읽고 감격하여 찾아왔다고 하니 고맙기도 하지만 당혹스럽기 짝이 없었다. 남장을 했으나 계집이 자태가 여려했다. 가려린 몸에 화용월태의 자색이다. 크고 맑은 눈은 추수(秋水)처럼 서늘하고 입술은 앵두처럼 붉다. 백의녀는 소옹천이 선뜻 대답을 하지 않자 머리를 묶은 수건을 풀었는데 삼단 같은 머리가 어깨까지 늘어졌다.

"선생님의 명성을 듣고 사모해 온 지 오래되었습니다. 천한 몸이오나 선생을 모시는 것이 소원입니다."

목소리는 방울 소리가 귓전을 울리듯이 맑고 또렷했다. 어딘지 모르게 그녀의 목소리에서 칼날의 섬뜩한 예기가 느껴지기도 했다.

"당돌하다. 선비를 어찌 알고 이러한 행태를 보이느냐?"

소옹천은 눈을 부릅뜨고 백의녀를 꾸짖었다. 정암 조광조는 글을 읽을 때 그 목소리가 하도 낭랑하여 이웃집 처녀가 방에 뛰어들어 와 사랑을 고백하자 선비를 미혹한다면서 종아리를 때려 내쫓았다고 했다. 조광조와 같은 절조를 보이지는 못하더라도 계집에게 농락당하지는 않겠다고 생각했다.

"천하를 떠돌다가 오로지 선생에게 의탁하고자 찾아온 것이니 부디 허락하여 주십시오."

백의녀는 조금도 물러설 기색을 보이지 않았다. 마치 강짜를 부리는 것 같아 소옹천은 미간을 찌푸렸다. 그러나 백의녀의 요염한 미색이 선뜻 내치지 못하게 하고 있었다. 월궁항아라면 이처럼 어여쁠까. 나라를 망하게 한 경국지색의 서시라면 이처럼 요염할까. 소옹천은 자신의 눈앞에 앉아 있는 백의녀가 이 세상 사람 같지 않았다.

'성산월과 황진이를 처음 본 시골 선비가 요괴인 줄 알았더니 정녕 눈이 부신 미색을 갖고 있구나.'

소웅천은 자신도 모르게 마른침을 꿀컥 삼켰다. 성산월이 하루는 길을 가다가 날이 저물고 비를 만나서 선비가 글을 읽는 농가로 피했는데, 하룻밤 재워달라고 청하자 선비가 요괴인 줄 알고 쫓았다는 이야기가 있었다. 황진이도 너무나 예뻐서 시골 선비들이 요괴인 줄 알았다는 설화가 전해져 내려오고 있었다.

소웅천은 천지가 개벽한 이래 이런 일은 처음일 것이라고 생각했다.

"처녀의 모양새를 하고 선비를 유혹에 빠지게 하는 것은 부끄러운 일이다. 네 출신이 종이냐, 기생이냐?"

당돌한 것만으로 따진다면 기생일 것이라고 짐작되었다.

"종이옵니다. 주인이 멸문을 당하여 세상을 떠돌아다녔으나 청백지신은 더럽히지 않았습니다. 천하의 걸출한 선비를 모시려고 항상 몸을 깨끗하게 지켜왔습니다."

"네가 정히 그러한 뜻을 품고 있다면 내가 어찌 박정하게 대하랴."

소웅천은 백의녀를 첩으로 맞아들였다. 혼례를 올리고 첫날밤을 치르니 과연 청백지신이었다. 동뢰상을 앞에 놓고 합환주를 나누어 마신 뒤 족두리를 풀고 옷고름을 벗겼다. 소웅천이 백의녀의 몸에 감겨 있는 옷을 벗기내려고 하자 그녀는 무의식중에 손을 뻗어 제지하려고 했다. 소웅천은 자신의 손목을 움켜쥐는 백의녀의 손을 떼어내고 한겹 한겹 옷을 벗겨냈다. 여인의 몸을 보는 것이 처음은 아니었다. 그러나 소웅천은 백의녀의 희디흰 나신이 드러나자 마른침을 꿀컥 삼켰다. 눈부시게 아름다운 몸이었다. 소웅천은 두 눈이 붉게 충혈되는 것을 느끼며 백의녀의 몸에 자신의 몸을 실었다.

"아……."

백의녀의 젖은 입술이 벌어지면서 가늘게 신음이 흘러나왔다. 소응천은 백의녀와 황홀한 첫날밤을 보냈다. 비록 여종 출신에 지나지 않았으나 그녀는 빙기옥골의 아름다운 몸을 지니고 있었고, 그를 받들어 모시는 여인의 행실이 대갓집 규수 못지않게 맑은 숙행이 있었다. 소응천은 복덩어리가 굴러 들어온 듯 그녀를 애지중지하면서 사랑했다.

"부인의 이름은 무엇이오?"

하루는 소응천이 백의녀에게 물었다. 백의녀를 첩으로 들여앉힌 지 열흘이 되었을 때다. 소응천이 그녀의 출신 내력에 대해서 처음으로 물어본 것이다. 창밖에는 청승맞은 가을비가 흩뿌리고 있었다.

쏴아아, 쏴아아아!

비바람이 대나무 숲을 지나 창으로 들이쳐 여인의 따뜻한 품속이 그리운 밤이었다.

"성은 이가이고 이름은 향이옵니다."

백의녀가 미소를 머금고 다소곳이 대답했다.

"그대 주인은 어떤 사람이기에 멸문을 당하였소?"

소응천은 백의녀를 품속에 안고 물었다. 백의녀의 풍성한 머리숱에서 좋은 냄새가 풍겼다.

"때가 되면 말씀을 드릴 것이니 묻지 마소서."

백의녀는 소응천의 말에 대답하지 않았다.

"그대를 만난 것이 나는 나무꾼이 선녀를 만난 듯하오."

백의녀를 첩으로 들여앉힌 뒤로 소응천은 그녀의 주위에서 떠날 수가 없었다. 소응천은 낮이나 밤이나 백의녀와 함께 지냈다. 백의녀도 처음에는 미쁘게 생각하는 듯 교태까지 부리면서 소응천과 환애(歡愛)하는 것을 좋아했으나 시간이 흐르면서 얼굴빛이 어두워지고 서리가 내리듯이 싸늘해지기 시작했다.

"세상에 이름을 떨쳐야 할 선비가 책을 읽지 않고 어찌 첩의 치마폭에서 떠나지 않는 것입니까?"

해가 바뀌자 하루는 백의녀가 소응천을 엄중하게 꾸짖었다.

"핫핫핫! 내 그대를 사랑하여 책의 글자가 도무지 눈에 들어오지 않는다오. 천하제일의 미인이 나에게 있는데 책은 읽어서 무얼 하겠소?"

소응천은 백의녀를 끌어안고 말했다.

"첩을 사랑하는 것은 고마운 일이나 선비라면 세상에 이름을 떨칠 영웅의 풍도가 있어야 합니다. 첩의 치마폭을 떠나지 못하는 것은 소인배에 지나지 않습니다."

"소인배면 어떻소? 나는 그대의 평생을 같이하기를 바랄 뿐이오."

"과거를 보고 입신양명할 생각은 없으신가요?"

"그렇소. 과거 따위는 관심이 없소."

"그러시다면 첩은 천침(薦枕)을 들 수가 없습니다."

백의녀가 소응천을 뿌리치면서 냉랭하게 말했다. 백의녀의 아름다운 눈에서 푸른 서슬이 뿜어지고 있었다.

"어흠. 어찌 아녀자가 남정네에게 모욕을 주는 것인가? 고약하구나."

소응천은 백의녀로부터 잠자리를 거절당하자 얼굴이 붉어져 사랑으로 놀아갔다. 그런 일은 비교적 자주 있었다. 소응천은 백의녀에게 거절당한 일을 앙갚음이라도 하듯이 기방에 출입하고 여종을 비첩으로 삼아 환애했다. 백의녀는 더욱 입을 꾹 다물고 소응천을 멀리했다.

다시 해가 바뀌었다.

봄이 와서 꽃이 만개했으나 백의녀의 새침한 얼굴에는 수심이 깊어갔다. 소응천은 백의녀와의 사이에 보이지 않는 강이 흐르는 것 같고, 거대한 벽이 가로막고 있는 것 같기도 했다. 여름이 지나고 가을이 점점 깊어가면서 백의녀는 우두커니 생각에 잠겨 있을 때가 많았다. 소응천이 환심을 사려고 이것저것 물어도 대답을 하지 않고 소응천이 품으려고 해도 일체 허락하지 않았다.

"도성에 살주계가 판을 친다고 하더군."

하루는 소응천이 도성 한양 이야기를 백의녀에게 했다. 백의녀의 눈은 공허하게 허공을 더듬고 있었다. 마치 혼이 달아난 여자 같았다.

쏴아아, 쏴아아아!

담양서원, 소응천의 집에도 가을이 깊어가고 있었다. 뒤꼍의 대나무 숲을 스치는 바람 소리가 스산했다.

"살주계라고 하였습니까?"

소응천이 어떤 이야기를 해도 반응을 보이지 않던 백의녀가 갑자기 눈을 크게 뜨고 물었다.

"그렇소."

"살주계의 수괴가 어떤 자라고 하더이까?"

"어떤 자인지 알면 포도청이 벌써 추포했을 것이오. 양반의 부녀자들만 골라서 겁탈하고 살해하는데 그 탓에 한양이 발칵 뒤집혔다고 하오."

백의녀는 소응천의 말에 가만히 귀를 기울이고 있었다. 소응천은 그녀가 또다시 백일몽을 꾸듯이 허공을 더듬자 가슴속으로 찬바람이 불어오는 기분이었다. 어쩐지 그녀와 다시는 화합할 수 없을 것 같은 불길한 예감이 들었다. 그를 처음 찾아왔을 때도 목소리에서 섬뜩한 칼날의 예기가 느껴졌는데 지금 또한 칼날의 서늘한 기운이 느껴지고 있었다. 어쩌면 그것은 그와의 관계를 한 칼에 끊어버리는 매서운 일일 것이라고 생각했다.

소응천의 예감은 적중했다. 백의녀는 소응천을 찾아와 첩이 된 지 3년이 지나자 독한 술과 안주를 풍성하게 차려놓고 그녀가 거처하는 별당으로 소응천을 불렀다. 때는 만물이 약동하는 춘삼월, 상춘가절이었다. 소응천의 집 별당에는 복사꽃이며 살구꽃과 벚꽃이 흐드러지게 피어 살랑대는 봄바람이 불어올 때마다 긴한 꽃향기를 천지사방으로 날리고 있었다.

백의녀는 소응천에게 독한 술 몇 잔을 권한 뒤에 자신의 과거를 이야기하기 시작했다.

"저는 원래 한양의 어느 정승댁 여종이었습니다. 주인 아가씨와 같은 해에 태어나 동무처럼 지냈는데, 우리가 아홉 살 때 세도가에게 주인댁이 멸문을 당하고 우리만 살아남았습니다. 아씨와 저는 열 살이 되었을 때 검술

22

스승을 찾아다니다가 두 해가 지나자 간신히 스승 김체건을 만날 수 있었습니다."

김세선은 검선(劍仙)이라고 불리는 인물로, 일본까지 건너가서 왜검을 배우고 일본 무사들을 모조리 패배시킨 검객이다. 임금(숙종) 앞에서 검술 시범을 보일 때 재 위에서 한바탕 칼춤을 추었는데, 잿가루가 날리지 않아 관전하던 임금과 문무 대신들이 경악했다는 이야기가 풍문으로 나돌았다. 백의녀의 이야기는 계속되었다.

"저희는 검술을 배우기 시작한 지 다섯 해가 지나자 공중을 날아다닐 수 있었습니다. 아가씨와 저는 큰 도회지에 가서 이 재주로 수천 금을 벌어 보검 네 자루를 산 뒤에 원수를 찾아가 재주를 파는 사람들이라고 속인 뒤에 접근하여 달빛을 타고 칼을 휘둘렀습니다. 원수들은 순식간에 피를 흘리며 쓰러졌습니다. 베어진 머리가 수십이라 우리는 춤을 추면서 돌아왔습니다."

백의녀의 이야기에 소응천의 얼굴이 하얗게 변했다. 한낱 미색이라고 생각했던 백의녀가 그토록 무서운 여인이라고 생각하자 가슴이 세차게 뛰었다. 백의녀는 술을 권하여 소응천을 진정시켰다.

"아가씨께서는 목욕재계하시고 제수를 진설하고 선조들께 복수를 마쳤다는 사실을 고하셨습니다. 그리고 말씀하시기를, '나는 아들이 아니라 비록 세상에 살아 있더라도 끝내 대를 이을 수 없다. 남장을 하고 8년 동안 천리 먼 길을 종횡하였으니 설사 다른 사람에게 몸을 더럽히지 않았다고 해노 어찌 양갓집 규수라고 하겠느냐? 시집을 가려고 해도 필시 갈 곳이 없을 터이고 간다고 하더라도 어찌 마음에 맞는 장부를 만나겠느냐? 나는 사람을 죽였으니 자결할 것이다. 너는 두 자루 보검을 팔아 나를 묻어주면 내가 여한이 없겠다. 나를 묻고 난 뒤에는 반드시 천하를 주유하다가 걸출한 선비를 만나 처나 첩이 되도록 하여라. 너 또한 범상치 않은 기개와 영걸스런 기상이 있으니 어찌 평범한 사람을 달게 따르겠느냐? 라고 말씀하시고 아가씨께서는 칼날에 엎드려 죽었습니다."

소응천은 자신도 모르게 낮게 한숨을 내쉬었다. 부모의 원수를 갚고 자결한 백의녀의 아가씨가 장렬했다.

백의녀는 아가씨의 유언에 따라 두 자루 보검을 팔아 장사를 지내고 3년 동안 전국을 떠돌다가 호남에 영걸스러운 선비로 소응천이 제일이라는 말을 듣고 그를 찾아와 모시게 되었노라고 말했다.

"그대는 잘못 알았소. 나는 영걸스러운 선비가 아니오."

소응천이 창백하게 변한 입술을 열어 말했다.

"첩은 선생을 모신 뒤에야 그 사실을 알게 되었습니다."

"그러니 이제 무슨 소용이 있겠소."

"외람되니 첩이 몇 마디 충고의 말씀을 올리는 것을 허락해 주십시오."

백의녀는 가소로운 듯이 입언저리에 조소를 담아서 말했다.

"말하시오."

"첩은 선생이 걸출한 선비인 줄 알았으나 문장은 작은 재주에 지나지 않고, 천문, 사술, 율학, 산학(算學:주역점), 사주, 점, 부적, 도참 같은 하찮은 잡술밖에 모르니 세상을 다스리고 후세에 모범이 될 큰 도리에는 까마득하게 못 미칩니다. 그 걸출한 선비라는 명성이 너무 지나친 것이 아닙니까? 선생께서는 부디 삼가소서. 선생은 조심하여도 명대로 살기가 쉽지 않을 것입니다. 바라건대, 지금부터는 깊은 산속에 거처하지 마시고 전주(全州)같은 큰 도회지에 살면서 아전의 자식들이나 가르쳐 의식이나 족히 하실 뿐 다른 것을 바라지 않으시면 세상의 화는 면할 수 있을 것입니다. 저는 새벽이 밝아오면 작별 인사를 드리고 먼 바다와 산으로 떠날 것입니다. 다만 3년 동안 서방님으로 모시고 제 몸을 의탁하였으니 이별의 예가 없을 수 없고, 또 평생 닦은 무예를 끝내 숨겨서 한 번도 선생에게 보여드리지 않는 것도 박절하니 선생께서는 이 술을 한껏 드시고 마음을 굳건히 하시어 자세히 보소서."

백의녀는 미소를 지으면서 소응천의 잔에 술을 따랐다. 소응천은 경악하여 얼굴을 붉히고 벌벌 떨었다.

"첩이 마지막으로 올리는 잔이니 드십시오."

백의녀는 소응천에게 10여 잔의 술을 권하고 자신은 말술을 들이키더니 옷을 갈아입고 나왔다. 소응천이 검녀의 옷차림을 살피자, 머리에는 푸른 모직으로 만든 수건을 쓰고 위에는 붉은 비단 적삼, 아래에는 눈처럼 하얀 비단 바지에 황색 수를 놓은 허리띠를 매고 있었다. 신발은 무소 가죽으로 만든 것을 신었는데, 손에는 싸늘한 검기가 뿜어지는 연화검 한 쌍을 들고 있었다.

백의녀는 소응천에게 두 번 절을 하고 일어섰다.

백의녀는 눈 위에 발자국을 남기듯이 사뿐히 마당으로 날더니 돌연 외마디 기합성과 함께 칼을 허공으로 던지고 몸을 날려 옆구리에 끼었다. 처음에는 매화꽃이 사방으로 흩어져 꽃잎이 자욱하게 떨어지는 듯싶더니, 중간에 원을 그리며 돌 때마다 푸른 섬광이 천지사방에서 번쩍였다. 그 사이사이로 백의녀는 고니와 학처럼 공중에서 자유자재로 날았다. 사람도 보이지 않고 칼도 보이지 않았다. 문득 백광이 동서남북으로 치고 부딪치면서 번쩍이더니 휙휙 하는 바람 소리가 귓전을 어지럽히고 하늘이 싸늘하게 얼어붙는 것 같았다. 잠시 후 외마디 기합성이 허공에서 터져 나오더니 뜰에 있던 나무가 베어지고 사람이 우뚝 서 있었다. 그러나 허공에는 여전히 푸른 검광이 자욱하게 난무하고 싸늘한 기운이 사람을 감고 휘돌았다.

백의녀의 검술은 가히 신기에 가까웠다. 소응천은 벌벌 떨다가 끝내는 정신을 잃고 쓰러져 백의녀가 술을 데워 먹인 뒤에야 가까스로 회복될 수 있었다.

이튿날 새벽, 백의녀는 소응천에게 하직 인사를 올린 뒤 남장을 하고 홀연히 떠났다.

《국조보감(國朝寶鑑)》 숙종조에 다음과 같은 기록이 있다.

…조정에 등용되지 못하던 얼자들과 백정, 겸인들이 서로 모여 계(契)를 만드니, 혹은 살략계(殺掠契)라 하고 혹은 홍동계(鬨動契)라 이르고 혹은 검계라고 불렀다. 밤에 남산에 올라 태평소를 불어서 군사를 모으는 것같이 하고, 혹은 중흥동(重興洞)에 모여 진법을 연습하는 것같이도 하며, 혹은 패거리는 사람의 재물을 추격하여 탈취하기도 하여 간혹 인명을 살해하는 일까지 있었다. 청파(靑坡) 근처에 또 살주계(殺主契)가 있었는데, 목내선의 송노 또한 들어 있어 목내선이 즉시 잡아 죽였다. 좌우 포도청에서 7, 8명을 체포하여 그 계의 책자를 얻었는데, 그 약조에, '양반을 살육할 것, 부녀자를 겁탈할 것, 재물을 약탈할 것' 등이 있었고, 또 그 무리가 모두 창포검(菖蒲劍)을 차고 있었다.

칼꽃

2

양반 부인 연쇄 살인 사건

殺人 양반 부인 연쇄 살인 사건

쏴아아, 쏴아아아!

오동나무 잎사귀를 흔드는 바람 소리가 음산하게 들려왔다. 그것은 저 깊은 땅속 멀고 아득한 무저갱에서 들려오는 아수라의 울부짖음처럼 음산하고 황량했다. 문틈으로 바람이라도 새어 들어오는 것일까. 숙부인(淑夫人:정3품 당상관의 적처에게 내리는 첩지) 최씨는 등잔불이 꺼질 듯이 일렁거리자 미간을 살짝 찌푸렸다. 안국동에 있는 호조참판 정귀주의 내실이다. 사대부가의 규방답게 윗목에는 삼문장(三門欌:조선시대의 장롱)과 경대가 놓여 있고 대청 쪽 벽으로 문갑장이, 뒷문 쪽으로는 사대부 평생을 그린 여덟 폭의 병풍이 세워져 있다.

여종 나구댁이 바느질을 하다가 말고 등잔불 심지를 돋우기 시작했다. 숙부인 최씨는 남편인 호조참판 정귀주가 입을 조복을 바느질하다가 말고 눈을 깜박거렸다. 영감(令監:정3품 이상과 종2품의 품계를 부를 때 사용하는 호칭)은 오늘도 늦는 모양이다.

"내 나이 이제 겨우 중년에 이르렀는데 벌써 영감인가?"

정귀주는 영감이라는 말을 늙은이에 대한 호칭이라면서 껄껄대고 웃었다.

아이들은 사랑채에서 공부를 하다가 잠이 들 것이다. 인현왕후 복위 문제가 불거지면서 서인과 남인의 대립이 날카로워지고 있었다. 정귀주는 서인이기는 하지만 당색은 미약했다. 어쩌다가 학문을 배운 스승이 서인의 거두 김수항이었기 때문에 자타가 서인의 당으로 취급했으나 스스로는 붕당을 하지 않는다고 선언했다. 남인 쪽에서는 위장이라고 주장했고 서인 쪽에서는 절의가 없다고 비난했다.

'오늘은 기필코 일찍 퇴청하여 만리장성을 쌓을 테니 준비하시오.'

아침에 등청할 때 정귀주가 귓전에 속삭이던 말을 떠올리자 최씨는 갑자기 몸이 더워지면서 얼굴이 화끈거렸다. 준비를 하라는 것은 아들 둘을 사랑채에서 재우고 딸을 건너방에서 재우라는 뜻이다. 정귀주는 이 며칠 대리청정 문제로 조관들과 상의를 하고 끼리끼리 모여 다니느라고 언제나 술에 절어서 집에 돌아오곤 하여 부부가 같이 살을 맞댈 시간이 없었다.

딸은 아직 두 살밖에 되지 않았으나 건너방에서 재우고 있다. 기사환국(己巳換局:1689년 원자 정호 문제로 인해 서인이 축출되고 남인이 정권을 장악한 사건)으로 진도로 유배를 갔던 정귀주가 돌아와서 낳은 딸이었다. 사랑채에서 공부하고 있을 막내아들과 열 살이나 터울이 진다. 정귀주가 10년 동안 유배살이를 하던 생각을 하면 최씨는 자다가도 벌떡 일어나곤 했다. 유배를 가 있는 사람도 고통스러운 일이겠지만 집에서 가족들을 돌보아야 하는 안주인에게도 10년은 다시는 되돌아가고 싶지 않은 고통스러운 나날이었다.

"그만 일어나시게. 진 서방이 기다릴 게야."

최씨가 바느질을 하다가 말고 나주댁에게 나직한 목소리로 일렀다. 진서방은 최씨네 집에서 일을 하는 남종이다. 나주댁과 혼례를 올려 남매를 두고 있다. 아직 건시(乾時:밤 8시30분부터 9시30분까지)밖에 되지 않았지만 도성이 부녀자 연쇄 살인으로 뒤숭숭했다. 최씨는 부녀자 연쇄 살인 사건을 생각할 때마다 몸을 부르르 떨었다. 부녀자들은 한결같이 하체가 벗겨지고 난도질을 당해 죽어 있었다. 살해를 당한 부녀자들은 죽는 순간까지 얼마나 고통스러웠을까. 포도청에서는 삼엄하게 순시를 돌고 양반가의 부인들은 해만 떨어지면 문밖출입을 삼갔다. 살인범이 양반가의 부녀자들만 능욕하고 살해한다는 소문이 파다하게 퍼졌기 때문이다. 벌써 양반가의 부녀자가 셋이나 살해되어 민심이 흉흉했다.

"마님, 아직 나리께서 퇴청하지 않으셨잖아요?"

나주댁이 졸린 눈을 들어 최씨를 바라보았다. 곱게 빗어서 가르마를 탄 뒤에 뒤로 묶어 옥비녀를 꽂은 최씨의 모습은 언제 보아도 단정했다. 전형적인 사대부가의 부인으로 맑은 숙행을 갖고 있었다.

"오늘도 늦으시는 게지. 걱정하지 말고 돌아가서 쉬게. 바람도 부는데 어서 들어가 봐야지. 막내 놈이 어미가 없으면 잠을 못 잔다고 하지 않았

는가?'

최씨의 얼굴에 온화하고 넉넉한 미소가 번졌다.

"예. 그놈이 아직도 어미젖을 만져야 잠을 잡니다."

나주댁이 부끄러운 듯이 얼굴을 붉히면서 바느질거리를 챙겼다. 최씨는 나주댁이 인사를 하고 밖으로 나가자 자신도 바느질하던 조복을 한쪽으로 밀어놓았다. 바느질은 얼마 남지 않았으니 내일 아침 한나절이면 충분할 것이다. 종루에서 인정을 칠 때까지 지난밤에 읽던 언문소설 사씨남정기(謝氏南征記)를 읽을 작정이었다. 나주댁이 문간채로 가기 위해 중문을 나서는 소리가 들렸다.

'아이들이 이불이나 덮고 자는지 살펴야지.'

최씨는 등롱을 켜 들고 밖으로 나왔다. 따뜻한 방에서 나오자 밤 기온이 제법 서늘했다. 내정 서쪽 담장 가까이에 우뚝 서 있는 오동나무 뒤로 어둠에 덮여 있는 인왕산 한 자락이 보였다. 가을이 깊어가고 있는 것인가. 오동나무 잎사귀를 스치는 바람 소리가 더욱 황량하고 음산했다. 최씨는 사랑채로 걸음을 재게 놀렸다. 사위가 캄캄하여 어두웠으나 사랑채까지는 눈을 감고도 갈 수 있었다. 방문을 열고 들어가자 아들들은 방이 더운 탓인지 이불을 걷어차고 자고 있었다. 최씨는 등롱을 내려놓고 이불을 덮어주고 밖으로 나왔다. 섬돌에 서서 잠시 하늘을 쳐다보았다. 하늘에 잿빛 구름장들이 빠르게 이동하고 있는 것이 보였다.

'이제 곧 겨울이 닥쳐오겠구나.'

최씨는 하늘을 쳐다보고 낮게 한숨을 내쉬었다. 가을이 가면 가난하고 무력한 사람들에게는 더욱 춥고 긴 겨울이 닥쳐올 것이다. 남편 정귀주가 유배를 갔을 때도 겨울을 지내는 일이 가장 고통스러웠다.

최씨는 내당의 방으로 들어선 순간 이상한 한기가 감돌고 있는 것을 느꼈다. 초저녁에 불을 지폈기 때문에 방바닥은 아직도 따뜻했다. 그런데도 알 수 없는 한기가 방 안을 감돌고 있었다. 문득 살인마가 양반의 부녀자들을 능욕하는 모습을 떠올리고는 몸을 부르르 떨었다.

'공연한 생각이지.'

최씨는 고개를 흔들고 아랫목에 펼쳐져 있는 이부자리로 갔다. 저고리와 치마를 벗어서 횃대에 걸고 속옷 차림으로 이부자리에 앉아서 사씨남정기를 펼쳤다.

최씨는 사씨남정기를 읽다가 깜박 잠이 들었다. 시간이 얼마나 되었는지 알 수 없었다. 최씨는 길게 하품을 하고 등잔불을 끄고 이불 속으로 들어갔다. 얼마나 잠을 잤을까. 잠이 깊지 않아서 문득 누군가 자신의 몸을 애무하고 있는 것을 희미하게 느낄 수 있었다.

'누굴까?'

최씨는 이상하게 눈을 뜰 수가 없었다. 아니, 눈을 뜨는 것이 두려웠다. 내 몸을 애무하고 있는 것이 남편이 아니라면 어떻게 해야 한다는 말인가. 최씨는 두려움으로 누군가 자신의 몸을 더듬고 있는 것을 뻔히 알면서도 눈을 뜰 수가 없었다. 사내는 최씨의 속적삼 위로 가슴을 만지고 있었다. 거친 숨소리가 느껴졌다. 사내의 손이 최씨가 입고 있는 저샅 밑으로 들어왔다. 최씨는 전신이 오그라드는 것 같았다. 그것은 얼음처럼 차가운 손이었다.

'이러면 안 돼.'

최씨는 자신의 몸을 더듬는 손이 남편 정귀주가 아니라는 사실을 깨닫고는 속으로 낮게 부르짖었다. 자신의 속적삼 밑으로 손을 넣어 가슴을 만지는 사내는 남편이 아니었다. 남편이 아니라면, 내 가슴을 만지는 사내가 남편이 아니라면 여기서 중단해야 한다. 더 이상 계속하면 커다란 죄악이 될 것이고 그녀는 절개를 유린당하게 되는 것이다. 최씨는 그렇게 되지 않기를 간절히 빌었다. 최씨가 속으로 부르짖는 소리를 듣기라도 했는지 가슴을 만지던 손이 멈칫했다.

최씨는 낮게 한숨을 내쉬었다. 그런데 이것이 꿈인가 생시인가. 최씨는 눈꺼풀이 천근처럼 무거워져 다시 눈을 감았다.

'어?'

그때 무엇인가 또다시 적삼 밑에서 가슴을 움켜쥐는 바람에 최씨는 소스라치게 놀랐다. 캄캄한 어둠 속이었다. 그러나 무엇인가 그녀의 가슴을 함부로 희롱하고 있었다. 그녀는 갑자기 몸이 더워지는 것을 느끼고 가늘게 신음소리를 토해 냈다.

'아, 안 돼!'

다음 순간 최씨는 정신이 번쩍 들어 몸부림을 치면서 사내의 손을 떼어내려고 했다. 그러나 손이 전혀 움직이지 않았다. 이제 사내는 어둠 속에서 그녀의 속바지를 벗기고 있었다.

'어, 어떻게 이런 일이…….'

36

최씨는 꿈을 꾸고 있는 기분이었다. 이런 일은 처음 겪는 일이었다. 최씨는 발버둥을 치려고 했다. 그러나 최씨는 결박이라도 당한 듯이 꼼짝을 할 수 없었다. 이내 속바지가 벗겨지고 속치마가 위로 걷어 올려졌다. 최씨는 선뜻한 공기를 맨살로 느꼈다. 그와 함께 무엇인가 육중한 것이 그녀의 몸 위로 올라와 자신을 덮쳐누르는 것을 느꼈다.

사내는 바둥거리는 계집의 허벅지를 무릎으로 찍어 누르고 속적삼의 옷고름을 풀었다. 그러자 계집의 희고 탐스러운 유방이 어둠 속에서 뽀얗게 드러났다. 눈이 부시게 하얀 가슴이었다.

"흐흐……."

사내는 두 손으로 계집의 따뜻하고 물컹한 가슴을 움켜쥐었다. 계집이 그때서야 정신을 차린 듯이 육향을 물씬 풍기면서 사내의 가슴팍을 떠밀었다. 사내는 육중한 체중으로 계집을 찍어 누른 뒤 속치마 안으로 한 손을 불쑥 밀어 넣었다. 계집이 기겁하여 허리를 비틀면서 어쩔 줄을 몰라 한다. 소리를 지르면 안팎의 사람들이 다 들을 것이니 소리도 지르지 못한다. 속치마 안으로 들어와 농탕질을 하는 사내의 손을 밀쳐 내느라, 안간힘을 쓰면서 발버둥을 치고 있을 뿐이었다. 양반가의 부인네들을 유린할 때마다 사내가 깨우친 것은 그녀들이 결코 소리를 지르지 못한다는 사실이었다. 외간남자와 이야기만 해도 간음을 했다고 하여 처벌을 받는 조선시대 여인들이 아닌가. 외간남자에 의해 옷이 벗기지거나 당하지 않아도 정조를 잃었다고 하여 시집에서 쫓겨나게 된다. 이 계집도 그 사실을 깨닫고 있는 것이다. 소리를 질러서 집안 식구들이 깨어나면 죽는 것만 못하다.

얌전한 자태의 계집이었다. 옥색의 저고리에 남색의 풍성한 치마를 입고 있는 것을 낮에 잠깐 운종가에서 보았을 때 저 계집이다 하는 생각을 했었다. 단정하게 가르마를 타서 비녀를 꽂은 머리, 옥처럼 깨끗한 피부를 갖고 있어서 호의호식하는 양반가의 계집이라 다르긴 싶었다. 몸종인 듯한 아낙네 하나를 거느리고 쓰개치마를 둘러쓴 계집의 뒤를 밟아서 집을 알아두었다. 봉긋한 입언저리와 저고리를 블록하게 떠받치고 있는 두 개의 젖무덤, 그리고 풍성한 치맛자락이 감싼 둔부를 생각하자 하초가 불끈거리고 일어났다.

"말 좀 물읍시다. 저 댁이 뉘 댁이오?"

사내는 이웃집에서 나오는 겸인으로 보이는 자에게 물었다. 갓을 쓰기는 했으나 양반이 아닌 중인이다.

"참판 영감 댁이오. 무슨 일인데 그러시오?"

겸인으로 보이는 자가 사내의 아래위를 훑어보면서 물었다.

"한성판윤 댁을 찾는데 이 댁이 아닌 모양이군."

"이 댁은 호조참판 댁이오. 한성판윤 댁은 삼청동이라고 압니다."

겸인이 퉁명스럽게 내뱉고 휘적휘적 걸어갔다.

'호조 참판 정귀주라……. 흐흐, 서인의 족속이로군.'

사내는 속으로 쾌재를 불렀다. 사방이 캄캄하게 어두워지고도 한참이 지난 뒤에야 사내는 다시 호조참판 정귀주의 집 앞에 나타났다. 이미 거시가 가까운 시간이다. 사방은 조용하고 안국동 주택가는 인적이 끊어져 있었다. 그는 주위를 한 바퀴 둘러보더니 휘익 하는 바람 소리와 함께 담 위로 날아올랐다. 마치 한 마리 제비가 물을 차고 오르듯이 날렵한 몸놀림이었다. 그는 빠르게 담 위를 달려서 지붕으로 올라갔다. 마치 한줄기 바람처럼 옷자락만 펄럭였을 뿐 소리는 들리지 않았다.

집 안의 남정네는 하인들뿐으로 행랑채에 있었다. 아이들은 사랑채에서 자고 있었다. 행세깨나 하는 양반이라 독선생까지 모셔놓고 글공부를 하다가 잠이 든 것이다. 계집은 중년의 아낙네와 내실에서 두런두런 이야기를 하면서 바느질을 하고 있었다. 내실에서 흘러나오는 아슴한 불빛에 여인들의 그림자가 비쳤다.

사내는 지붕에 앉아서 만호 한양 장안을 눈으로 더듬었다. 캄캄하게 어둡던 하늘은 구름이 이동하면서 둥근 달이 얼굴을 드러냈다. 지붕 위에서 보는 한양은 고루거각이 즐비했으나 교교한 달빛이 쏟아져 신비스러울 정도로 푸른 기운에 둘러싸여 있었다. 사내는 달빛 아래 적막한 장안의 모습을 더듬다가 눈을 크게 떴다.

'저게 뭐지?'

저 멀리 지붕 위에서 조심스럽게 움직이는 물체가 있었다.

'쳇, 양상군자(梁上君子:대들보에 숨어 있는 도둑)들이군.'

도둑의 무리가 저 멀리 대갓집의 지붕 위를 돌아다니고 있었다. 도둑의 무리 역시 몸놀림이 빨라서 흰옷을 입은 허깨비들이 우쭐우쭐 날아다니는 것 같았다.

'어?'

사내는 도둑의 무리 뒤에 또 다른 물체가 어른거리는 것을 보고는 깜짝
놀라 몸을 바짝 웅크렸다.

'흥! 좌포도청 종사관 장붕익과 다모로군.'

장붕익과 다모가 지붕 위로 날아올라 도둑의 무리를 포박하고 있었다.
지붕 위를 돌아다닐 정도의 도둑이라면 한양에서 이름 난 도둑인데 장붕익
과 다모에게 걸렸으니 재수가 없는 놈들이라고 생각했다. 지붕 위에서 획
획 하는 바람 소리가 들리고 도둑의 무리와 장붕익의 무리가 어우러졌다.
그들은 마치 춤을 추듯이 허공에서 일전을 벌였다. 사내의 예상대로 장붕
익과 다모는 간단하게 도둑의 무리를 제압하여 지붕을 내려갔다.

쏴아아, 쏴아아아!

바람이 일면서 정귀주의 집 서쪽 담장 안에 있는 오동나무가 몸을 부르
르 떨었다. 사방을 푸르게 비추던 달이 다시 구름에 가려져 사방이 캄캄하
게 어두워졌다.

그때 계집의 방에서 문이 열리고 중년의 아낙네가 나와서 신발을 끌면
서 행랑채로 돌아갔다. 여종이 바느질을 마치고 행랑채로 자러 가는 모양
이었다.

'저 계집은 어찌 불을 끄지 않는 것일까?'

사내는 내실의 방에 불이 환하게 켜져 있는 것을 보고 고개를 갸우뚱했
다. 계집이 내실에서 나와 등롱을 들고 사랑채로 걸어갔다. 계집은 아이들
이 잠을 자고 있는 것을 살피려는 것이다.

'자식놈은 알량하게 챙기는군.'

40

계집은 아이들이 잠든 사랑채에 갔다가 다시 돌아왔다. 그러나 이번에도 잠을 자지 않고 책을 읽고 있었다. 방문에 책을 읽는 그림자가 비치고 있었다. 사내는 허리춤에 차고 있던 호리병을 꺼내 술을 마시기 시작했다. 계집이 잠이 들려면 한참을 기다려야 할 것 같았다. 과연 계집은 삼경이 가까워져서야 불을 끄고 자리에 누웠다.

'흐흐…… 이제야 잠을 자는군.'

사내는 한줄기 연기처럼 몸을 솟구쳐 안채의 지붕으로 날아갔다. 답보설흔, 눈 위에 발자국을 남기지 않는다는 경신술이다. 사내는 지붕 위에서 소리없이 섬돌로 떨어져 내렸다. 방문 앞에 이르렀으나 사위는 기척 하나 없이 조용했다. 밤이 깊어가면서 바람도 자고 풀벌레조차 울지 않았다. 모든 것이 적막하고 푸른 달빛에 둘러싸여 있을 뿐이다. 그러나 감각이 유난히 예민한 자들은 안다. 영적인 존재들, 밤의 세계에만 활동하는 것들이 허공중에 부유하고 있다는 것을. 사내는 문을 살며시 열고 방 안으로 연기처럼 스며들어 갔다. 벽에 등을 바짝 기대고 어둠이 눈에 익기를 기다렸다. 숨소리를 죽이고 아랫목 쪽을 노려보았다. 여자가 아랫목의 이부자리 위에서 자고 있었다. 계집이 코를 고는 소리가 가늘게 들렸다. 사내는 계집의 옆으로 조심스럽게 다가갔다. 계집은 아직도 인기척을 느끼지 못하고 있었다. 삼경이 넘어서야 잠이 들었으니 죽음처럼 깊은 잠을 자고 있을 것이다.

'양반의 부인이니 이런 짓을 당해도 싼 거야.'

사내는 마음을 다잡았다. 양반의 계집이니 추호도 동정을 할 필요가 없다고 생각했다. 계집을 내려다보다가 바지저고리를 벗고 알몸이 되었다.

남정네가 돌아오면 한 칼에 쳐 죽이면 된다. 사내는 계집의 속적삼 위로 가슴을 애무했다. 계집은 아직도 잠에서 깨어나지 않고 있었다. 사내는 이번에는 속적삼 밑으로 손을 넣었다. 물컹한 가슴이 손바닥에 잡히면서 뜨거운 열기가 전신으로 순식간에 줄달음을 쳤다. 사내는 한 순간 멈칫하여 밖의 동정에 귀를 기울였다. 순라군이라도 지나가는 것인가. 골목에서 사람들이 떠드는 소리와 발자국소리가 들리더니 이내 점점 잦아들었다.

사내는 계집을 다시 살폈다. 잠이 깰 듯하던 계집은 다시 깊이 잠들어 있었다. 사내는 계집의 적삼 밑으로 손을 넣어 부드럽고 탐스러운 가슴을 움켜쥐었다. 잠결에 남자의 손길을 의식한 계집이 가늘게 입을 벌리고 신음소리를 토해냈다.

'계집이 스스로 느끼는 것인가?'

사내는 계집의 위로 올라가 몸을 실었다. 계집이 그때서야 화들짝 놀라서 사내의 손을 떼어내려고 했다. 사내는 코웃음을 치면서 속치마 안으로 손을 넣어 속바지를 잡아당겼다. 계집이 속바지를 움켜쥐고 발버둥을 쳤다. 사내는 계집의 속적삼 옷고름을 잡아챘다. 옷고름이 풀어지면서 앞섶이 벌어져 풍만한 젖무덤이 드러났다. 계집이 당황하여 두 손으로 자신의 가슴을 감싸 쥐었다. 사내는 그 틈에 계집의 속바지를 힘껏 잡아당겼다. 계집의 속바지가 매미 껍질처럼 훌렁 벗겨졌다.

쾅쾅쾅!

부서질 듯 대문을 요란하게 두드리는 소리에 포도청 종사관 장붕익(張鵬

翼)은 눈을 번쩍 떴다. 꿈인지 생시인지 몽롱한 의식을 헤집으며 그를 부르는 소리가 빗줄기가 장대질을 하듯이 요란하게 귓전으로 쏟아졌다. 지난밤에 억수처럼 쏟아지던 비가 아직도 쉬지 않고 내리는 것인가. 그 소리들을 뚫고 아귀아귀 귓전을 후벼 파는 것은 분명 좌포도청 오작사령 순돌의 목소리였다. 그러나 장붕익은 선뜻 몸을 일으킬 수가 없었다. 목이 타는 듯한 갈증과 함께 천장이 빙빙 도는 것 같았다.

'무슨 놈의 계집이 사내놈보다 술이 세단 말인가?'

어지러운 의식 속에서 다모 이향의 그림 같은 얼굴이 떠올라왔다. 천연하고 요염한 안색에 눈이 가을 호수처럼 서늘하고 깊었다. 장붕익은 이향의 얼굴을 떠올리자 비로소 정신이 맑아졌다.

'망할 놈의 계집.'

장붕익은 이향을 생각하자 아련한 그리움으로 몸이 달아올랐다. 다모이니 출신이 비천할 것이고 첩으로 들여도 좋을 것이다. 그러나 이향은 한사코 그를 거부하고 있었다.

"종사관 나리!"

다시 대문을 쾅쾅 두드리는 소리에 섞여 포도청의 오작사령 순돌의 목소리가 귓전을 울렸다.

"웬 놈이냐?"

장붕익은 소리를 버럭 질렀다. 순돌의 목소리라는 것을 뻔히 알면서도 종사관의 위엄을 세우기 위해 허세를 부린 것이다.

"나리, 소인입니다."

"웬 놈이냐고 묻지 않았느냐?"

"아, 소인도 모르십니까? 아직 술이 덜 깨신 모양입니다."

순돌의 말투는 뻔한 수작을 하지 말라는 것이다. 주리를 틀 놈 같으니. 감히 종6품 포도청 종사관에게 대거리하는 말투 하고는. 그러게 천생 종놈인 게야. 장붕익은 구시렁대면서 방에서 나와 대문의 빗장을 풀었다.

"아이고, 아직도 한밤중입니다요. 의관도 정제하지 않고…… 맨발에…… 쯧쯧, 이러니 대감마님께서 장가를 가라고 성화시지."

순돌이 끌끌대고 혀를 찼다. 장붕익은 들은 체도 하지 않고 우물에 가서 푸득푸득 세수를 하고 발을 씻었다. 지난밤에 퍼붓듯이 쏟아지던 장대비는 말짱하게 개고 볕이 쨍쨍했다. 장독대 앞으로 붉은 깨꽃이 한 무더기 소담스럽게 피어 있고 앵두나무 아래로 옥잠화도 몇 송이 피어 있었다. 장붕익은 물 한 바가지를 떠서 벌컥벌컥 마셨다. 시원한 샘물이 목줄기를 넘어 뱃속으로 들어가자 비로소 정신이 맑아지는 것 같았다. 장붕익을 따라오면서 주절주절 잔소리를 늘어놓던 순돌은 담장 너머를 기웃거리고 있었다. 담장 너머는 천영루라는 기루였다.

"이놈아, 뭘 하고 있는 게야?"

장붕익은 널찍한 손으로 순돌의 뒤통수를 한 대 후려쳤다. 천영루는 기원이니 혹여 기생이라도 볼까 해서 기웃거리는 것이다.

"아따, 꽃구경 좀 하려고 그러는데 왜 때립니까?"

"썩을 놈 같으니, 포도청에 불이라도 났냐! 왜 아침부디 호들갑을 떨어?"

"아침이라니요? 오시가 가까워졌습니다요."

"벌써 오시야?"

"오시라니까요. 그나저나 터졌어요. 또 터졌습니다요."

순돌이 담장을 내려오면서 호들갑을 떨었다.

"터지긴 뭐가 터져, 이놈아? 앞뒤 싹둑 자르지 말고 알아듣게 얘기를
해."

순돌이 숨이 턱에 차서 득달같이 달려온 것은 포도청에 분명히 일이 터
졌기 때문이다. 장붕익은 속이 쓰리고 아팠으나 방으로 들어와 주섬주섬
관복을 챙겨 입기 시작했다.

"뭘 그렇게 보는 거야?"

순돌은 의뭉스러운 눈빛으로 장붕익의 아랫도리에 시선을 꽂아놓고 있
었다. 장붕익은 순돌의 능글거리는 시선을 따라 자신의 아랫도리를 내려다
보았다. 어쩐지 아랫도리가 묵직하더라니, 이놈이 또 주책없이 뱀 대가리
를 치켜들고 있네. 장붕익은 저절로 한숨이 흘러나왔다.

"나리, 포장을 쳤습니다."

순돌이 실실 웃으면서 빈정거렸다. 장붕익의 바지 앞섶이 민망할 정도
로 부풀어 있었기 때문이다.

"이놈이!"

장붕익이 손을 치켜들자 순돌이 구르듯이 저만치 달아났다.

"호호, 빨리 장가를 가서야겠습니다. 뭣하면 다모라도 깔고 누르시든
지……."

"시끄럽다, 이놈아."

"하긴 뭐, 나리 실력으로 다모 아가씨 깔고 누르려고 했다가는 뼈도 못 추리겠지만."

"이런 식충이 같은 놈!"

장붕익은 다시 가까이 와서 나불대는 순돌의 뒤통수를 한 대 후려쳤다. 다모 이향의 검술 솜씨가 장안 제일이라는 것은 아는 사람이 많지 않다. 장붕익도 아직 그녀의 신기에 가까운 무예 솜씨를 제대로 본 일이 없었다.

"이번에는 누구의 부인이냐?"

장붕익은 관복을 입고 칼까지 찬 뒤 좌포도청 쪽으로 가면서 순돌에게 물었다. 순돌이 터졌다는 것은 부녀자 연쇄 살인 사건이 또 터졌다는 것을 말하는 것이다.

"호조참판 댁 부인이랍니다. 반송정에서 시신이 발견되었습니다."

"호조참판 댁?"

장붕익은 운종가로 걸음을 놓다가 숨이 멎는 듯했다. 호조참판이면 정3품이다. 지금까지 살해된 양반의 부인네들 남편 중 가장 높은 직급이다. 드디어 검계들이 조정 대신의 부인들까지 겁탈하고 살해하는 것인가. 살주계가 기승을 부리나니. 장붕익은 모골이 송연해져 오는 것을 느끼면서 저윽이 나와 걸음을 재게 놀리기 시작했다. 운종가는 오시가 가까웠을 뿐인데도 상인들과 물건을 사려는 사람들로 길거리가 미어터지고 있었다. 장붕익은 걸음을 재게 놀려 운종가를 벗어났다. 호조참판 댁 숙부인이 변을 당했다면 인근께서도 좌시하지 않을 것이다. 아무래도 검계와의 한판 전쟁이 벌어질지도 모른다. 장붕익은 전신이 팽팽하게 긴장되는 것을 느끼면서 걸음을 재촉했다.

'말짱하군. 저게 어디 여자인가?'

좌포청 앞에 이르자 포청 다모 이향이 기다리고 있었다. 지난밤에 포교들과의 회식이 있어서 술을 그렇게 퍼마셨는데도 얼굴이며 옷매무새가 단정했다. 포졸옷을 입고 벙거지를 쓰고 있었으나 불룩하게 솟아 나온 가슴이며 풍만한 둔부가 한눈에 다모라는 것을 알 수 있었다. 옆에 가까이 오자지분 냄새가 물씬 풍겼다.

"종사관 나리, 청에 안 들르십니까?"

장붕익이 돈의문 쪽으로 걸음을 재촉하자 이향이 따라붙으면서 물었다.

"현장에 가야지 청에는 왜 들러?"

장붕익은 퉁명스럽게 내뱉고 걸음을 재촉하다가 멈칫했다. 6조 거리의 이조 아문(衙門:관청의 문) 앞을 지나 검은 삿갓을 쓴 사내가 걸어오고 있었다. 걸음걸이와 사내의 일신에서 풍기는 기도가 범상치 않았다.

'살주계의 검계인가?'

장붕익은 전신이 팽팽하게 긴장되는 것을 느꼈다. 삿갓을 푹 내려쓰고 있어서 얼굴은 보이지 않았으나 전형적인 검계의 차림새였다. 손에는 지팡이를 들고 있었다. 한눈에 지팡이 안에 칼이 숨겨져 있다는 것을 알 수 있었다. 검계는 발가벗었을 때 몸에 칼자국이 없으면 가입할 수가 없다. 낮에는 잠을 자고 밤에 활동하는데 속에는 비단옷을 입고 겉에는 폐의(敝衣:남루하고 해진 옷)를 입었다. 맑은 날에는 나막신을 신고 비가 오거나 흐린 날은 가죽신을 신었다. 삿갓의 위쪽에 구멍을 뚫고 삿갓의 구멍으로 사람을 살핀다.

'호패를 보자고 할 걸 그랬나?'

장붕익은 삿갓을 쓴 사내가 멀어지자 기묘한 안도감을 느꼈다.

모화관(慕華館) 북쪽의 반송정(盤松亭)에 이르자 관복을 입은 포졸도 몇 명 눈에 띄었다. 그들은 어디선가 나타난 아이들을 쫓느라고 정신이 없었다. 아이들 옆에는 하릴없는 마을 아낙네와 노인 몇 명이 나와서 자기들끼리 웅성거리고 있었다. 장붕익은 포졸들 옆을 지나다가 한마디 했다.

"이봐, 아이들은 그냥 놔둬! 아이들이 목격자일지도 모르잖아?"

장붕익이 크게 소리를 지르자 포졸들이 머쓱한 표정을 지었다.

"가까이 오게 하지만 말아. 현장을 훼손하기도 하고 아이들이 시체를 보는 것도 좋은 일은 아니니까."

장붕익은 포졸들에게 지시하고 걸음을 빨리했다. 현장이 가까워질수록 가슴이 뛰기 시작했다. 포졸들이 삼엄한 경비를 하고 있는데도 어른들은 시체를 구경하는 일이 허용되고 있는 모양이었다. 현장 주변에 사람들이 잔뜩 몰려들어 웅성거리고 있었다. 장붕익은 야산으로 빠르게 걸어 올라갔다.

'아······.'

장붕익은 시체 앞에 이르러 눈살을 찌푸렸다. 뒤를 따라 올라온 다모 이향과 순돌도 할 말을 잃은 듯이 바짝 다가가서 시체를 내려다보고 있었다. 시체는 비참하게 살해되어 있었다. 시체가 입고 있는 속치마와 속적삼이 지난밤에 내린 비와 핏자국이 섞여 걸레처럼 흥건하게 젖어 있었다.

"신발이 없습니다."

이향이 장봉익의 귓전에 낮게 속사였다. 시체가 납치되어 살해당했다는 뜻이다.

"겉옷이 없는 것을 보면 잠을 자다가 납치된 거야."

장봉익은 시체를 보자 입을 가리고 몸을 돌렸다. 시체는 부패가 시작되어 구더기와 파리 떼가 들끓고 있었다. 속에서 구역질이 올라오고 있었으나 동네 사람들이 보고 있어서 간신히 참았다. 살해된 시체는 30대 후반으로 보이는 여자였다. 장봉익은 울렁거리는 속을 간신히 진정시키고 시체를 자세히 살피기 시작했다. 시체는 풀숲에 반듯하게 누워 있었다. 얼굴은 둥그스름한 편이고 검은머리가 산발한 것처럼 어지럽게 흩어져 있었다. 잠을 자기 위해 입고 있었던 듯 하얀 속치마는 위로 걷어 올라가 있었고 흰색 속적삼은 풀어헤쳐져 허연 젖무덤이 그대로 드러나 있었다. 그러나 여기저기 자창(刺創:찌른 상처)이 있었고, 자창은 유엽상(柳葉傷:버드나무 잎사귀 모양의 상처)으로 벌어져 있었다. 그 상처에 구더기와 파리 떼가 꼬여든 것이다. 여자의 시체는 지난밤에 내린 비에 잔뜩 부풀어 있었다. 그러나 상반신과 하반신이 알몸인 채로 그대로 드러나 있어서 도발적인 분위기를 풍겼다.

'역시 연쇄 살인이야.'

양반가의 부인네만 능욕하고 살해하는 살주계 살인마의 짓이다. 장봉익은 시체 앞에서 물러났다. 목에 시퍼런 멍 자국이 있었으나 사인은 가슴에서 흘러내린 피로 인한 실혈사(失血死)일 가능성도 있었다. 어느 쪽이든지 범인은 잔혹하기 짝이 없는 놈이었다. 장봉익은 검험반이 올 것에 대비하여 시체를 건드리지 않고 물러나 사방을 살폈다. 햇볕은 고즈넉하고 바람은 산들거렸다. 살인 사건이 일어난 현장과는 도무지 어울리지 않는 이질적인 풍경이었다.

한성부 판윤(정2품) 최석항이 좌윤과 우윤(종2품), 서윤, 판윤(종5품), 참군(參軍)을 비롯하여 검험반을 거느리고 현장으로 올라오기 시작했다. 살인 사건이 일어나면 해당 수령이 반드시 임석하여 검험을 하게 되어 있기 때문에 한성판윤이 직접 올라오고 있는 것이다. 포졸들이 달려와 굽실거리고 인사를 하면서 길을 열고 판윤 최석항 일행은 걸음을 서둘렀다. 장붕익은 깊숙이 고개를 숙였다.

"음."

장붕익을 발견한 한성부 판윤 최석항이 고개를 끄덕거리고 지나갔다. 장붕익은 순돌에게 범인이 남긴 것이 없느냐고 물어보았다. 범인은 호패 하나와 종이쪽지 하나를 남겼는데 종이쪽지에는 '양반을 살육하라, 양반의 부녀자를 겁탈하라, 양반의 재물을 약탈하라' 라고 쓰여 있다고 했다. 예상대로 살주계가 저지른 짓인 것이다. 최석항을 비롯하여 한성부 검험 관리들이 여자의 시체를 육안으로 살피기 시작했다. 검험반은 시상(屍帳:시세 검험 조사서)을 기록하는 서리에서부터 의생, 오작사령까지 10여 명이나 되었다. 모두들 한성부에서 잔뼈가 굵은 수사관들이었다. 장붕익은 검험반 옆에서 시체를 관찰하기 시작했다. 벌써 네 번째 발생하고 있는 엽기적인 살인 사건이었다.

"경부에 교살흔(絞殺痕:목을 조른 흔적)이 있습니다."

의생이 시체를 살피면서 시장을 기록하는 서리에게 말했다. 화원은 옆에서 빠르게 시형도(屍形圖:시체의 모습을 그린 그림)를 그리기 시작했다.

"손으로 교살한 것인가?"

최석항이 의생 이종칠에게 물었다. 의생은 오랫동안 한성부에서 봉직했기 때문에 품계가 종6품이었다.

"그렇습니다."

이종칠이 시체의 목 주위를 살피면서 대답했다.

"그럼 목을 졸라 살해한 후 시신을 여기에 유기한 뒤에 난자한 것인가?"

"그렇지 않습니다. 목 양쪽에 목을 조른 손자국이 있으나 치명상은 아닙니다. 보시다시피 왼쪽 유부(乳部:젖가슴) 아래 큰 자상(刺傷)이 있는데 유엽상으로 상처가 벌어져 있습니다. 사람의 상처는 살아 있을 때 찌르면 상처가 버드나무 잎사귀 모양으로 벌어지고, 죽어 있을 때 찌르면 상처가 벌어지지 않습니다. 다른 상처도 다 유엽상입니다."

"그렇다면 여기서 칼에 찔려 살해된 것이고 사망 원인은 다량의 실혈사군."

판윤 최석항이 결론을 내렸다. 범인은 장안 어디에선가 여인의 목을 조른 뒤 이곳으로 납치하여 살해한 것이다. 놈이 살인을 즐긴 것이라고 생각하자 소름이 돋았다.

"맞습니다."

"사망 시기는 언제인가?"

"시체의 경직도나 부패 정도를 살필 때 사흘 이내로 보입니다."

의생 이종칠은 시체의 유방을 함부로 만지고 국부를 자세하게 살폈다. 시체를 만지는 것은 의생과 오작사령만의 특권이다. 그는 오작사령의 도움을 받아 시체를 자세하게 검험했다. 혹시라도 독살을 당했는지 살피기 위해 은봉(銀棒)을 입 안에 넣어보기도 하고 콧구멍을 찔러보기도 했다. 비녀를 뽑아 머리카락 속을 샅샅이 살피기도 했다. 의생이 머리카락까지 살피는 것은 독침을 사용했는지의 여부를 알기 위해서였다.

한성부 판윤의 검험이 완전히 끝난 것은 한 시진이 지났을 때였다. 검험 결과는 반항을 하지 않았고, 목을 졸랐으나 치명상은 아니고, 다량의 실혈이 사망 원인이고, 흉기는 특별하게 제작된 칼이라고 했다.

"범인이 증거를 남겼을지 모르니 주위를 샅샅이 수색해."

판윤 최석항이 현장의 수사 요원들을 모아놓고 지시했다. 장붕익은 다모 이향과 오작사령 순돌을 거느리고 풀숲을 수색하기 시작했다. 순돌은 오작사령이기도 하지만 종사관인 장붕익에게 배정된 관노이기도 했다. 범인이 떨어뜨린 유류품을 찾는 것은 쉬운 일이 아니었다. 지난밤에 비가 왔기 때문에 핏자국까지 씻겨 내려갔고 발자국도 남아 있지 않았다. 한 시진을 풀숲을 수색했으나 예상했던 대로 범인이나 피해사의 유류품은 나오지 않았다. 장붕익은 현장 주위에서 유류품을 찾는 것을 포기하고 목격자들을 탐문하기 시작했다. 현장 주위는 인가가 멀리 떨어져 있었으나 은장과 나무꾼 부부, 농부 등 세 집이 살고 있어서 어린아이부터 노인까지 불러다가 심문했다. 그러나 그들을 심문해도 사건 당일을 전후하여 수상한 자를 목격한 사람이 한 사람도 없었다.

좌포도청 이인하(李仁夏) 대장이 김필곤 선임 종사관을 거느리고 현장으로 달려온 것은 장봉익이 현장에서 철수하려고 할 때였다. 장봉익은 직속 상관이었기 때문에 좌대장 이인하 앞으로 달려가서 부동자세로 인사를 했다. 이인하는 살인 사건이 일어난 것이 장봉익의 책임이기나 하듯이 싸늘한 시선으로 쏘아보고 현장으로 달려 올라갔다.

"좌대장님 눈에서 서릿발이 내리네요."

이향이 팔짱을 끼고 이인하의 뒷모습을 바라보면서 중얼거렸다.

"호조참판 부인이 살해되었으니 우리 대장님 사타구니에 불이 나는군."

순돌이 낄낄대고 웃었다.

"객쩍은 수작 하지 말아요."

이향이 팔 뒤꿈치로 순돌의 옆구리를 내질렀다. 순돌이 이향의 어깨에 슬며시 손을 올려놓았기 때문이다. 순돌이 옆구리를 움켜쥐고 억 소리를 내뱉었다. 장봉익은 순돌에게 한마디 하려다가 피식 웃었다. 그때 반송정 아래서 도포 자락을 펄럭이며 한 사내가 엎어질 듯이 빠르게 달려오고 있는 것이 보였다. 장봉익은 눈살을 찌푸리고 사내를 쳐다보았다. 키가 작고 몸집이 통통한 사내였다.

사내가 가까이 오자 여자들이 웅성거리기 시작했다. 죽은 여자의 남편인 호조참판 정귀주였다. 장봉익은 정귀주를 보자 마음이 답답해졌다. 얼마나 지독하게 운이 나쁜 사내인가. 여자의 시체에 접근하려는 정귀주를 포졸들이 제지했다.

"물러서라! 나, 나는 남편이다!"

정귀주가 떨리는 목소리로 소리를 질렀다. 장붕익은 포졸들에게 고개를 끄덕거렸다. 피해자의 남편에게 시체를 보게 하지 않을 수는 없었다. 마을 여자들과 이야기를 나누고 있던 포졸들의 시선이 일제히 정귀주에게 쏠렸다. 한성부 판윤과 좌대장 이인하가 정귀주와 인사를 나누었다. 그들은 정귀주를 위로하고 있는 듯했으나 그는 귀에 들어오지 않는 표정이었다. 정귀주는 시체의 참혹한 모습 때문인지 넋을 잃은 표정으로 시체를 내려다보다가 두 손으로 얼굴을 감싸 쥐었다. 그는 한참 동안 그러고 있었다. 장붕익은 정귀주의 모습을 예의 주시했다. 범인은 언제나 피해자의 주변에 있다. 수사관들이 초동수사를 할 때 놓치지 말아야 하는 것이 피해자 가족의 반응이다. 정귀주의 눈에서 갑자기 눈물이 흘러내리기 시작했다. 좌대장 이인하가 정귀주의 어깨를 두드렸다. 그는 엉엉 소리를 내어 울었다. 장붕익은 콧날이 시큰해 왔다. 그때 붉은 철릭을 휘날리면서 내금위 위사가 달려왔다.

"명소패를 가지고 왔군."

이향이 붉은 철릭을 휘날리면서 이인하에게 달려가는 사내를 보고 어두운 표정으로 중얼거렸다. 명소패는 임금이 신하를 부를 때 사용한다. 호조참판 부인이 살해당한 것이 임금에게까지 알려진 것이다. 내금위 위사는 좌대장 이인하에게 명소패를 건네고 무엇인가 낮게 말했다.

"좌대장은 부르고 왜 한성판윤은 부르지 않지?"

순돌이 고개를 갸우뚱하면서 의아한 표정을 지었다. 장붕익도 그 점이 의아했다. 도성에서 일어나는 모든 살인 사건은 포도청이 수사를 하지만 한성부의 지휘를 받는다. 책임자가 한성부 판윤인 것이다. 이내 내금위 위사가 돌아갔다.

"전하에게 보고를 드려야 하니 조사한 것을 낱낱이 고하게."

좌대장 이인하가 검험반을 모아놓고 지시했다.

좌대장 이인하는 머리를 잔뜩 조아리고 엎드려 있었다. 어전은 물속처럼 조용하게 가라앉아 있었다. 경복궁의 편전인 사정전(思政殿)이었다. 배석한 형방승지 노인한, 좌의정 민정중, 형조판서, 병조판서도 임금의 하명을 기다리고 있었다. 벌써 양사(兩司:사헌부와 사간원)에서 도성의 치안을 제대로 확보하지 못한 한성부 판윤과 좌우 포도대장을 엄중하게 추고하라는 합사를 올리고 있었다.

'전하께서는 어찌하여 한성부 판윤은 부르지 않고 나를 부르신 것인가?'

무신인 포도대장이 입시를 하는 것은 드문 일이었다. 그러나 이인하는 좌대장의 직위에서 파직된다고 해도 어쩔 수 없는 일이라고 생각했다. 그동안 검계들과 목숨을 걸고 전쟁을 벌여오다시피 했다. 좌포도청에서 기찰이 심하고 벌이 극악하다고 하여 원성이 자자했다. 그러나 좌포도청 종사관 장붕익이 수하들을 거느리고 청파동의 살주계를 비롯하여 왕십리, 송파나루, 마포나루, 용산 차부(車夫) 등 곳곳에서 검계들을 소탕해 왔다. 검계들은 포도청으로 잡혀들이는 즉시 칠지하게 신문하여 사형에 처할 죄인이 아니면 곤장을 때리고 노비로 보내거나 수군(水軍)에 충당했다. 수군에 충당하는 것은 사형에 처하는 것 다음으로 가장 무서운 형벌이었다. 수군에 끌려가면 군영에서 매일같이 곤장을 맞고 중노동을 했다. 좌포도청에서 검계를 소탕하기 위해 각고의 노력을 하고 있는데도 연쇄 살인범이 활개를 치고 있어서 얼굴을 들 수가 없었다.

이인하는 상소문을 읽고 있는 임금의 용안을 힐끗 쳐다보았다. 임금은 약간 길음한 얼굴에 눈매가 길게 찢어져 있었다. 역대 어느 임금보다도 상벌이 무섭다고 정평이 나 있는 임금이다.

"중신의 부인이 참변을 당했다고 한다. 어찌 이런 일이 있을 수 있는가?"

임금이 상소문을 모두 읽은 뒤 중신들을 향해 무겁게 입을 열었다.

"망극하옵니다."

중신들이 일제히 머리를 조아렸다.

"범인이 어떤 자인지 실마리라도 잡았는가? 좌대장이 답하라."

임금이 이인하를 쏘아보면서 하문했다. 찌르듯이 날카로운 하문이다. 우대장 신여철은 병중이라 좌대장인 이인하만 불러온 것이다.

"아뢰옵기 송구하오나 살주계의 소행으로 보이옵니다."

이인하는 임금이 어떤 벌을 내릴지 알 수 없어서 등술기로 식은밤이 흘러내렸다. 양반가의 부녀자들만 골라서 능욕하고 살해하는 살인마에 대해서는 아직 실마리조차 잡지 못하고 있었다.

"지난번에도 살주계의 소행이라고 했는데 아직도 꼬투리를 잡지 못한 것인가?"

임금의 옥음이 높아졌다. 은은하게 노기가 서린 임금의 옥음에 이인하는 바짝 긴장했다.

"망극하옵니다."

이인하는 더욱 납작 엎드렸다. 범인을 잡지 못하는 것은 포도청의 책임이다.

"범인을 잡을 방도가 없는 것인가?"

"세조 때에 종친 이석산의 살인 사건이 발생했는데 여러 달이 지나도 범인을 잡지 못하자 현상금을 내건 일이 있습니다. 이번에도 현상금을 걸고 백성들이 자발적으로 고변하게 하는 것이 어떠하올는지요?"

좌의정 민정중이 아뢰었다. 이석산 살인 사건은 반송정 밑에서 눈을 빼고 음경이 베어진 시신이 발견되어 당시에 도성이 발칵 뒤집혔던 사건이다. 여러 해가 흘렀으나 아직도 범인에 대해서 구구한 억측이 나돌고 있었다. 조정에서는 범인이 검거되지 않자 현상금으로 면포 50필을 내걸고, 관리에게는 1품계를 승차시키고 평민에게는 벼슬을 준다는 포상을 내걸었다.

"절목을 마련하여 시행하라."

임금이 세조 때의 고사를 알고 있는 듯이 윤허했다. 부녀자 연쇄 살인범에게 현상금을 내걸라는 지시다. 범인을 잡는 자가 관리면 품계가 오르고 평민이면 관리가 된다.

"예."

이인하는 머리를 깊숙이 숙였다.

"사건이 잇달아 발생하여 민심이 흉흉한데 좌우대장은 꼬투리 하나 잡지 못하고 있습니다. 이는 근무에 태만한 것이니 파직하소서."

대사헌 양종수가 아뢰었다. 이인하는 양종수의 말에 드디어 올 것이 온 것 같아 가슴이 철렁했다. 좌대장에서 파직되는 것은 두려운 일이 아니었으나 수사에서 배제되는 것은 견딜 수 없었다. 이인하는 부녀자 연쇄 살인범을 반드시 자신의 손으로 잡고 싶었다. 사헌부는 관리들에 대한 감찰도 하지만 탄핵을 하는 것이 중요 업무이니 사헌부 책임자인 대사헌이 나서는 것은 당연한 일이었다.

"사건을 수사하고 있는 대장을 파직하는 것이 능사는 아니다."

임금이 윤허하지 않았다.

"우대장은 병중이라 일 처리에 있어서 미진합니다. 우대장은 체차하셔야 하옵니다."

대사헌 양종수가 우대장 신여철만이라도 체차할 것을 요구했다. 연쇄 살인이 또다시 발생했는데 아무도 책임을 지지 않을 수는 없는 일이었다.

"우대장을 체차하라."

임금이 잠시 생각에 잠겨 있다가 영을 내렸다. 포도대장이 병들어 있으면 새로운 대장을 뽑는 것이 당연한 일이다.

"예. 삼가 영을 받들겠사옵니다."

"좌대장은 남고 모두 물러가라."

임금의 영이 떨어지자 중신들이 일제히 머리를 조아리고 물러갔다. 잠시 어색한 침묵이 흘렀다. 임금이 중신들을 물리치고 좌대장과 독대를 하는 것은 전례가 없는 일이다.

"수사는 어떻게 하고 있는가?"

임금이 이인하를 가까이 부른 뒤에 하문했다.

"좌포청 종사관 장붕익이 전담하고 있습니다. 장붕익과 그 아래 포교와 다모까지 밤에는 잠을 자지 않고 도성 안을 돌아다니면서 살주계의 흉한을 찾고 있습니다. 조만간 검거할 것이옵니다."

"지난번에 한 번 놓친 일이 있다고 하지 않았는가?"

"그러하옵니다. 피 묻은 옷을 입은 왈짜가 있다는 고변이 들어와서 장붕익이 기습했으나 그자의 검술이 워낙 신묘하여 놓쳤다고 하옵니다."

"호오! 검술이 그토록 뛰어난가? 장붕익은 무예가 출중하지 않은가?"

임금은 살인마에 관심을 기울이고 있었다.

"장붕익은 무과에 급제하여 장안에 이름난 무인인데 그자 또한 범상치 않았다고 하옵니다."

"용모파기(容貌疤記:몽타주를 그려 수배하는 것)를 하였는가?"

"날이 어두워 범인의 얼굴을 제대로 보지 못해 정확한 용모파기를 그릴 수 없었습니다. 하오나 전력으로 쫓고 있으니 기필코 잡아들일 것입니다."

"음."

임금이 낮게 신음을 삼켰다. 이인하는 문득 고개를 들어 임금의 용안을 쳐다보았다. 임금이 대전 내시를 불러 무엇인가 낮게 지시하고 있었다. 대전 내시가 이인하에게 가까이 다가와서 소매 속에서 엽전 한 꾸러미를 꺼내 앞에 놓았다.

"내탕금이다. 수고하는 좌포도청 관리들에게 나누어 주라."

"황공하옵니다."

이인하는 범인을 검거하지 못했는데도 임금이 내탕금을 하사하자 깜짝 놀랐다.

"남인들은 어떠한가? 이번에 살해된 부인의 남편인 호조참판도 서인이 지 않는가?"

"망극하옵니다. 남인에 대해서는 조사하지 않았사옵니다."

"남인을 조사하라. 남인들이 살주계를 빌미로 서인을 공격하고 있는 것이다."

"예."

이인하는 머리를 잔뜩 조아렸다. 임금이 느닷없이 남인을 조사하라는 영을 내린 것을 이해할 수 없었다.

"물러가라."

"신 물러가옵니다."

이인하는 머리를 깊숙이 조아리고 내탕금을 주워 어전에서 물러나왔다. 임금은 남인들을 의심하고 있다. 어찌 남인이 서인을 공격하기 위해 부인들을 살해한단 말인가. 이인하는 문득 임금이 남인을 대대적으로 숙청하려고 하는 것이 아닌가 하는 생각이 들었다. 그러자 머리끝이 쭈뼛해지고 찬물을 끼얹은 것처럼 전신으로 소름이 돋았다.

정씬 주민 은참(戀婚)이 유언서를 살사(殺死)하였다. 초검장에 이르기를 이 달 초이틀 도장 김몽룡의 급한 보고에 방금 관문 밖에 한 백성이 붉은 물건을 어깨에 메고 허리에 누르고 북북를 횅이석 品서읽아 위어다 물으니 개(狗)의 창자라 하여 다시 물으니 원수의 창자라고 하였다. 불러서 조사하니 죽은 부친 윤덕규가 집안의 서족(庶族) 윤언서에게 죽임을 당하였으므로 윤언서를 척살하여 원수를 갚은 뒤에 그 창자를 몸에 감고 왔다고 했다.

—정약용의 『흠흠신서』에서

3

죽은 부모에 대한 복수

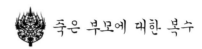 죽은 부모에 대한 복수

　전국의 물산이 모이는 송파나루는 난전이 번다하고 크기로 유명했다. 송파나루는 영남과 강원, 충청, 경기의 동쪽 내륙지방에서 충주 목계나루를 통해 올라오는 물산의 집결지이고, 서해의 물산은 한강을 통해 송파나루로 와서 다시 내륙으로 내려간다. 서해에서 오는 물산은 소금, 미역, 생선 등이고, 내륙에서 올라오는 물산은 쌀, 면포, 담배, 땔나무 등이었다. 송파나루는 객주가 270여 호나 되는 조선시대 10대 상설시장의 하나였다. 이는 시전상인들이 금난전권(禁亂廛權:조선 후기 육의전(六矣廛)이나 시전상인이 난전(亂廛)을 금지시킬 수 있었던 권리)을 피하기 위하여 삼남 지방이나 관동 지방에서 들어오는 물품들을 이곳에서 미리 사들여 징사를 하기 때문에 노매업이 크게 발달한 탓이었다.

장춘삼 일가는 송파나루 시전에서 고리를 파는 양수척이었다. 버들가지를 잘라 삶아서 껍질을 벗긴 뒤에 바구니나 대리키 같은 그릇을 만들어 경기 지역 일대를 떠돌면서 행상을 하여 팔기도 하고 노전을 차려놓고 팔기도 했다. 집과 노전이 붙어 있어서 천민이라도 끼니 걱정 없이 살고 있었다. 장춘삼은 40대 후반으로 넉넉한 풍채를 갖고 있는 장한이고, 영달이라는 처남과 오 씨 성을 갖고 있는 부인, 말 못하는 예분이라는 딸과 함께 일가를 이루고 살고 있었다. 위인이 부지런하고 호인이어서 이웃 사람들이 모두 좋아했다. 그런데 하루는 행상을 나갔던 장춘삼이 12, 3세의 소년 하나를 집으로 데리고 왔다. 머리는 더벅머리인데 얼굴에는 땟국물이 줄줄 흐르고, 옷은 누덕누덕 해진 핫바지 차림이었다. 때는 한겨울이었다. 눈보라가 사납게 몰아치고 있어서 살을 엘 듯한 추위에 소년은 몸을 바들바들 떨고 있었다.

　　"여보게, 춘삼이. 어디서 비렁뱅이를 주워온 건가?"

　　포목전을 하는 박씨가 소년을 데리고 오는 장춘삼에게 물었다. 박씨는 장춘삼보다 서너 살이 위였으나 체신없이 염소수염을 길러 바짝 늙어 보였다.

　　"황해도 재령 땅에서 주웠습니다."

　　장춘삼이 팔리지 않은 고리를 잔뜩 지게에 지고 오면서 대답했다.

　　"비렁뱅이를 어디에 쓰게?"

　　"모르지요. 생목숨 죽이기는 것을 볼 수 없어서 데려왔습니다."

　　"흐흐, 아들 삼으려나?"

"아들도 삼고 사위도 삼지요."

장춘삼은 포목전 박씨의 수작에 허허 웃으면서 대거리를 했다. 소년의 이름은 표철주였고, 몸을 씻기고 새 옷을 입히자 제법 이목구비가 반듯했다. 기이한 것은 장춘삼의 딸 예분이 표철주를 씻기고 옷을 입힐 때 눈을 깜박이면서 신기한 물건을 보듯이 표철주를 끝까지 지켜본 것이다. 장춘삼의 딸은 원래 예분이라는 이름을 갖고 있었으나 사람들은 부를 때 예쁜이라고 불렀다. 호인인 장춘삼과 오씨는 표철주에게 잔일을 시키면서 집에서 키우기 시작했다. 표철주는 눈썰미도 좋고 성품이 서글서글하여 장터 사람들이 장춘삼이 어디서 자신을 빼닮은 아이를 데려왔다고 했다. 속없이 불만이 많은 영달도 걸핏하면 표철주의 머리통을 쥐어박기는 했으나 소갈머리가 없을 뿐 미워하지는 않았다.

장춘삼의 딸 예분은 말을 하지 못했다. 천한 장사치에 지나지 않지만 끼니 걱정 없이 살고 있는 장춘삼 내외를 유일하게 한숨짓게 하는 것이 딸 예분이었다. 예분은 아홉 살이었으나 사람들을 보면 백치처럼 해실대고 웃었다.

"하늘도 공평하지 않지, 사람 좋은 춘삼이에게 어찌 저런 백치 딸을 낳게 했을까?"

사람들은 해실대고 웃는 예분을 보면서 혀를 찼다. 그런데 표철주가 장춘삼의 집에 오면서 예분이 표철주를 오라비처럼 따르기 시작했다. 표철주도 예분을 싫어하지 않아서 밖에 나들이를 갈 때면 으레 예분의 손을 잡고 갔다.

"호호호, 저것들 하는 짓거리 좀 보세요. 마치 신랑 각시 같지 않아요?"

오씨는 표철주와 예분이 같이 다니는 것이 보기 좋은 듯이 흐뭇해했다.

"내가 저놈을 잘 데리고 왔지."

장춘삼도 만족하여 허허 웃었다. 사실 장춘삼이 황해도 재령 땅에서 추위와 굶주림으로 죽어가는 표철주를 데리고 온 것은 예분 때문이었다. 몇 년 만 지나면 예분이를 시집보내야 했으나 말을 하지 못해 마땅한 신랑감을 고르지 못할 것이라고 생각한 장춘삼은 표철주를 키워서 사람이 무던하면 예분의 신랑을 삼으려고 했던 것이다. 오씨는 장춘삼의 이야기를 듣고 처음에는 마뜩치 않아 했으나 둘이서 오누이처럼 친하게 지내는 것을 보고는 마음을 바꾸었다. 무엇보다도 예분이 표철주를 지극하게 따르고 있었다. 예분은 멍석을 깔고 앉아서 고리를 짤 때도 표철주를 빤히 쳐다보고 식사를 할 때는 반찬을 표철주 숟가락에 얹어주기도 했다.

"흐흐…… 장춘삼이가 벙어리 딸 시집보내려고 흉년에 길에서 거지새끼 하나 주워왔어."

시장사람들이 표철주를 볼 때마다 희롱 삼아 말했다. 그러나 장춘삼은 사람들의 이야기에 웃기만 할 뿐 화를 내지 않았다. 표철주는 밖으로 나들이를 할 때면 으레 예분을 데리고 다녔다.

"그래, 혼례를 나중에 올려줄 테니 신랑 각시 하거라. 고것들, 귀여워 죽겠네."

오씨는 표철주와 예분을 보면 좋아서 어쩔 줄을 몰라 했다. 마치 아들을 하나 새로 얻은 기분이었다. 그들에게 기이한 일이 일어난 것은 예분이 표

68

철주와 같이 다니면서 3년이 지나자 한마디씩 말을 하기 시작하더니 어느 날 갑자기 말을 하게 된 것이었다. 장춘삼과 오씨는 감격하여 눈물을 흘렸다.

"철주 오빠는 내 신랑이야. 혼례를 올리지 않았지만 진짜 신랑이야."

예분은 사람들에게 그렇게 말했다. 양반들은 남녀가 내외를 했으나 천민 중에 가장 비천한 신분인 양수척 무리인 장춘삼의 일가는 자유로웠다. 예분의 말은 천민인데다가 약간은 백치 같은 데가 있어서 사람들을 웃게 만들었다.

가을이었다. 바람이 불 때마다 양정향 잎사귀가 한 움큼씩 떨어져 바람에 쓸려 다녔다. 예분의 말마따나 아침마다 쓸어서 태워도 그치지 않고 떨어져 아무짝에도 쓸모없는 나무였다.

"그래도 여름에는 그늘을 만들어주잖니?"

예분이 불평을 하면 오씨는 넉넉하게 웃으면서 말했다. 도무지 화를 내거나 불평을 하지 않는 것은 장춘삼 내외가 마찬가지였다. 표철주는 삶은 버들가지 껍질을 벗기다가 말고 양정향나무를 쓸쓸하게 쳐다보았다. 양정향나무를 스치는 스산한 바람에 겨울의 냄새가 묻어 있었다. 가난하고 무력한 사람들에게 호환(虎患)보다 더 무서운 겨울, 양정향나무의 잎사귀가 모두 떨어지면 겨울이 닥칠 것이라고 생각하자 가슴을 칼로 저며내는 듯한 슬픔이 느껴졌다.

'누나…….'

표철주는 명치끝을 지그시 움켜쥐면서 눈시울을 붉혔다. 누나와 헤어진 곳이 어디쯤인지 알 수 없었다. 이제는 어머니의 얼굴도 뚜렷하게 기억하지 못했다. 표철주가 알고 있는 것은 아버지가 군역에 나갔다가 돌아오며니가 표철주 오누이를 데리고 동냥을 다니다가 어느 날 밤 그들을 버리고 달아났다는 사실뿐이었다. 표철주는 그날 하루 종일 울었다. 그날 이후 다박머리를 늘어뜨린 누이가 표철주를 데리고 다니면서 동냥을 했다.

"계집애가 여간 당차지 않네. 어미가 버린 동생을 저렇게 꼭 끼고 다니니……."

사람들이 누나를 동정하면서 혀를 찼다. 표철주는 누나의 보살핌을 받으면서 자랐다. 어느 해 겨울이었다. 이미 열서너 살이 되어 있는 누나를 어디서 왔는지 비렁뱅이 패거리가 갑자기 달려들어 두들겨 패더니 끌고 갔다. 표철주는 울부짖으면서 달려들었으나 그들에게 실컷 두들겨 맞고 정신을 잃었다. 표철주가 정신을 차리고 깨어났을 때는 이미 한밤중이었다. 표철주는 누나를 찾기 위해 울면서 비렁뱅이 패거리를 찾아다니기 시작했다. 그러나 누나를 끌고 간 비렁뱅이 패거리가 어디로 갔는지 알 수가 없었고, 그들이 누구인지도 알 수가 없었나. 사람들은 비렁뱅이들이 누나를 색주가에 팔아버렸을 것이라고 했다. 표철주는 슬픔 속에서 누나를 찾아다니면서 동냥을 했다. 어찌어찌하다가 재령 땅에 이르러 동냥도 얻지 못하고 추위와 굶주림으로 죽어가고 있을 때 장춘삼의 구원을 받은 것이다.

'너는 누니를 반드시 찾은 거야.'

표철주는 비렁뱅이 패거리에게 끌려가던 누나를 생각할 때마다 눈을 부릅떴다.

표철주의 고향은 해주 어느 고을이었다. 아버지가 군역에 끌려가기 전에는 중인이라도 글을 알아야 한다면서 표철주에게 글을 가르쳤다. 표철주가 천자문을 떼고 소학을 배울 무렵 아버지가 군역에 끌려가는 바람에 집안이 풍비박산이 되었던 것이다.

"예쁜이는 깻잎 좀 따오너라."

그때 마당의 멍석에 앉아서 고리를 짜던 오씨가 예분에게 대리키를 건네주면서 말했다. 표철주는 오씨를 쳐다보았다. 오씨의 넉넉한 마음 씀씀이에 어머니와 같은 포근한 정이 느껴졌다. 오씨의 넓은 가슴에 안겨서 재롱을 부리고 싶었으나 무엇인지 알 수 없는 벽이 가로막혀 있는 것 같았다.

"깻잎을 뭘 하게?"

예분이 고리의 잡티를 다듬다가 오씨를 쳐다보았다.

"깻잎을 된장이나 간장에 절여놓으면 반찬을 할 수 있어. 깻잎이 노랗게 물들어 있을 때 따면 더 맛있단다."

오씨가 웃으면서 대답했다.

"나 혼자 갔다가 오란 말이야? 들쥐나 뱀이 나오면 어떻게 해?"

"철주랑 같이 가고 싶은 모양이지? 그럼 같이 가거라."

오씨가 표철주를 돌아보면서 말했다. 표철주는 대리키를 들고 예분을 따라나설 준비를 했다.

"저것들은 누기 신랑 가시 인 시기줄까 비 꺼띻게 붙이 니너나? 눈꼴시어 볼 수가 있어야지."

영달이 대리키를 엮다가 말고 투덜거렸다. 예분이 영달을 향해 혀를 날름 내밀고 앞서 가기 시작했다. 표철주는 오씨에게 목례를 하고 예분을 따라나섰다.

송파나루는 길 양쪽으로 노전이 즐비하게 펼쳐져 있고 가운데는 난전이 가득했다. 표철주는 예분과 함께 장사치들로 와자한 장터를 빠져나와 강둑을 걷기 시작했다. 가을이 깊어 들판이 온통 황금빛으로 물들어 있었다. 예분은 깨밭을 향해 걸으면서 들꽃에 마음을 빼앗겼다. 강둑에 들국화가 여기저기 한 무더기씩 피어 있었다.

"오빠, 꽃 예쁘지?"

예분이 들국화를 꺾어서 표철주에게 내밀면서 물었다. 표철주는 누나가 비렁뱅이들에게 끌려갈 때가 예분의 나이와 엇비슷했을 것이라고 생각하자 가슴이 타는 것 같았다.

"그래. 예쁜데? 향기도 좋고."

표철주는 들국화의 꽃향기를 맡았다.

"그럼 꽃이 예뻐, 내가 예뻐?"

"그야 예쁜이가 예쁘지. 그래서 이름도 예쁜이잖아?"

"호호호!"

예분은 표철주에게 애교를 떨다가 팔짝팔짝 뛰었다.

"깨밭이 아주 큰데? 누구네 밭이지?"

이내 강사에 있는 깨밭에 이르자 예분이 밭으로 들어가면서 소리를 질렀다. 표철주도 예분을 따라 깨밭으로 들어갔다. 깻잎 냄새가 코를 찔렀다.

그러나 노랗게 물이 든 깻잎을 한 잎 두 잎 따기 시작하자 금세 익숙해질 수 있었다. 표철주는 대리키에 깻잎을 가득 따자 예분을 데리고 집으로 돌아왔다.

"수고들 했다. 내일도 한 대리키만 더 따와라."

오씨가 대리키를 들여다보고 말했다.

"반찬으로 깻잎만 먹을 거야? 왜 깻잎을 또 따라고 그래?"

예분이 얼굴을 찌푸리면서 반발했다.

"이웃하고 나누어 먹어야지."

예분은 오씨에게 대꾸하지 않고 멍석 위에 벌렁 누웠다. 표철주는 예분의 옆에 앉아서 버드나무 껍질을 벗기기 시작했다.

"기집애가 아무 데나 벌렁 눕는 것 좀 봐."

오씨가 끌끌 혀를 찼다.

"신랑이 옆에 있는데 뭐 어때?"

"누가 신랑이야?"

오씨가 어이없다는 듯이 물었다.

"오빠가 신랑이지 누가 신랑이야? 그치, 오빠?"

예분의 말에 오씨가 어쩔 수 없다는 듯이 웃으면서 안방으로 들어가서 목침과 이불을 가지고 나왔다.

"깻잎 따느라고 피곤도 하겠지."

오씨는 예분에게 이불을 덮어주고 저녁을 짓기 위해 부엌으로 들어갔다. 벌써 해가 설핏 기울고 있었다.

"오빠, 왜 대답 안 해?"

예분이 표철주의 옆구리를 찌르면서 물었다.

"맞아. 내가 우리 예분이 신랑이야."

표철주는 웃으면서 예분의 얼굴을 내려다보았다. 예분은 생글생글 웃더니 금세 잠이 들었다. 문득 집 밖에서 사람들이 와자하게 떠드는 소리가 들렸다. 표철주는 버드나무 가지의 껍질을 벗기다가 집 바깥쪽을 응시했다.

'또 건달패들이 왔나?'

저잣거리에는 으레 건달패가 활개를 치고 있는데 송파나루도 예외는 아니었다. 표철주는 일어나서 밖으로 나갔다. 난전으로 한 무리의 장정들이 몰려오고 있었고, 사람들이 그들을 힐끔거리면서 수군거리고 있었다.

"동수패 아닌가?"

"저놈들이 이번에 영구패를 때려눕히고 송파나루를 접수했대."

"그럼 우리는 어떻게 되는 거야?"

"어떻게 되긴 뭐가 어떻게 돼, 매달 보호비 명목으로 엽전 닷 냥을 내면 되지."

"아니야. 저놈들이 이번 달부터 일곱 냥을 내래."

"일곱 냥이나?"

장사치들은 송파나루의 건달패인 동수패가 몰려오자 곁눈질을 하면서 낮게 욕설을 퍼부었다. 그러나 그들이 가까이 오자 재빨리 일하는 척하면서 외면했다. 장춘삼은 옆에 있는 황 의원과 바둑을 두고 넝날은 물긴을 징리하다가 건달패들을 쳐다보고 있었다. 건달패들은 거들먹거리면서 난전을 휘둘러보다가 탁주를 파는 봉양댁의 평상에 걸터앉아 행패를 부리기 시작했다.

"주모, 여기 술 좀 내와! 목이 컬컬하다!"

동수가 상을 두드리면서 소리를 지르자 봉양댁이 허리를 굽실대면서 술과 안주를 차렸다.

동수는 살인백정이라는 소문이 파다했다. 그는 충청도 진천 사람으로 보부상을 했는데, 어느 마을에 이르러 술을 마시다가 동료 보부상으로부터 진천의 소금 장수 부인과 통정을 했다는 말을 듣게 되었다. 이에 격분한 동수는 동료 보부상을 모월 모일 진천의 자신의 집으로 와줄 것을 청하고 먼저 집으로 돌아와 부인을 칼로 찔러 죽이고 동료 보부상이 오자 역시 칼로 찔러 죽인 뒤에 간을 꺼내 씹었다. 그리고 보부상의 창자를 꺼내 몸에 두르고 진천 현아에 나가서 간부들을 죽였다고 자수했다. 진천 현감 유예원이 경악하여 동수를 옥에 가두고 감영에 보고했다. 감영에서는 즉시 상세하게 조사하여 보고하라는 영을 내렸다.

유예원은 사건 현장에 나아가 검험을 실시하고 중인들을 불러 조사했다. 그 결과 동수가 보부상과 자신의 부인을 살해한 것이 틀림없었다. 그러나 동수의 부인은 죽은 보부상과 간음을 하지 않았고 보부상이 간음을 한 여자는 이웃에 사는 또 다른 소금 장수의 부인이었다.

"미련한 놈이 엉뚱한 사람을 오인하여 제 아내를 죽였구나."

유예원이 탄식을 하고 감영에 보고했다. 감영에서는 중대한 사건이라 형조에 보고를 올렸고, 형조에서는 참형에 처하라는 영을 내렸다. 그러나 그는 어쩐 일인지 옥에서 석방되어 한양에서 무뢰배들을 거느리고 있었다.

"저놈이 제 아내와 간부의 살을 씹은 놈이라며? 눈에서 살기가 뿜어지네. 어떻게 석방된 것이지?"

동수가 지나가면 사람들이 두려움에 떨며 수군거렸다.

"창자를 베어 목에 두르고 관에 가서 자수를 했는데 아내와 간부를 죽인 것이 의로운 일이라고 나랏님이 석방을 해주었대."

"아내는 간음을 한 것이 아니잖아?"

"아니야. 간음을 한 것이 맞대. 그러니 살인자가 석방이 되어 돌아다니는 거야. 우리 조선의 법에 부모의 복수를 하거나 간음한 여자를 현장에서 죽이는 것은 무죄래."

동수에 대한 소문은 여러 가지 설이 나돌았으나 어느 것이 사실인지는 알 수 없었다. 다만 그의 눈빛이 항상 이글거리고 사나워서 살인자의 눈빛은 저런 것이려니 생각할 뿐이었다. 표철주도 동수와 눈이 마주치면 공연히 소름이 오싹 끼치고는 했다.

동수의 눈이 사방을 더듬다가 장춘삼의 노전에 눈길을 주었다.

"뭐야? 저기는 왜 사람들이 몰려 있어?"

건달패의 우두머리인 동수는 상투머리를 하고 있었고 얼굴에는 흉측하게 칼자국이 나 있었다.

"돌팔이 의원과 양수척이 바둑을 두고 있습니다."

"보호비는 냈어?"

"아직 내지 않았습니다."

"야, 이 새끼야! 보호비도 안 받고 여태 뭘 하고 있었어? 가서 받아!"

동수가 눈알을 부라리자 건달패 서넛이 장춘삼에게 몰려오더니 다짜고짜 고리짝을 발로 차고 장춘삼에게 마구 주먹질을 했다. 표철주는 장춘삼이 동수패에게 매를 맞는 것을 보고 얼굴이 화끈거렸다. 동수패가 자신에게도 주먹질을 할까 봐 왈칵 두려움이 밀려왔다.

"이것들이 누구 허락받고 여기서 장사를 하는 거야?"

장춘삼은 건달패에게 매를 맞으면서도 저항하지 않고 있었다. 영달은 동수패에게 겁을 먹고 한쪽 구석에서 안절부절못하고 있었다.

"왜 이러세요? 보호비는 내일 드린다고 했잖아요?"

언제 나왔는지 오씨가 건달패에게 달려들며 소리를 질렀다.

"이건 뭐야?"

건달들은 오씨를 와락 밀쳐 버렸다. 표철주는 오씨가 동수패에게 당하자 가슴속에서 뜨거운 것이 치밀고 올라왔다. 동수패가 장춘삼을 마구 때리고 고리짝을 발로 짓밟자 사람들이 웅성거리며 몰려들었다. 장춘삼은 건달들에게 흠씬 두들겨 맞았다. 표철주는 주먹을 잔뜩 움켜쥐고 건달들을 노려보았다.

"아니, 이게 무슨 일입니까? 왜 사람을 패는 겁니까?"

영달이 보다 못해 건달들에게 달려들었다.

"이 새끼는 또 뭐야?"

건달패가 이번에는 영달을 마구 패기 시작했다.

"아구, 영달이 살려!"

영달이 엄살을 부리며 비명을 질러댔다. 그러자 오씨가 다시 건달패에게 달려들었다. 건달패들이 오씨를 끌어안고 희롱하면서 비열하게 웃었다. 표철주는 눈에 불을 켜고 건달들을 노려보다가 곁에 있는 몽둥이를 집어들었다. 오씨는 표철주에게 어머니와 같은 여인이었다. 표철주는 몽둥이로 건달패 중의 하나인 돌쇠의 등을 후려쳤다. 돌쇠가 악 하고 비명을 지르면서 나뒹굴었다.

"아니, 이놈의 새끼가!"

돌쇠가 꺼꾸러졌다가 벌떡 일어나 표철주에게 냅다 발길질을 했다. 표철주는 창자가 끊어지는 것 같은 고통을 느끼면서 나뒹굴었다. 다른 건달들도 표철주에게 달려들어 주먹질과 발길질을 해댔다. 표철주는 순식간에 피투성이가 되었다. 그때 예분이 표철주를 때리는 건달에게 달려가 허벅지를 콱 물었다.

"으악!"

건달이 날카로운 비명을 지르더니 예분을 확 밀쳐 버리고 난장판을 만들어 버렸다.

"이리 데리고 와라."

동수가 평상에 앉아 막걸리를 마시다가 말고 돌쇠에게 명령을 내렸다.

"예?"

"그놈 말이야. 제대로 가르치면 쓸 만한 놈이 되겠어."

"예."

돌쇠가 표철주의 목덜미를 움켜쥐고 동수 앞에 패대기쳤다. 표철주는 빳빳하게 서서 동수를 노려보았다.

"무릎 꿇어, 이 새끼야!"

돌쇠가 표철주의 뒤통수를 후려쳤다.

"싫소!"

표철주가 단호하게 말했다.

"이런 싸가지없는 새끼!"

돌쇠가 표철주를 다시 패고 짓밟기 시작했다. 표철주는 돌쇠에게 매를 맞으면서도 꼼짝하지 않았다.

"꿇어!"

"싫소."

"이런 개새끼! 아직도 매운맛을 덜 본 모양이네?"

건달패들이 다시 표철주를 발로 차고 짓밟았다. 표철주는 온몸이 부서지는 것 같은 고통이 엄습해 왔으나 이를 악물었다. 입에서 피가 흘러내리고 정신이 가물가물했다. 건달패들은 표철주가 완전히 정신을 잃고 쓰러진 뒤에야 매질을 멈추었다.

"아, 뭐 이렇게 지독한 놈이 있어? 때리는 내가 더 아프네."

건달패들이 진저리를 치면서 말했다.

"가자."

동수는 표철주가 굴복을 하지 않자 침을 찍 뱉고 평상에서 몸을 일으켰다.

"형님, 이놈은 어떻게 합니까?"

"놔둬. 피라미 같은 새끼가 뜨거운 맛을 봤으니 공손해질 거다."

수염이 텁수룩한 동수가 건달패를 이끌고 돌아갔다. 영달과 장춘삼이 황급히 표철주를 안아서 마당으로 들어와 멍석에 눕혔다. 오씨는 물을 떠다가 표철주의 입에 넣어주었다.

"원, 허수아비 하나 당할 재간도 없는 놈이 왜 달려들어서 매를 벌어?"

황 의원이 끌끌대고 혀를 차면서 표철주의 몸뚱이 이곳저곳을 만졌다. 표철주는 황 의원의 손이 지나가는 곳마다 신기하게 고통이 사라지는 것은 느꼈다.

"약이나 발라줘라."

황 의원이 예분에게 약을 주고 돌아갔다. 표철주는 온몸이 쑤시고 아팠으나 동수패에 대한 분노로 이를 악물었다. 언젠가는 놈들을 모조리 때려눕힐 것이라고 생각하면서 분해서 속으로 울었다.

"내가 무예를 배워 저놈들을 반드시 때려눕힐 겁니다."

영달이 허튼소리를 하자 장춘삼이 노려보았다.

"아, 정말입니다. 거짓말이면 벼락을 맞습니다."

그때 번쩍하는 푸른 섬광과 함께 벼락이 떨어졌다. 영달이 샘싹 늘라서 납작 엎드렸다. 표철주는 건달패들에게 맞아 고통스러웠으나 웃음이 터져 나왔다.

"이…… 이건 우연히 떨어진 거예요. 진짜면 한 번 더 떨어집니다."

그때 다시 번개가 지고 벼락이 떨어졌다. 영달이 무춤하여 하늘을 쳐다 보았다. 하늘에서 쏴아 하고 소나기가 쏟아지기 시작했다.

언제부터 돌팔이 황 의인이 강촌 십내의 노진 옆에 사리를 삼았는지 알수 없었다. 허름한 약재 몇 개 늘어놓고 앉아서 꾸벅꾸벅 졸거나 진맥을 한답시고 아낙네들의 손목을 잡고 희롱하다가 봉변을 당하기 일쑤인 황 의원은 어느 모로 살펴도 돌팔이에 지나지 않았다. 양반이고 상놈이고 누구에게나 반말을 했고, 사람들도 어른 아이 할 것 없이 그에게 반말을 했다. 키는 중키에 나이는 오순(五順:50세)에 이른 듯했고 눈이 작고 음침해 보였다. 목소리도 가늘어서 도무지 정이 가지 않는 사람이었다. 표철주는 매일같이 황 의원을 보았으나 성이 황 씨라는 것만 알 뿐 이름이나 전력은 알 지못했다. 사람들은 그 의원이 스님이라고도 했고 도인(道人)이라고도 했다. 그러나 스님 같지 않은 것이 머리를 길게 기르고 있었고, 도인 같지도 않은 것이 행색이 초라하고 언제나 눈빛이 졸고 있는 사람처럼 흐릿했다.

"이봐, 돌팔이 의원. 아침은 먹었는가?"

영달은 노전에 나갈 때 기분이 좋으면 황 의원에게 돌팔이라고 부르면서 아침 인사를 건넸다.

"아침을 안 먹었으면 아침을 줄 테냐?"

황 의원은 아니꼽다는 듯이 영달이 쪽으로 돗자리를 털어 흙먼지가 자욱하게 날리게 했다.

"이봐, 돌팔이. 돌팔이가 거기서 죽치고 있으니 손님이 없잖아?"

영달은 기분이 나쁠 때도 황 의원에게 비아냥대며 화풀이를 했다. 그러나 황 의원은 불쾌한 내색조차 하지 않고 깨알처럼 작은 글을 읽기에 여념이 없거나 햇살이 나른하면 앉아서 꾸벅꾸벅 졸았다. 그 황 의원이 하루는 신복(神卜)이라는 하얀 깃발을 내걸었다.

"하, 돌팔이 의원 노릇 해서 입에 풀칠하기 어려우니 점쟁이 노릇까지 하는구나."

영달이 황 의원을 비웃었다.

"낄낄…… 자네, 신수(身數) 좀 보려나? 공짜로 보아줄게."

"돌팔이 주제에 신수가 맞겠나? 공짜라니 한번 봐보시게. 내가 장가는 가겠는가? 어디 그럴싸한 짝이 있을까?"

영달이 거드름을 피우면서 황 의원에게 낯짝을 들이밀었다.

"자네는 40 전에 장가 못 가. 40이 넘어서 장가를 가는데 악처를 만날 게야."

황 의원이 영달의 얼굴을 요모조모 뜯어보더니 껄껄대고 웃었다.

"악담을 해라, 악담을 해."

"그래도 귀인을 만나 말년에는 호의호식을 할 거야. 첩도 둘이나 둘 관상인걸. 낄낄."

황 의원이 수염을 쓰다듬으면서 웃음을 터뜨렸다. 노전에 앉아 있던 장춘삼과 오씨가 어이가 없다는 듯이 마주 보고 웃음을 터뜨렸다. 예분이는 황 의원의 말이 신기한 듯이 빤히 쳐다보고 있었다.

"아니, 이놈의 돌팔이가 악담이야, 희롱이야?"

"관상에 그렇게 나와 있어."

"좋다, 그럼 우리 예분이는 어떤가 좀 봐라."

"예분이는 당상관(堂上官:정3품 이상의 벼슬)의 정실이 될 거야."

황 의원이 예부이를 힐끗 보고 잘라 말했다. 장춘삼과 오씨가 놀란 듯이 얼굴이 굳어졌다.

"당상관? 예끼, 양수척 딸이 어떻게 당상관의 정실이 된다는 거야? 거짓말을 해도 어느 정도껏 해야지."

영달이 어림없는 일이라는 듯이 손을 휘휘 내저었다.

"흥. 나중에 예분이 덕에 얻어먹고 살 테니까 그런 줄 알아라."

황 의원은 여전히 낄낄대고 웃으면서 돗자리를 걷어서 집으로 돌아갔다. 영달은 황 의원만 보면 공연히 시비를 걸고 구시렁거렸으나 황 의원은 웃으면서 화를 내지 않았다.

"저놈이 내 덕에 살 팔자면서 펄펄 뛰기는……."

황 의원은 심사가 된통 사나울 때에야 영달에게 한마디를 던지고는 했다. 그리고 신통하게도 그의 예언은 들어맞고 말았다. 영달이 돌부리에 걸려서 넘어지는 바람에 왼쪽 다리를 쓰지 못하게 되었던 것이다. 영달은 눈물을 찔끔찔끔 흘리면서 고통스러웠다.

"황소같이 미련한 놈이 큰소리만 펑펑 치더니 걷지도 못하는구나."

황 의원이 영달을 비웃었다.

"이놈의 돌팔이 영감탱이가 사람이 아파 죽겠는데 약을 올려?"

영달이 눈을 하얗게 까뒤집으면서 소리를 질렀다.

"흐흐…… 내가 침을 한 방 놔줄께."

"사람 잡을 일 있어? 돌팔이가 어디라고 침을 놓아?"

"내 침을 안 맞으면 다리가 썩을 거야. 다리가 썩어도 괜찮으면 마음대로 해."

황 의원이 퉁명스럽게 내뱉었다.

"애들처럼 징징거리지 말고 침을 맞아."

장춘삼이 영달에게 낮게 말했다. 영달은 장춘삼이 엄중하게 말을 하자 마지못해 황 의원에게 다리를 내밀었다.

"오른발을 내밀어."

영달이 왼발을 내밀자 황 의원이 몇 번 발을 만져 보더니 침랑에서 침을 꺼내면서 말했다.

"왼발이 아픈데 왜 오른발을 내밀어?"

영달이 마땅치 않은 듯이 황 의원을 쏘아보았다.

"잔소리 마라, 이 미련한 놈아."

황 의원이 영달의 오른발을 확 잡아당기고 대침을 들었다.

"아니, 그 큰 침을 찌른다는 말이야? 사람 잡으려고 작정을 했군. 난 죽어도 그 침 안 맞아!"

"헛소리하지 말고 이빨이나 꽉 물어."

황 의원은 영달이 우거지상을 하고 있는데도 오른쪽 무릎 연골 사이에 대침을 깊숙이 찔러 넣었다.

"아구구, 영달이 죽는다!"

영달이 입을 벌리고 죽는시늉을 했다.

"다 큰 어른이 왜 엄살이야? 미련 곰탱이 같은 놈 같으니……."

황 의원은 영달이 비명을 지르는데도 눈썹 한 번 까닥하지 않고 대침을 찔렀다가 뽑아냈다. 영달은 눈물까지 찔끔거리면서 고통스러워했으나 침을 뽑자 눈을 말똥말똥 떴다. 그러더니 일어서서 다리를 절면서 걷기 시작했다. 표철주는 황 의원이 침을 놓는 것을 보고 신기해했다.

"흥! 어쩌다가 다리가 나은 거지 돌팔이가 침을 잘 놔서 나은 것이 아니야."

영달은 이틀 만에 멀쩡하게 걷기 시작했는데도 황 의원을 돌팔이라고 불렀다. 황 의원은 영달이 돌팔이라고 불러도 개의치 않았다.

"어젯밤부터 아랫배가 살살 아프고 설사가 자주 나옵니다."

30대 남자가 황 의원을 찾아와서 말했다.

"헹, 마른 대추 한 됫박만 끓여서 먹어."

황 의원이 퉁명스럽게 말했다.

"그럼 설사가 멎겠습니까?"

"내가 괜히 헛소리하는지 알아? 찬 것은 먹지 마라."

황 의원의 처방은 너무나 간단해서 환자들이 긴가민가했다. 물론 돈을 제대로 내는 사람도 없었다. 그는 침을 놓는 외에 치료재로 오줌, 똥, 손톱, 머리카락 등을 사용했다. 드물게 풀이나 나무벌레, 물고기를 쓰기도 했으나 그것들의 약값은 모두 한 푼어치도 되지 않아 서민들이 어디서나 돈 없이 구할 수 있는 것들이었다. 사람들은 그가 기이한 처방을 했기 때문에 돌팔이 의원이라고 불렀다. 그가 처방한 약재를 먹고 나아도 황 의원 때문에 나은 것이 아니라 어쩌다가 낫거나 다른 일로 나은 것이라고 생각했다.

장춘삼은 사람들이 모두 돌팔이라고 비웃는 그 사람과 항상 친밀하게 지냈고 때때로 그가 혼자 사는 강가의 움막에 가서 술잔을 기울이기도 하고 세상 돌아가는 이야기를 하다가 자고 올 때도 있었다.

황 의원을 찾아가는 사람은 장춘삼이 거의 유일했고 때때로 난전에서 술을 파는 봉양댁이 술과 안주를 들고 엉덩이를 실룩거리며 찾아가고는 했다. 봉양댁이 황 의원을 받드는 데는 이유가 있었다. 봉양댁이 하루는 일을 하다가 갑자기 앞으로 꼬꾸라져 일어나지를 못했다. 사람들이 웅성거리고 몰려들자 영달이 황 의원을 억지로 끌고 가 치료를 하라고 다그쳤다. 황 의원은 봉양댁의 손목을 잡고 맥을 잡더니 갑자기 그녀를 깔고 앉아서 여기저기 손가락으로 찔러대고 엉덩이며 가슴께를 주물러댔다.

"아니, 저 돌팔이가 치료를 하랬더니 사람을 잡네. 숭하게 어디를 만지고 지랄이야?"

영달이 펄펄 뛰고 사람들이 손가락질을 하면서 웅성거렸다. 그러나 황 의원은 아랑곳하지 않고 봉양댁을 깔고 앉아서 여기저기 손가락으로 찔러대더니 봉양댁을 바로 앉히고 등과 허리를 주물렀다. 황 의원의 손이 어찌나 빠르게 움직이는지 표철주는 그의 어지러운 수영(手影)만 보았을 뿐이다.

"개운하다."

봉양댁은 황 의원이 반 식경(半食頃:밥 한 그릇 먹을 시간의 절반)을 그렇게 손가락으로 찌르고 주물러내자 엉덩이를 툭툭 털고 일어섰다.

"안올(按扤:안마)이야."

장춘삼이 고개를 끄덕거리면서 말했다. 봉양댁이 안마로 나왔다는 말이다. 봉양댁은 그날 이후 황 의원으로부터 여러 번 치료를 받았다. 그리고는 황 의원을 지극 정성으로 받들게 되었던 것이다.

"돌팔이가 분명히 깔고 눌렀을 거야."

봉양댁에게 은근하게 수작을 부리고 있던 영달은 더욱 황 의원을 미워했다.

"철주야, 네가 의원 어른을 따라가서 일을 도와드리고 와야겠다. 달포는 족히 걸린다고 하는구나."

하루는 아침을 먹고 나자 장춘삼이 표철주에게 말했다.

"돌팔이 의원이요?"

표철주가 놀라서 장춘삼을 빤히 쳐다보았다.

"그 어른이 왜 돌팔이냐? 가서 잘 배우면 너에게 큰 득이 있을 것이다. 그 어른 집으로 가봐라. 달포는 족히 걸린다고 하니 일을 잘 거들어라."

장춘삼의 말에 표철주는 긴가민가하여 황 의원의 움막집으로 달려갔다. 장춘삼의 집에서 살고 있는 이상 그의 말을 거역할 수는 없었다. 황 의원은 이미 출타할 준비를 마치고 집 앞에 서 있었다. 무너져 가는 움막 툇마루에는 광목에 둘러싸인 궤가 하나 있었다.

"왔느냐? 저 궤짝을 지고 따라오너라."

황 의원은 등에 궤짝을 지고 지팡이를 짚고 있었다. 표철주는 툇마루에 있는 궤짝을 지고 황 의원을 따라 걷기 시작했다. 지루한 장마가 끝난 늘판은 볕이 따가웠다. 표철주는 느릿느릿 황 의원을 따라 걸었다. 난전에서 돌팔이 짓을 하고 있는 황 의원을 따라가고 싶지 않았다. 황 의원도 표철주가 억지로 따라오고 있는 것을 눈치 챘는지 오시가 될 때까지 한 번도 말을 건네지 않았다. 황 의원은 그저 휘적휘적 걸음을 떼어놓고 있는데 조금도 힘들어 보이지 않았다. 표철주는 아침나절 내내 걷기만 하자 종아리가 당기고 아프기 시작했다.

"여기서 국밥이나 한술 뜨고 가자."

황 의원은 양평 쪽으로 길을 잡아 걷다가 주막에 이르자 걸음을 멈췄다.

"아이고, 황 의원님 아니십니까?"

황 의원이 주막 평상에 궤짝을 내려놓자 주모가 달려나와 반색을 했다.

"의원은 무슨…… 사람들은 다 돌팔이라고 그러는데……."

황 의원이 수염을 쓰다듬으면서 너털거리고 웃었다.

"그야 의원님을 모르는 사람들이 하는 소리지요. 시장하실 텐데 국밥 좀 말아 올릴까요?"

"그러세."

"저기 도령은 누굽니까? 이목구비가 훤하게 생겼네요."

"핫핫핫! 아들 하나 주워오지 않았는가?"

"제자를 거두셨군요? 인물이 좋습니다."

"제자는 무슨…… 인물이 좋다니 아이놈 국밥에는 고기 좀 많이 넣게나."

"이를 말씀입니까?"

주모는 부엌으로 들어가더니 금세 국밥 두 그릇을 말아가지고 나왔다.

표철주는 시장하던 터라 국밥 한 그릇을 깨끗하게 비웠다. 기이할 정도로 황 의원에게 사글사글하게 대해주는 주모와 자별히서 디시 껄음을 떼어놓기 시작했을 때 황 의원이 표철주에게 말을 건네기 시작했다.

"장가에게 들으니 네가 글자를 안다고 하더구나. 글을 읽을 줄 아느냐?"

"예."

"그럼 이걸 한번 볼 테냐?"

황 의원이 소맷자락에서 책자 한 권을 꺼내 표철주에게 내밀었다. 표철주가 받아서 펴보자 표지에 의학입문(醫學入門) 내집 1권이라고 쓰여 있었다.

醫學入門欲小醫素靈本草亂徑師尊之稱太醫官局門外俗醫不足……

의학입문욕소의소령본초난경사존지칭태의관국문외속의부족……

의학입문의 첫 페이지는 명나라의 학자 이천이 병에 걸려 자신의 병을 치료하기 위해 명망 높은 의원에게 배우고자 하나 내용이 어렵고 시정의 여러 의원들은 부족하여 공부할 만한 책이 없어서 왕숙화(王叔和)의 맥결(脈訣)과 이동원(李東垣)의 약성편주(藥性編註), 병기(病機), 의방첩경(醫方捷經), 의학권여(醫學權與) 등과 상한론(傷寒論), 활인서(活人書) 등 수많은 의서들을 참고로 하여 입문서를 쓰게 되었다고 밝히고 있었다.

의학입문은 상당히 어려운 책이 있디. 표칠주는 길으먼서 낮 구절을 읽고 뜻을 해석하기 위해 몇 번이나 되뇌어야 했다. 표철주는 의학입문 내집을 읽으면서 모르는 글자들이 많았다. 그러나 몇 번이나 되풀이하여 읽자 뜻을 조금씩 이해할 수 있게 되었다.

"그 책은 중국에서 온 책인데, 저술한 지 10년도 되지 않았다."

황 의원이 휘적휘적 걸어서 여주에 도착한 것은 사흘이 훨씬 지났을 때였다. 여주에는 많은 사람들이 설사병을 앓고 있었다. 황 의원은 여주 읍성에 돗자리를 하나 깔고 앉아서 설사 병자들에게 약을 처방해 주기도 하고 약을 지어주기도 했다. 표철주와 황 의원이 지고 온 궤짝에는 약재가 가득 들어 있었다.

"장마가 지고 나서 설사병이 생긴 것이다. 물만 끓여 먹으면 탈이 없어."

황 의원은 하루 종일 설사병 환자들에게 약을 지어주면서도 피곤한 기색을 보이지 않았다. 황 의원은 여주에서 여러 날을 머물렀다. 의원이 머무는 동안 설사병 환자뿐 아니라 수많은 환자들이 찾아왔다. 황 의원은 여주에서 한 달가량 머물면서 치료를 한 뒤에 한양으로 돌아오면서 황악산에 올라 약초를 캐기 시작했다.

"이게 뭔지 아느냐?"

황 의원이 도라지를 캐서 표철주에게 물었다.

"도라지 아닙니까?"

"그렇다. 우리가 흔하게 반찬을 해먹는 도라지지. 꽃은 여름에 피는데 백색과 보라색에 가까운 권색으로 핀다. 의원들은 뿌리를 캐서 껍질을 벗기거나 그대로 햇볕에 말린 것을 길경(桔梗)이라고 부르지. 인후통, 치통, 설사, 편도선염, 거담, 진해, 기관지염 등에 쓰이고 있다. 천식이나 기침을 많이 하는 사람들이 복용을 하면 아주 좋다."

황 의원은 약초를 캐면서 표철주에게 일일이 설명을 해주었다.

"이건 감국(甘菊:노란 국화)이라고 하는데 다른 말로는 단국화라고 부른다. 국화는 단맛이 있는데 열과 풍을 없애고, 두훈, 눈이 충혈되는 증세를 다스린다. 베개 속에 이 꽃잎을 말려서 쓰면 눈이 밝아지고 현기증이 없어진다. 백국(白菊)은 풍을 없애고 머리가 희어지는 것을 막아준다. 그래서 옛날부터 국화주를 담가 마시면 8백 세까지 장수하여 신선이 된다는 말이 있다."

표철주는 황 의원의 말에 점점 매료되어 갔다. 지루한 더위가 물러가고 어느 사이에 아침저녁으로 바람이 소슬한 초추였다.

"나는 오랫동안 침술에 대해 연구를 해왔다. 침술은 맥법을 잘 알아야 한다. 맥 중에는 기경팔맥(奇經八脈)이 있다. 기경은 양유와 음유, 음교가 있고, 충맥, 독맥, 임맥, 대맥으로 구분한다. 모두 여덟 개이기 때문에 기경팔맥이라고 부르는 것이다. 수천 년 전에 중국의 명의 편작 선생이 맥법에 대해서 자세하게 설명을 했다. 맥을 연결하는 것은 혈(穴)이다. 혈을 어떻게 하느냐에 따라 사람을 죽이고 살릴 수도 있다."

표철주는 황 의원의 말이 난해했으나 인체가 그토록 신비스럽다는 것을 알고는 탄복했다.

"어떠냐? 의원이 되고 싶은 생각은 없느냐?"

황 의원이 약평 주막에서 쉬면서 표철주에게 물었다. 표철주는 의원이 되고 싶은 생각이 없었다.

"인연이 되어야지."

표철주가 대답을 하지 않자 황 의원이 고개를 끄덕거렸다.

"기경팔맥은 각각 하나의 통혈을 갖고 있다. 우선 여덟 개의 맥에 대해 이야기해 주마. 맥을 잘 다스리면 죽은 자도 살리고 무예도 높은 경지에 이를 수 있다. 기경팔맥 중에 가장 중요한 맥이 임독양맥이다. 먼저 독맥(督脈)은 모든 맥을 감독하고 독촉하는데, 머리, 목, 척추와 사람의 중앙을 순행하면서 양경을 지휘하기 때문에 양맥(陽脈)의 해(海)라고 부른다. 다음은 임맥(任脈)인데, 머리, 가슴, 배와 같은 사람의 중앙을 순행하면서 음경을 담당하기 때문에 음맥의 해라고 부른다. 세 번째는 충맥(衝脈)인데, 12경맥의 중요한 위치에 자리 잡고 있어서 경락의 해라고 부른다. 네 번째는 대맥(帶脈)으로, 허리를 돌아가면서 음양의 여러 경맥을 조절한다. 다섯 번째는 양교맥(陽蹻脈)으로, 발뒤축 꼬리뼈 부분에서 바깥 부분으로 위로 올라간다. 이와 반대로 음교맥(陰蹻脈)은 안쪽 부분으로 올라간다. 여섯 번째는 양유맥(陽維脈)으로, 모든 양경을 얽어매고 일곱 번째 음유맥(陰維脈)은 모든 음경을 얽어맨다."

표철주는 황 의원과 여주에 다녀오면서 의학에 대해서 많은 것을 배울 수 있었다. 그러나 의학이나 무예에 대해서 깊은 생각을 갖지는 않았다.

　　도성 안에서는 위로 사대부부터 아래로 종들까지 남녀노소가 길을 메우고 뒤질세라 염려하듯이 분주히 용관(聳觀)하여 강교 사이는 동리가 다 비었고, 시골에서 온 자도 있었다. 혹 기뻐서 뛰기도 하고 느껴서 울기도 하는데, 전도가 비키라고 외쳐도 막을 수 없었다. 관학(館學) 및 외방의 유생과 파산(罷散) 중인 조신(朝臣)은 길가에서 지영(祗迎)했다. 여염의 부녀자는 6년 동안 살던 곳을 보려고 일제히 본 제(制)에 기서 어렁이 때 지어 두루 보고 눈물을 흘리며 갔는데, 며칠 동안 그치지 않았다. 임금이 먼저 경복당에 이르러 기다리니 옥교가 이르렀다. 임금이 옥교 앞에 서서 궁인에게 명하여 발을 걷게 하니 왕비가 옥교에서 나와 땅에 엎드려 절을 하였는데, 임금이 붙들어 일으키고 이어서 앞서 가서 경복당에 들어가니 의물(儀物)과 제구(諸具)가 다 상례와 같았다.

—『숙종실록』에서

칼꽃

4

인현왕후가 복위하던 날

인현왕후가 복위하던 날

사헌부 감찰 조인성은 마음이 다급했다. 그는 빠르게 말을 달려 우의정 민암의 집으로 달려갔으나 그는 이미 등청을 한 뒤였다. 조인성은 숨 돌릴 시간도 없이 의정부 빈청으로 달려갔다. 그러나 의정부 대신들과 6조 판서를 비롯하여 양사의 관리들까지 입시를 한 뒤였다.

'아뿔싸, 내가 늦었구나.'

조인성은 천 길 벼랑으로 굴러 떨어지는 듯한 기분이었다. 눈앞이 캄캄하고 두 다리에 맥이 빠졌다. 조인성은 이마에 흐르는 땀을 주먹으로 훔치며 편전인 사정전으로 달려갔다. 숙종이 임어하고 계시기 때문에 뜰에는 내금위 군사들이 삼엄하게 늘어서 있고 대진 내판과 대전 나인들까지 두 줄로 도열해 있었다.

"조정 관리가 조복도 입지 않고 무슨 짓이오?"

조인성이 사정전 앞에 이르자 대전 내관 안중경이 섬돌에서 내려와 꾸짖었다. 조인성은 그때서야 자신이 도포 차림이라는 것을 깨달았다.

"미안하오. 급히 고할 일이 있어서 달려왔소."

조인성은 절망적인 표정으로 대전 내관 안중경을 쳐다보았다.

"전하께 고할 일이오?"

"아, 아니오. 우의정 민암 대감에게 고할 일이오."

"그러면 빈청으로 돌아가시오. 원 조정의 관리라는 자가 조복도 갖추지 않고 사정전에 들어오다니……."

안중경이 가소롭다는 듯이 조인성을 아래위로 흘겨보았다. 조인성은 비틀대는 걸음으로 의정부 빈청으로 돌아왔다.

'서인들이 민씨를 복위하려고 하고 있는데 우의정 대감은 무얼 하고 계신단 말인가?'

조인성은 빈청의 의자에 앉자 가슴이 답답했다. 서인들이 그의 목에 칼을 겨누고 있는 기분이었다. 서인들이 10년도 안 되어서 반격의 칼을 뽑다니……. 문득 서인 민유중의 딸인 인현왕후 민씨를 놀아낼 내의 일이 떠올랐다. 조인성은 그때 겨우 과거에 급제하여 승문원 부정자의 직임에 있었다.

"원자를 정호하는 데 반대하려거든 벼슬을 내놓고 나가라."

전하는 희빈 장씨가 아들을 낳자 곧비로 원자를 정호하려고 했다. 그러나 희빈 장씨는 남인이고 후궁이었다. 전하에게는 서인 출신의 정비 인현왕후 민씨가 있었다. 정권을 잡고 있던 서인 대신들은 왕비가 아직 젊으니 후궁의 몸에서 낳은 아들을 원자로 삼는 것은 옳지 않다고 일제히 반대했다.

'전하가 서른 살이 다 되어 겨우 왕자를 낳았는데 반대를 하니 서인들이 스스로 무덤을 파는군.'

남인이었던 조인성은 서인들이 원자 정호를 반대하는 것을 보고 속으로 웃었다. 조정에 몇 안 되는 남인들은 숨을 죽이고 있었다.

"전하께서 나가라고 하시니 물러는 가겠지만 한 말씀 아뢰지 않을 수 없습니다. 중궁의 춘추는 이제 겨우 20세를 약간 넘겼으니 앞으로 얼마든지 왕자를 생산할 수 있습니다. 중궁께서 왕자를 낳으시면 장차 어찌하시렵니까?"

이조판서 남용익이 강경하게 아뢰었다. 전하는 대노하여 남용익을 어전에서 내쫓고 즉시 파직했다. 결국 전하의 강압으로 희빈 장씨가 낳은 왕자는 원자로 정호되었다. 그러자 유림의 거두인 송시열이 원자 정호를 반대하는 상소를 올렸고, 전하는 대노하여 송시열을 유배시키고 서인들을 대대적으로 숙청했다. 서인인 영의정 김수흥이 파직되고, 이이명, 김수항, 김만중, 김석주 등이 유배되었다. 전하는 이에 그치지 않고 왕비 민씨도 폐위시키려고 했다. 그러자 재야의 서인이던 오두인(吳斗寅) 등 86명이 이를 저지하려고 상소를 올렸다. 전하는 상소의 주동자인 전 응교 박태보(朴泰輔), 전 참판 이세화(李世華), 오두인 등을 국청을 설치하여 밤낮으로 신문한 뒤 유배시켰다. 이어서 유림의 거두인 송시열을 사사했다. 숙종은 해가 바뀌자 민씨를 폐하여 서인으로 만들고, 6월에는 원자를 세자로 책봉한 뒤 10월에 희빈 장씨를 왕비로 책립했다. 남인들이 그 덕분에 정권을 잡기는 했으나 조인성은 그 사실을 생각할 때마다 소름이 끼쳤다. 서인들은 그때의 일을 반드시 보복하려고 할 것이다.

'서인들이 남인을 몰아낼 음모를 꾸미고 있어.'

조인성은 눈을 부릅뜨고 주먹을 움켜쥐었다. 서인이 정권을 잡으면 남인인 그도 파직되거나 한직으로 쫓겨날 것이다. 반대로 서인의 음모를 남인의 영수인 민암에게 고하면 출세가 빨라진다.

이내 편전에서 윤대를 마친 대신들이 빈청으로 돌아왔다. 조인성은 재빨리 일어나서 원로대신들에게 공손히 인사를 올렸다.

"음, 자네가 빈청에 무슨 일인가?"

민암이 허연 수염을 쓰다듬으면서 조인성에게 물었다. 다행히 빈청으로 돌아온 대신들은 전부 남인들이었다.

"서인들이 폐비 민씨의 복위를 꾀하고 있습니다."

조인성이 공손히 말하자 좌중이 갑자기 침묵에 빠져들었다. 조인성은 좌중의 시선이 일제히 자신에게 쏠리는 것을 의식했다.

"이런 고약한 일이 있나? 자세히 고하게."

민암의 얼굴이 흙빛으로 변하여 조인성을 재촉했다.

"소인이 서인들의 겸인에게 돈을 대주고 있다는 것은 대감들께서도 아실 것입니다. 심순택의 겸인도 소인에게 돈을 받고 있는데 서인들이 작당하여 폐비 민씨를 복위하기 위해 잦은 회동을 하고 있으며 노론과 소론이 손을 잡고 있다고 합니다. 노론의 한중혁도 가세했습니다."

조인성의 보고에 남인들이 일제히 웅성거렸다.

"김춘택이라는 자가 민씨의 복위를 꾀하다니, 어찌 이럴 수가 있는가?"

조인성의 보고를 받은 우의정 민암이 대노하여 책상을 주먹으로 내려쳤다. 빈청에는 영의정 권대운을 비롯하여 좌의정 목내선, 영중추 김덕원, 대사헌 이봉징, 승지 배정휘, 사간 김태일 등 남인의 중추 세력이 모두 집결해 있었다. 조인성의 보고를 받은 그들의 얼굴도 심각한 표정이었다.

"김춘택과 한중혁이 상소를 언제 올린다는 것인가?"

민암이 조인성을 쏘아보면서 물었다.

"상소문의 초를 잡고 있다고 하니 조만간 올릴 것입니다."

"김춘택과 한중혁을 당장 잡아들여 국문을 해야 합니다."

좌의정 목내선이 굵은 눈썹을 꿈틀거리면서 말했다.

"맞습니다. 저자들이 무슨 흉계를 꾸미기 전에 싹을 잘라 버려야 합니다."

"국청을 설치하는 것이 좋겠습니다. 국청을 설치하여 서인들이 다시는 꿈틀대지 못하도록 쓸어버려야 합니다."

남인들은 흥분하여 국청을 설치하자고 주장했다.

"상소를 올린다고 국문을 할 수 있나? 이는 언로를 막는 일이야."

영중추 김덕원이 점잖게 말했다.

"당치 않습니다. 민씨의 복위는 우리 남인의 존망과 관련이 있습니다."

"그렇습니다. 민씨에 대한 말이 나오기 전에 먼저 제거해야 합니다."

대신들이 다투어 강경한 발언을 쏟아놓았다.

"당장 전하를 뵙고 국문을 청합시다."

민암은 대신들의 말을 묵묵히 듣고 있다가 분연히 소리쳤다. 조인성은 민암과 목내선을 비롯하여 남인 대신들이 편전으로 몰려가자 비로소 안도의 한숨을 내쉬고 사헌부로 돌아오기 시작했다. 국청이 설치되면 피바람이 몰아칠 것이다. 문득 매제인 김일중에게 이 사실을 알려주어야겠다고 생각했다.

김일중은 조인성의 얼굴을 빤히 쳐다보았다. 남인들이 전하에게 국청을 상주한다고? 조인성은 김일중에게 국청이 벌어지면 서인 몇몇은 목숨을 잃을 것이니 몸조심하라고 당부하기 위해 온 것이다. 조인성은 김일중의 손위 처남이었다. 조인성의 부친이 딸을 당이 다른 김일중에게 출가시키는 바람에 장인이 되었고 조인성은 처남이 되었다. 김일중은 조인성이 누이동생의 남편인 자신의 뒷배를 보아주는 것을 누구보다도 잘 알고 있었다. 조인성은 비상한 재주를 갖고 있어서 신진사대부였으나 남인 대신들의 신망을 한 몸에 받고 있었다. 장차 남인을 이끌어갈 재목이리는 평가를 받고 있었다.

조인성은 김일중이 매제인데다가 위인도 총명하고 학문이 정심한 바가 있어서 뒷배를 보아주었다. 그가 첩도 들이지 않고 누이동생을 지극히 사랑하여 아들딸을 줄줄이 다섯이나 낳고 오순도순 사는 것도 흡족했다. 당만 같았더라면 더욱 좋았을 것이다. 조인성이 사람들의 눈을 피해 찾아가면 김일중은 아이들을 안고 업고 방바닥에서 뒹굴 때가 많았다.

"김 서방이 네게 잘해주더냐?"

때때로 조인성은 누이동생에게 물었다.

"잘해주고말고요. 하늘 아래 둘도 없는 남편이에요."

누이동생은 그럴 때마다 곱게 웃으면서 대답했다. 누이동생은 행복에 겨워하고 있었다.

"국청이 설치되면 서인 몇이 죽어 나갈 것이니 자네에게 조심하라고 당부하러 왔네."

조인성은 자초지종은 이야기하지 않았다. 총명한 김일중이니 이 정도만 이야기해도 알아들을 것이라고 생각했다.

"역모입니까?"

김일중은 조인성의 눈빛을 조심스럽게 살폈다.

"태평성대에 무슨 역모가 일어나겠는가?"

"그럼 서인을 잡을 옥사로군요."

김일중은 가슴이 쿵쾅거리고 뛰는 것을 느꼈다. 남인들이 국청을 설치하는 것은 서인들을 때려잡기 위해서이다. 서인들이 만들어놓은 함정에 남인들이 걸려든 것이다.

"아무래도 형님은 국청에 참여하지 않는 것이 좋겠습니다."

김일중은 조인성을 쏘아보면서 낮게 말했다.

"그게 무슨 말인가?"

"자칫하면 환국이 일어날 수도 있습니다."

"서인이 반격을 한다는 말인가? 그래 봤자 계란으로 바위 치기에 지나지 않을 것일세."

조인성은 자신이 넘치는 표정이었다.

"형님, 정국이 어떻게 바뀔지는 전하의 복심에 있는 것입니다."

"음."

"몸이 아프다는 핑계를 대고 집으로 돌아가 쉬십시오. 이번에는 반드시 제 말을 들어야 합니다."

김일중은 조인성의 손을 잡고 단호하게 말했다. 조인성은 뭔가 미심쩍어하는 표정으로 돌아갔다. 김일중은 조인성을 대문까지 배웅하고 돌아와 출타할 준비를 했다. 아내 조씨가 사랑까지 나와서 왜 오라버님이 점심도 들지 않고 갔느냐고 물었다. 김일중은 사헌부에 바쁜 일이 있기 때문이라고 둘러대고 집을 나왔다.

날씨는 따뜻했다. 봄이 무르익어 집집마다 살구꽃이며 복사꽃이 흐드러지게 피고 햇살이 길바닥에 난무했다. 운종가 쪽으로 걷자 아이들이 골목을 뛰어다니며 노래를 부르는 소리가 들렸다.

장다리는 한철이나 미나리는 사철이다.
미나리는 사철이요 장다리는 한철이다.
메꽃 같은 우리 딸이 시집 삼 년 살더니
미나리꽃이 활짝 피었네.

104

서포 김만중이 지었다는 동요다. 김만중은 인현왕후 민씨를 미나리에 비유하고 희빈 장씨를 장다리에 비유했다. 미나리는 사시사철 살아 있지만 장다리는 한철이다. 희빈 장씨의 시대가 끝나고 민씨의 시대가 올 것이라는 예언과 같은 노래다. 아이들에게 그의 동요가 널리 불리고 있는 것은 서인을 위하여 좋은 징조다. 숙종이 이 노래를 듣게 된다면 분명히 민씨를 복위시키게 될 것이다.

김일중은 숙종 13년에 진사가 되었고, 1702년 식년 문과에 장원급제하여 정언, 감찰 등을 거쳐 세자시강원문학과 지평을 지냈다. 숙종 18년, 문과 중시에 장원해 판결사(判決事)에 특진되고, 3년 만에 동부승지가 되었으나 노론에 의해서 한직인 부사과(副司果)로 전출되었다.

김일중은 공덕리 구름재로 넘어가는 이현의 와가에 이르자 주위를 둘러보았다. 누가 자신을 뒤따라오지는 않은 것으로 보였다. 그는 굳게 닫혀 있는 대문을 두드렸다. 연잉군을 낳은 숙빈 최씨의 사가였다. 이내 대문이 열리고 김일중의 얼굴을 확인한 내관이 안으로 맞아들였다.

좌포도청 총무청 앞에는 포졸들이 삼엄하게 도열해 있었다. 장붕익은 섬돌에 서서 포졸들을 노려보았다. 잠시 후면 내금위 위사들과 함께 안국동의 감고당(感古堂:인현왕후의 사저)으로 가서 왕비 민씨를 호위하여 경복당으로 들어가야 했다. 며칠 동안 숨 가쁘게 정국이 돌아가더니 민씨를 복위시킨다는 교서가 내리고 좌포청에 민씨의 연을 호위하라는 명이 떨어진 것이다. 서인 계열의 김춘택과 한중혁이 민씨를 복위시키려고 한다는 사실이 남인들에게 포착되었고, 남인들이 숙종에게 아뢰어 국청을 설치하고 그들을 혹독하게 고문했다. 장붕익은 국청에서 조사가 살벌하게 이루어지자 서인들 몇이 사사될 것이라고 생각했다. 그러나 그의 예측과 달리 정국이 갑자기 바뀌었다.

"지난번 빈청에서 국기(國忌)일이었는데도 대신들이 서둘러 와서 모이기에 변방의 정상이 아니면 시끄러운 꼬투리를 일으키는 일이 있을 것으로 생각하였더니 입시하였을 때에 우의정 민암이 과연 함이완의 일을 아뢰고, 이어서 금부를 시켜 가두고서 추핵하기를 청하므로 내가 윤허하였다. 겨우 하루가 지나니 금부의 당상이 방자하게 청대하여 옥사를 확대했다. 예전에 갇혀서 추고받던 자가 이제는 도리어 옥사를 국문하게 되고, 예전에 죄를 정하던 자가 이제는 도리어 극형을 받게 되었다. 하루 이틀에 차꼬, 칼, 용수를 쓴 죄인이 의금부에 차게 하고, 서로 고하고 끌어대면 문득 면질을 청하고, 면질이 겨우 끝나면 거의 죄다 처형을 청하니 그 전후에 끌어댄 자도 장차 차례로 죄로 얽어맬 것이다. 게다가 서인의 부인들이 변을 당하는 것도 범상한 일이 아니다. 살주계의 이름을 빌려 서인을 해코지하고자 하는 것이 아니고 무엇인가. 임금을 우롱하고 대신을 함부로 죽이는 정상이 매우 통탄스러우니 국문에 참여한 대신 이하는 모두 관작을 삭탈하여 문외로 출송하고 민암과 금부 당상은 모두 절도에 안치하라."

숙종의 무시무시한 영이 내려졌다. 숙종은 한순간에 조정의 대신들을 갈아치운 것이나. 만정이나 징변이 일어날 때보다도 더 많은 대신들이 출척되었다.

영의정 권대운, 좌의정 목내선, 영중추 김덕원, 대사헌 이봉징, 승지 배정휘, 사간 김태일, 장령 이정, 정언 채성윤, 심득원 등은 모두 관삭을 삭탈하여 문외로 출송하고, 우의정 민암, 판의금 유명현, 지의금 이의징, 정유악, 동의금 목임일 등이 절도에 안치되었다.

민씨 복위에 반대하던 남인들이 일거에 몰락한 이 사건을 후일의 사가들은 갑술환국(甲戌換局)이라고 부른다.

장붕익은 회오리처럼 몰아치는 숙종의 영에 전율했다. 포도청은 숙종의 영이 살벌했기 때문에 바쁘게 움직였다. 유배를 가는 대신들을 호송하고 도성의 경비를 강화했다. 양반의 부인들을 살해하는 살주계를 잡는 일은 뒤로 미루어졌다. 숙종은 살주계까지 남인들의 소행으로 몰아가고 있었다.

"비망기가 승정원에 내려진 지 이미 오래되었는데 전지가 아직도 들어오지 않으니 그 머리를 모으고 상의하여 반드시 구제하려는 정상이 참으로 매우 통분하고 놀랍다. 입직한 승지와 옥당을 모두 파직하라. 이번 복역의 논의는 집에 있는 승지, 삼사도 반드시 모를 리가 없으니 마찬가지로 파직하라."

숙종은 집에 있는 대신들까지 모조리 파직했다. 마치 벼락이 몰아치듯 출척의 바람이 휘몰아쳤다. 남인들로서는 소름이 끼치도록 무서운 임금이었다.

숙종은 남인들을 조정에서 모조리 숙청한 뒤에 인현왕후 민씨를 궁으로 다시 부르기로 결정했다. 서인들이 등용되었기 때문에 인현왕후 민씨의 복위가 별다른 반대 없이 결정된 것이다.

장붕익은 남인이 몰락하고 서인이 정권을 잡는 것을 보고 경악하지 않을 수 없었다.

포도청의 주요 임무 중 하나가 국왕이나 왕비의 행차에 경호 임무를 맡는 것이다. 왕비 민씨의 복위 행차는 좌대장 이인하에게 경호 임무를 맡으라는 영이 승정원으로부터 떨어져 있었다.

"전원이 모였는가?"

이인하가 좌포도청의 정청인 총무청에서 나오면서 장붕익을 향해 물었다. 이인하는 칼까지 옆구리에 차고 금관자까지 늘어뜨려 삼엄하게 위의를 갖추고 있었다.

"예, 전원이 대령했습니다."

장붕익은 재빨리 허리를 굽히고 대답했다.

"말을 대령하라."

이인하의 영이 떨어지자 포졸들이 말을 끌고 나왔다. 이인하가 먼저 말에 올라타자 장붕익과 선임 종사관인 김필곤도 뒤따라 말에 올라타 이인하의 좌우에 늘어섰다. 행렬을 인도하는 포도부장은 의장기를 앞세우고 대열의 선두에 서 있었다. 창이 빽빽하게 늘어서고 깃발이 숲을 이루고 펄럭거렸다.

"출발!"

이인하가 영을 내리자 의장기를 앞세운 포도부장을 따라 행렬이 포도청을 나가기 시작했다.

표철주는 남장을 하고 벙거지까지 쓰고 방에서 나온 예분을 보고 빙긋 웃었다. 남장을 해도 계집애 티가 나는 것은 어쩔 수가 없었다. 오뚝한 콧날 이며 앵두처럼 붉은 입술, 뽀얀 살결이 남장을 하자 앙증맞기까지 했다.

"아따, 남장을 하니 영락없이 총각이네. 기생 년들이 예쁜 총각이라고 꼬리를 치겠어."

영달이 입을 벌리고 손가락질을 하면서 낄낄거리고 웃었다.

"삼촌, 내가 정말 총각 같아?"

예분이 눈을 치뜨고 영달을 쏘아보았다.

"아무렴. 토실토실한 엉덩이와 호박만 한 가슴 달린 총각이지."

영달의 너스레에 예분은 어리둥절한 표정이었다. 그러나 봉당에 내려서 서 짚신을 신기 시작했다. 한양의 안국동까지 가려면 서둘러야 했다.

"매형이랑 누님은 안 가실라우?"

영달이 오씨와 장춘삼을 향해 물었다. 이른 아침을 마친 장춘삼은 멍석 에 앉아서 곰방대를 빨고 오씨는 빨래를 널고 있었다. 볕이 쨍쨍한 4월의 아침이었다. 하늘은 맑고 푸르고 바람은 따사로웠다.

"나는 매형하고 집에 있을란다. 그 먼 한양까지 어떻게 갔다가 와?"

오씨는 먼 길을 가고 싶은 생각이 없다고 했다.

"중전 마마가 복위하신다는데 구경을 안 가다니…… 이런 일이 평생에 또 있을 줄 아세요?"

"내 기깅은 하지 말고 니너와."

오씨가 잔소리 그만 하고 어서 가라는 듯이 손을 내저었다.

"그럼 갔다가 오겠습니다. 집안에 아무도 없으니 두 분이 오붓하게 지내시고…… 그래도 혹시 시간이 남으면 예분이 동생이나 하나 만드시우."

"어이구, 저놈의 실없는 주둥이 하고는."

오씨가 혀를 찼다. 표철주는 영달의 우스갯짓에 고개를 돌리고 웃었다. 영달은 서른 살이 넘은 노총각이었다. 장춘삼과 오씨가 예분과 표철주의 혼례를 늦추고 있는 것은 영달 때문이었다. 영달을 먼저 장가보내야 예분의 혼례도 올리는데 도무지 짝이 나서지 않았다. 그래도 영달은 천하태평으로 난전 귀퉁이에 있는 주막집만 뻔질나게 드나들었다.

'그 여편네가 허리 하나는 기가 막히게 잘 돌리거든.'

영달은 주막집에 다녀오는 날은 무엇에 홀린 듯이 허공을 바라보면서 실실대고 웃었다.

"다녀오겠습니다."

장춘삼마저 어이없다는 듯이 낄낄대고 웃는 것을 본 표철주는 두 사람에게 허리를 굽혀 인사를 하고 마당을 나왔다. 송파 시전도 아침이기는 하지만 난전이 텅텅 비어 있었다. 어제부터 중전 마마가 복위한다는 소문이 난전에 파다하게 퍼져 사람들이 장사도 하지 않고 구경을 간 것이다.

"삼촌, 중전 마마가 복위된다는 게 무슨 소리야?"

예분이 송파 시전을 지나 강둑길을 걸으면서 물었다. 표철주도 왕비가 복위된다는 말이 무슨 말인지 전혀 알 수가 없었다.

"중전 마마께서 6년 선에 임금님께 죄를 지어 내쫓겼는데 다시 돌아오신다는 거야."

110

"무슨 죄를 지었는데?"

"죄는 무슨…… 아무 죄도 짓지 않았는데 후궁이 투기를 해서 그렇다고 하더라."

강둑에도 한양으로 들어가는 사람들로 가득했다. 흰옷을 입은 사람들이 줄을 지어 한양을 향해 가는 모습은 장관이었다.

"인산인해네!"

영달이 공연히 들떠서 소리를 질렀다.

"인산인해가 뭐야?"

"사람이 산처럼 많고 바다처럼 많다는 거야."

"그 말은 맞다. 히히."

예분이 표철주의 손을 잡으면서 웃었다. 표철주는 자신의 손을 잡고 따라오는 예분을 보고 미소를 지었다. 예분의 부드러운 손에서 따뜻한 온기가 느껴졌다.

"이것들이 남녀칠세부동석도 모르나? 대가리에 피도 안 마른 것들이 대로에서 손을 잡아?"

영달이 눈을 치뜨고 소리를 질렀다.

"삼촌, 손을 잡으면 안 되는 거야?"

예분이 눈을 동그랗게 뜨고 물었다.

"그걸 말이라고 물어? 다른 사람들이 보면 맞아 죽어."

"저말?"

"어여 손 놔."

표철주는 예분의 손을 놓았다. 남녀가 한낮에 손을 잡고 있으면 음란하다고 했고, 양반은 내외가 더욱 엄격하여 종이 없으면 서로 말을 할 수도 없었다. 왕십리를 지나자 동대문으로 사람들이 빽빽하게 들어가고 있었다. 영달이 말을 했는데도 사람들이 많아지자 예분이 표철주의 손을 꼭 잡았다. 그들이 사람들에게 어깨를 부딪치면서 안국동에 이른 것은 한낮이 가까워지고 있을 때였다.

"니덜은 내 뒤에 바짝 붙어 있어야 한다. 잘못하면 길을 잃어."

영달도 긴장되는지 표철주와 예분을 돌아보고 말했다.

"물럿거라! 쉬이 물럿거라!"

이내 말을 탄 관리가 고함을 지르면서 오기 시작했다. 그러자 인파가 물결처럼 갈라졌다. 표철주는 예분을 앞에 세우고 행차를 구경하기 시작했다. 사람들이 잔뜩 몰려들어 밀고 밀치느라고 정신이 없었다.

"온다!"

사람들이 목을 길게 빼면서 웅성거렸다. 벽제소리를 지르는 관리가 지나가자 이번에는 의장기를 든 관리들이 지나가기 시작했다. 불을 뿜을 듯이 붉은 의장기와 청룡기, 현무기, 주작기 등 색색의 의장기들이 하늘 높이 펄럭거렸다. 표철주는 가슴이 설레기 시작했다. 의장기의 뒤를 이어 취타대가 북과 나팔을 울리면서 행진해 왔다.

"와!"

취타대의 행렬이 오자 사람들이 마구들 지면서 환호했다.

"오빠, 저기 말 탄 사람은 누구야?"

예분이 뒤를 돌아보면서 물었다. 그러나 말을 탄 사람이 누구인지는 알수 없었다.

"나도 몰라. 높은 분인 것 같아."

표철주는 검은 수염을 늘어뜨린 관리를 쳐다보면서 대답했다.

"소매, 저분은 좌대장 이인하 영감이야."

그때 여인의 육향이 물씬 풍기면서 포교 옷을 입고 있는 여자가 옆에서 말했다. 표철주가 힐끗 쳐다보자 20대 초반으로 보이는 여자였다. 표철주는 여자를 보자 벼락을 맞은 듯이 몸을 부르르 떨었다. 가슴이 콱 막히면서 그의 눈에 눈물이 그렁그렁해졌다.

'재령에서 비렁뱅이들에게 끌려간 누나야.'

표철주는 이향이 누나가 틀림없다고 생각했다. 자신도 모르게 그녀를 홀린 듯이 쳐다보고 있는데 목이 메었다.

"좌대장?"

"좌포도청 포도대장님, 옆에는 종사관 김필곤 나리와 장붕익 나리야. 중전 마마를 경호하고 있어."

"언니도 포교예요?"

"여자가 무슨 포교겠어? 나는 좌포도청 다모야."

이향의 시선이 자신을 뚫어질 듯이 쳐다보고 있는 표철주에게 향했다. 그녀는 표철주의 눈에 눈물이 그렁그렁하여 어리둥절했다.

"누나⋯⋯."

표철주가 떨리는 목소리로 말하면서 이향에게 다가왔다. 이향은 당황스러운 표정으로 한 걸음 뒤로 물러섰다.

"무, 무슨 소리야?"

이향은 표철주의 말을 이해할 수 없었다. 예분도 의혹이 가득한 눈으로 두 사람을 번갈아 쳐다보고 있었다.

"나 철주야. 누나가 비렁뱅이들에게 잡혀가서 헤어졌던 생각 안 나?"

표철주의 눈에서 눈물이 주르르 흘러내렸다.

"사람 잘못 보았어. 나에게는 동생이 없어."

이향의 얼굴에서 냉기가 뿜어졌다.

"정말 동생이 없어요?"

"없어. 네 누나가 누구인지 몰라도 나는 아니야. 네 누나와 내가 비슷하게 생긴 모양이구나."

표철주는 이향의 말이 믿어지지 않았다. 누나가 아니라면 어찌하여 이토록 닮았는가. 표철주는 이향의 얼굴을 쳐다보고 못이 박힌 듯 서 있을 뿐이었다.

"나에게는 동생이 없어."

이향은 묘한 기분을 느끼면서 거듭 강조했다. 표철주가 실망이 가득한 표정으로 고개를 떨어뜨렸다. 이향은 무겁게 한숨을 내쉬었다. 그녀에게 오라버니는 있었으나 동생은 없었다. 오라버니는 자신이 젖먹이였을 때 어머니의 목걸이 하나를 걸어주고 어디론가 떠나갔다고 그녀를 키워준 주인댁에게 들었었다. 그러나 어렸을 때의 일을 세대로 알기도 전에 주인댁이 몰살을 당하는 바람에 그녀의 과거는 더 이상 알 수 없게 되었던 것이다. 그

114

녀는 때때로 목걸이를 만지면서 부모는 누구인지, 오라버니는 누구인지 생각해 보고는 했다. 동생이 있다는 이야기는 들은 일이 없었다.

"실망하지 마라. 어떻게 헤어졌는지 몰라도 네 누나를 찾을 수 있을 게다. 동생이냐?"

이향이 표철주와 예분을 번갈아 살피면서 물었다.

"우리 오빠예요. 친오빠는 아니구요. 어머니와 아버지가 혼례를 올려준댔어요. 삼촌만 장가를 가면……."

예분의 말에 이향이 웃음을 터뜨리고 표철주는 얼굴이 붉어졌다. 그때 포도청 관리들의 행렬이 지나가고 붉은 철릭을 휘날리는 사내들이 오기 시작했다.

"내금위 위사들이야. 별감들이라고도 하고 우림아라고도 하지."

"멋있다."

"저들을 좋아하지 마. 기생방에서 사는 사람들이니까."

이향이 날카롭게 잘라 말했다. 표철주는 비로소 가마를 인도하는 별감의 무리에게 시선을 향했으나 이향에게 자주 시선을 보내고는 했다. 내금위 위사들이 두 줄로 호위하는 가운데 그 안에 내관과 나인들이 오기 시작했다. 내관과 나인들은 팔을 휘두르며 오고 있었다. 그리고 그 뒤에 용과 봉황이 휘날리는 듯한 화려한 가마가 오고 있었다.

"중전 마마의 가마야. 어서 엎드려."

이향이 엎드리면서 예분에게 말했다. 행차를 구경하던 사람들이 일제히 엎드렸다. 표철주도 예분과 함께 엎드렸다. 사람들이 웅성거리면서 왕비 마마의 행차라고 외쳤다. 표철주는 예분의 어깨너머로 가까이 오고 있는 가마를 바라보았다. 여자들 중에 가장 신분이 고귀한 왕비의 행차다. 평생에 이런 행차를 다시 볼 수는 없다. 게다가 한 번 소박을 맞았다가 다시 복위되어 대궐로 돌아오는 왕비다.

"엎드려라! 중전 마마께서 행차하신다!"

내금위 별감들이 사납게 눈을 치뜨고 호통을 쳤다. 지엄한 분이니 가마를 쳐다보는 것도 불경이다. 문득 영달이 어디로 갔는지 보이지 않았다. 그러나 가마가 가까이 오고 있어서 움직일 수가 없었다. 마침내 왕비가 탄 가마가 지나가기 시작했다. 사람들이 미어터질 듯이 몰려와 엎드려 있었기 때문에 행차는 좀처럼 앞으로 나아가지 못했다.

"무슨 일이냐?"

가마에서 부드러운 옥음이 들렸다. 상궁들이 당황하여 이리 뛰고 저리 뛰더니 별감 하나를 데리고 왔다.

"중전 마마, 조신들이 마마께서 복위하시는 행차를 지영한다고 합니다."

별감이 가마를 향해 허리를 굽히고 아뢰었다. 지영은 공손히 환영하는 것이다. 가마가 내려지고 발이 걷혔다. 구경하던 사람들의 입에서 일시에 탄성이 흘러나왔다. 왕비가 발을 걷고 가마에서 내린 것이다.

'아!'

표철주는 어떤 감동이 밀려오는 것을 느꼈다. 왕비가 무어라고 했는지 조신들이 가까이 다가와서 절을 했다. 조신늘 숭에는 우는 사람노 있었나. 폐서인되었던 왕비가 대궐로 돌아오는 것이 저렇게 감격스러운 일인가. 왕비가 대신들에게 무어라고 말을 하고 있었으나 사람들이 웅성거리는 소리 때문에 들리지 않았다. 조신들이 절을 하고 양쪽으로 물러섰다. 왕비가 가마에 오르고 다시 행차가 움직이기 시작했다. 표철주는 왕비의 행차가 완전히 지나갈 때까지 엎드려서 일어나지 않았다.

"오빠, 왕비 마마 얼굴 봤어?"

예분이 몸을 일으키고 표철주에게 물었다.

"응."

"꽃처럼 예쁘더라. 옷도 화려하고."

왕비의 행차가 지나가자 행인들의 일부는 행차를 따라가고 일부는 감고당으로 몰려갔다. 그런데 아까부터 영달이 보이지 않았다. 표철주가 그때서야 영달을 찾으려고 사방을 휘둘러보았으나 영달을 찾을 수가 없었다. 표철주는 어쩔 수 없이 감고당을 구경한 뒤 집으로 돌아가기로 했다. 감고당은 낡은 기와집이었으나 마당에는 잡초가 무성했다. 인현왕후 민씨가 6년 동안 죄인처럼 살았다는 집이다. 사람들은 감고당을 들여다보면서 혀를 차기도 하고 안타까워하기도 했다.

"너희는 어디에 살고 있느냐?"

감고당을 구경하고 돌아오는데 이향이라는 포도청 다모가 앞을 막고 물었다.

"송파나루요."

예분이 이향을 힐끗 쳐다보고 대답했다.

"하는 일은?"

"양수척이에요."

"난전에서 장사를 하느냐?"

"네."

"그럼 송파나루에게 가면 찾을 수 있겠구나. 며칠 안으로 찾아갈 테니 이자를 찾아봐라."

이향이 소매 속에서 용모파기 한 장을 꺼내서 표철주에게 주었다. 이향이 준 용모파기에는 삿갓을 쓰고 지팡이를 들고 있는 그림과 왼쪽 눈 밑에 칼자국이 있고 수염이 덥수룩한 사내의 얼굴이 그려져 있는 그림이 함께 있었다.

"이자를 찾으면 상금을 후하게 줄 것이다."

이향이 알 듯 말 듯 야릇한 미소를 지었다. 표철주가 고개를 끄덕거리면서 그림을 들여다보다가 고개를 들자 그녀는 어디로 갔는지 보이지 않았다. 예분도 놀라서 눈을 동그랗게 뜨고 사방을 휘둘러보았다.

"오빠, 이 여자 어디 갔어?"

"나도 모르겠다. 어떻게 연기처럼 사라져 버렸지?"

"오빠, 이 여자, 요괴 아니야?"

"요괴일 리가 없어."

표철주는 고개를 흔들었다. 포도청 다모 이향의 꽃처럼 환한 얼굴이 떠올랐다. 그녀는 정말 내 누나가 아닌 것일까. 그녀는 정말 비렁뱅이들에게 사정없이 누들겨 맞고 끌려간 누나가 아니라는 말인가. 누나의 얼굴이 점점 희미해져 가고 있었으나 이향을 처음 본 뒤 누나의 얼굴이 환하게 살아

118

나고 있었다. 표철주는 예분을 데리고 6조 거리와 운종가를 구경한 뒤 국밥을 사 먹었다. 도성 안이라 그런지 문 안은 활기가 넘치고 있었다. 예분은 표철주가 누나 때문에 우울해하자 기분을 좋게 해주려고 애를 썼다. 표철주는 한양을 구경하고 느릿느릿 동대문을 나섰다.

"오빠, 다리 아파 죽겠어."

뚝섬 강둑에 이르자 예분이 지친 표정으로 종알거렸다.

"해지기 전에 돌아가야지."

"오빠가 조금만 업어주면 안 돼?"

"사람들이 이상하다고 흉을 볼 거야."

"남장을 해서 몰라."

표철주는 어쩔 수 없이 예분을 등에 업고 집으로 돌아오기 시작했다. 등에 업힌 예분에게서 좋은 냄새가 풍겼다. 그들이 집에 돌아왔을 때는 사방이 캄캄해져 있었다. 표철주는 예분과 함께 저녁을 먹고 방으로 돌아와 누웠다. 표철주는 좀처럼 잠이 오지 않았다. 이상하게 이향의 얼굴이 자꾸 눈에 어른거려 눈시울이 뜨거워져 왔다.

"아니, 삼촌은 어딜 갔다가 이제 옵니까?"

영달은 밤이 이슥해서야 돌아왔다.

"흐흐…… 좋은 데 다녀왔지."

영달이 술 냄새를 풀풀 풍기면서 이불 속으로 들어갔다.

"좋은 데요?"

"네놈이 다방골을 알란가 모르것다."

표철주는 눈을 뜨고 허공을 쳐다보았다. 강 건너 어디에서인지 접동새가 울고 있었다.

접동새가 울 때마다 이영은 습관처럼 몸을 부르르 떨었다. 접동새 울음소리를 잊으려고 하면 어느 산에서인지 접동새가 피를 토하듯이 울었다. 접동새 우는 소리가 들릴 때마다 이영은 계집을 품거나 술에 취하지 않으면 견딜 수가 없었다. 머리가 빠개지는 것 같고 눈에서 피눈물이 흘러내리는 것 같았다. 세상의 양반 놈들을 모조리 죽여 버리리라. 세상의 양반 계집년들 모조리 발가벗겨 능욕하리라. 그리하여 잘난 양반 놈들 눈에 피눈물이 흘러내리게 하리라. 이영은 그럴 때마다 눈에 핏발을 세우고 맹세를 하고는 했다.

"죽여줘! 죽여줘요!"

접동새의 울음소리에 귀를 기울이고 있는 그에게 알몸의 계집이 바짝 달라붙어 몸부림을 쳤다.

'죽여달라고? 이 계집이 제정신이 아니구나. 사람 명줄 끊는 것을 파리 잡듯 해치우는 나에게 죽여달라고?'

이영은 바짝 매달려 몸부림을 치는 계집을 내려다보았다. 캄캄한 어둠 속이라 계집의 얼굴이 뚜렷이 보이지 않았다. 눈에 보이는 것은 어둠 속에서 희미하게 윤곽을 드러내고 있는 살덩어리였다.

이 계집은 죽일 수가 없다. 처음에는 죽일 가치도 없는 천박한 계집이어서 살려주는 것이라고 생각했다. 이런 계집은 천한 종년이나 다를 바 없다.

겁간을 하는 사내 밑에 깔려서 언제 죽을지 모르는 처지에 있으면서도 자지러지는 신음 소리를 토해내고 정신없이 요분질을 해대고 있다.

살집은 풍성했다. 양반의 계집이니 잘 먹고 잘 입어서 피둥피둥 살이 쪘는지도 모를 일이다. 이영은 계집의 풍만한 젖무덤을 두 손으로 움켜쥐었다. 계집이 흥에 겨워 콧소리를 냈다. 이영은 젖무덤 하나를 입속에 넣고 자근자근 저작했다. 계집의 신음 소리가 더욱 자지러졌다.

"아야!"

계집이 날카로운 비명을 질러대면서 그의 등을 두드렸다. 이영이 이빨로 계집의 젖무덤을 깨문 탓이다. 내일 아침에 계집의 하얀 젖무덤에 이빨 자국이 선명하게 박혀 있으리라.

"아, 아파요. 살살 깨물어……."

계집의 입에서 단내가 훅 하고 뿜어졌다.

"정말 죽여줄까?"

"응, 죽여줘요."

계집이 냉큼 대답했다. 이 맹하기 짝이 없는 계집년. 당장 목을 부러뜨릴지도 모를 살인마에게 죽여달라고 애원을 하다니. 이영은 속으로 웃음이 터져 나왔다.

"나를 안 죽이면 내가 죽일 거야."

계집의 눈에서 요기가 뿜어졌다. 이영이 멈칫하자 오히려 그를 쓰러뜨리고 제가 위로 올라왔다. 이영은 가쁜 숨을 진정시키기 위해 눈을 감았다. 계집은 그의 위에서 비녀를 빼고 머리를 풀어헤쳤다. 양반네의 단정한 머리가 갑갑한 모양이었다. 계집이 서서히 엉덩이를 흔들기 시작하자 긴 머리카락이 구름처럼 흩어졌다.

사헌부 감찰 김종한의 계집이었다. 남인들이 전도가 촉망된다고 사복시에 있던 놈을 사헌부로 끌어올렸으나 김춘택, 한중혁 사건에 휘말려 유배를 갔다.

"네 서방은 무엇을 하느냐?"

처음에 겁간을 하고 계집에게 물었었다.

"사헌부 감찰입니다."

"흥. 세도가 당당한 양반이구나."

"세도가 당당하면 무엇 하오리까? 집에는 며칠에 한 번 들어오니 당연히 이런 짓을 하지요."

계집이 자신을 겁간한 사내의 품속으로 파고들면서 종알거렸다.

'요것 봐라? 맹랑하기 짝이 없는 년이구나.'

이영은 겁간을 당하고도 울거나 절조를 잃었다고 자진할 생각을 하지 않고 오히려 사내의 품속으로 파고드는 계집에게 놀랐다.

"바쁜 일이 있는 게지."

"사내들 하는 일이야 늘 사람 죽이는 일이지요."

"네 서방도 사람을 죽이느냐?"

"사헌부 감찰 하는 일이 무엇이옵니까? 다른 당인들 잡아다가 족치고 조성에서 쫓아내는 짓이지요."

계집은 김종한에게 불만이 잔뜩 쌓여 있었다. 김종한이 종으로 거느리던 어린 계집을 친압한 뒤에 비첩으로 들인 탓이었다.

"요즘도 사람 죽이는 일을 하느냐?"

"한중혁이라는 자를 잡아서 국청을 연다고 합니다."

"한중혁이 뭘 하는 위인이냐?"

"폐서인 민씨를 복위시킨다고 하더이다. 남인 쪽에서 이를 구실로 서인들 씨를 말린다고 합니다."

그랬구나. 숙종께서 남인들을 몰아낼 궁리를 하고 있는 것이 이유가 있었구나. 숙종께서 이 일을 아시면 무릎을 치고 좋아하시겠구나. 이영은 계집에게 들은 말을 대전 내관 안중경에게 알렸다. 그리하여 남인들이 한중혁과 김춘택을 가혹하게 고문하여 서인들의 싹을 자르려던 음모가 드러난 것이다.

"그대는 뭘 하는 사람이오?"

계집이 그의 사타구니를 쓰다듬기 시작하면서 물었다.

"내가 뭘 하는 사람이든 알 바 없다."

"다음에도 또 찾아와요. 이녁이 문고리 걸지 않고 기다릴 테니까."

그랬다. 계집은 그에게 완전히 빠져 있었다. 그러나 이영이 계집을 다시 찾아온 것은 열흘이 지난 뒤였다. 계집을 능욕하고 죽여 없애 버리려고 했다. 능욕을 당한 뒤에 발가벗겨져 죽어 있는 여편네의 시신을 보고 눈이 충혈된 놈의 얼굴을 보고 싶었다. 그러나 계집을 죽이기 위해 찾아왔을 때 김종찬은 유배를 가고 없었다.

'계집을 죽인다고 해도 유배를 갔으니 소용이 없구나.'

이영은 계집을 죽이는 일을 다음으로 미룰 수밖에 없었다. 그리고 오늘 밤이 세 번째였다. 인현왕후 민씨가 대궐로 돌아온 것을 본 이영은 대낮부터 취하도록 술을 마셨다. 양반들이 서인이네 남인이네 하고 죽고 죽이는 것은 그가 알 바 아니었다. 저희들끼리 싸우다가 양반들의 씨가 마른다고 해도 관심을 둘 일이 아니었다.

"어머니……."

이영은 어머니를 나직하게 부르면서 입술을 피가 나도록 깨물었다. 어머니를 떠올릴 때마다 피가 역류하고 몸이 떨렸다. 어머니는 제기현에 사는 양반 홍우래의 여종이었다. 이영이 어릴 적 어느 날 술에 취한 홍우래가 갑자기 집으로 들이닥쳤다. 어머니가 황급히 홍우래에게 인사를 올리자 홍우래가 이유도 없이 이영을 발로 차서 내쫓았다. 이영은 울면서 밖으로 뛰어나왔다. 그러나 어린 마음에도 집에 있는 어머니와 동생들이 걱정되어서 이영은 울타리 밖에서 울다가 뒤꼍으로 돌아가 방 안을 살폈다. 홍우래는 어머니를 주먹으로 때리고 발로 차고 있었다. 이영은 홍우래가 너무나 무서워서 숨조차 제대로 쉴 수 없었다. 홍우래가 어머니의 옷을 벗기고 달려들었다. 어머니는 울부짖으면서 저항했으나 소용이 없었다. 어린 나이었으나 이영은 홍우래가 무엇을 하는지 알 수 있었다. 어머니는 홍우래가 돌아가자 이불을 뒤집어쓰고 오랫동안 울었다. 아버지는 들에서 일을 하고 돌아와 비통하여 입술을 깨물었다. 이영은 힘이 약해 홍우래를 저지하지 못한 자신이 미웠고 홍우래가 서구스디있다.

아버지는 밤이 되자 홍우래의 집에 가서 그의 아버지 홍인한 참판 앞에서 울다가 돌아왔다. 그러나 주인집에는 홍우래가 출타하고 없었다. 뒤늦게 집으로 돌아온 홍우래는 홍 참판에게 꾸중을 듣고 종놈이 행패를 부렸다고 대노하여 집으로 달려왔다. 이영은 홍우래가 집으로 들어오는 것을 보고 겁이 나서 윗방으로 숨었다. 집에는 아버지, 어머니와 아장아장 걸음을 떼어놓는 남동생과 젖을 먹는 여동생이 있었다. 홍우래가 행패를 부리는 일이 한두 번이 아니었기 때문에 그가 나타나면 이영은 도망치는 것이 매를 맞지 않는 방법이라는 사실을 알고 있었다.

홍우래는 방으로 뛰어들어 오자마자 잠을 자고 있던 이영의 남동생을 발로 밟아 죽이고 어린 아들에게 젖을 먹이는 어머니의 머리를 곁에 있던 방망이로 때려 피투성이로 만들었다. 방 안은 삽시간에 아수라장으로 돌변했다. 어머니는 자신의 머리에서 피가 흘러내리는 것도 의식하지 못하고 죽은 아들을 부둥켜안고 울부짖었다. 이때 이영의 젖먹이 동생이 방 안의 소란 때문에 놀라서 울음을 터뜨렸다. 그러자 홍우래는 젖먹이 동생을 거꾸로 들고 때리기 시작했다.

"아가야!"

어머니와 아버지는 경악하여 홍우래의 손에서 젖먹이 딸을 빼앗고 홍우래를 밀어뜨렸다.

"이년! 종년이 감히 상전을 밀어뜨려?"

홍우래는 눈이 뒤집혀 길길이 날뛰었다.

"이고, 우리 아들이 죽었이요! 양반 놈이 우리 아들을 죽였어요! 아늘의 원수를 갚아요!"

어머니가 아버지를 향해 소리를 질렀다. 홍우래는 당황하여 어찌할 바를 몰라 했다. 어머니는 아들의 죽음에 제정신이 아니었다. 어머니는 아버지를 재촉하여 홍우래의 목을 삼끈(麻索)으로 감아서 살해했다. 그러나 어머니와 아버지는 포도청에 체포되어 재판을 받았으나 정당방위가 인정되어 풀려났다. 그러자 홍우래의 동생 홍준래가 집으로 달려와 형의 원수를 갚는다고 아버지와 어머니를 몽둥이로 때려죽였다. 어머니는 홍준래가 돌아간 뒤에도 실낱같은 목숨이 붙어 있었다.

"양반 놈들을 모조리 죽여라."

어머니는 죽음이 임박하자 피눈물을 흘리며 양반들을 저주했다. 아버지와 어머니가 홍준래에게 죽임을 당하자 이영은 떠돌이 거지가 되었다. 이영은 젖먹이 여동생을 돌볼 수가 없어서 어머니의 목걸이를 목에 걸어주고 이웃의 김석산이라는 사람에게 맡기고 거지로 떠돌게 된 것이다.

'홍준래, 네놈의 가족들에게 처절한 고통을 줄 것이다.'

이영은 어머니와 아버지의 죽음을 생각할 때마다 비통하여 이를 악물었다.

이영은 대낮부터 술이 취하도록 마신 뒤에 밤이 되자 사직동에 있는 계집의 집을 찾아온 것이다.

계집을 축 늘어지게 만드는 것은 이력이 나 있었다. 이영은 계집이 허리가 빠진 것처럼 축 늘어지자 주섬주섬 옷을 챙겨 입고 밖으로 나왔다. 어둠 속에서 밖으로 나오자 날빛이 너무 환해신 깃 같다.

휘익.

이영은 한줄기 연기처럼 지붕 위로 날아올랐다. 지붕 위에는 그가 벗어 놓은 삿갓이 그대로 있었다. 이영은 삿갓을 깊숙이 눌러쓰고 지팡이를 들었다.

'아!'

전 사헌부 감찰 김종한의 처 오씨는 지붕 위를 쳐다보고 자신도 모르게 탄성을 내뱉었다.

숨이 넘어갈 듯한 격렬한 방사가 끝나자 그녀는 일부러 잠이 든 체했다. 그러자 사내가 주섬주섬 옷을 입고 밖으로 나갔다. 오씨는 재빨리 문틈으로 밖을 내다보았다. 사내는 휘파람 소리와 같은 이상한 기합 소리와 함께 한 마리 새처럼 지붕으로 날아올랐다. 이어 삿갓을 쓰고 지팡이를 든 뒤 호선을 그리면서 지붕 위를 날아서 저 멀리 사라졌다.

'이 세상 사람이 아니야.'

오씨는 얼굴이 하얗게 변해 방바닥에 주저앉았다.

　　장생은 계집종을 데리고 십사로를 지나 경복궁 시뻑 담장을 삐비니니네 신효를 일에 이르렀다 그는 커다란 띠로 계집종의 허리를 묶고 자신의 팔에 감아 하늘로 솟구쳐 올랐다. 계집종이 깜짝 놀랐으나 장생은 아랑곳하지 않고 겹겹이 되어 있는 대궐의 문 위를 빠르게 날아 대궐의 지붕 위로 올라갔다. 계집종은 너무나 놀라서 눈을 꽉 감았다. 장생이 계집종을 데리고 여러 전각의 지붕을 날아서 도착한 곳은 경회루의 지붕 위였다.

　　"누구 재주가 이렇게 뛰어난가 했더니 형님이시구려. 오늘은 무슨 일로 아리따운 낭자까지 데리고 오셨소?"

　　젊은이 둘이 촛불을 들고 그들을 맞이했다.

　　"낭자가 잃어버린 물건이 있는데 아무래도 아우님들에게 있는 것 같소."

　　장생이 그들을 향해 말했다. 두 젊은이가 유쾌하게 웃더니 경회루의 대들보 위에서 금은보석이 가득 들어 있는 커서 상자를 꺼냈다. 그 상자 안에는 계집종의 머리꽂이도 있었다.

　　"아우님들은 행동을 조심해야 하오. 세상 사람들이 우리의 자취를 알아서는 안 됩니다."

　　장생이 젊은이들에게 말했다. 젊은이들이 웃으면서 그렇게 하겠다고 대답했다. 그사이 계집종은 보석 상자에 있는 머리꽂이를 찾아 머리에 다시 꽂았다. 장생은 계집종을 데리고 대궐의 여러 지붕을 날아다니다가 눈 깜짝할 사이에 집으로 돌아왔다.

—허균의 『장생전』에서

허풍

⑤

조선시대 시장에 사는 사람들

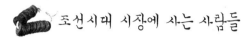
조선시대 시장에 사는 사람들

표철주가 황 의원을 따라 여주에 갔다가 돌아오고 얼마 되지 않아 겨울
이 닥쳐왔다. 겨울은 혹독하게 추웠다. 표철주도 예분의 일가를 따라 때때
로 장사를 나가기도 하고 버드나무 가지로 고리를 짜기도 했다. 겨울이라
고 가만히 앉아서 놀 수 없는 것이 천민들의 삶이었다. 장춘삼은 한겨울에
도 일가를 데리고 장사를 나갔다. 날씨가 조금 따뜻해서 장사를 나가면 영
락없이 눈보라가 몰아치고는 했다. 그러나 오랫동안 장날을 찾아 떠돌면서
길을 다닌 그들은 이력이 나 있었다. 예분은 길을 가면서도 조잘조잘 말을
하거나 흥겹게 노래를 부르고는 했다.

"저놈의 입은 한번 밀문이 일니디니 밈추시를 않네."

영달이 예분을 보면서 고개를 절레절레 흔들었다. 안성 장에서 한양으로 돌아오는 길이었다. 아침부터 날이 꾸물꾸물하더니 그예 눈발이 날리고 있었다. 20리를 족히 걸은 그들은 마을 어귀의 느티나무 아래 짐을 부리고 잠시 쉬었다.

"그러게 말이야. 말을 하게 된 것은 다행인데 시도 때도 없이 웃는 버릇은 고쳐지지 않으니."

오씨가 근심스러운 표정을 지었다.

"그거 다 누님이 예분이 낳을 때 웃으면서 낳아서 그렇다니까요."

"싱겁기는."

"군역에 나갔던 매형이 돌아와서 좋아서 웃었지요?"

"그만 좀 해. 예분이가 말 많은 것은 아무래도 너를 닮은 모양이다."

"그만 하라면 그만 하지요. 그러니까 애 낳을 때 웃으면서 낳으면 안 된다니까."

"이게."

오씨가 영달을 때리려는 시늉을 했다. 장춘삼도 피식 웃음을 터뜨렸다.

"인연인 모양이야, 저 녀석이. 저 녀석이 우리 집에 와서 예분이가 말을 하게 되었어."

장춘삼은 예분이 말을 하는 것이 신기하기만 했다.

"그럼 아예 신랑 각시 시키시지요."

오씨도 표철주가 싫지 않았다. 이제 열서너 살밖에 되지 않았지만 아들처럼 듬직하고 미더웠다.

"사람 참."

장춘삼이 고개를 흔들었다.

"예쁜아, 표철주는 니 신랑이다. 그치? 히히."

영달이 다시 예분이를 놀리기 위해 말했다. 예분이 백치처럼 웃으며 끄덕였다.

"얘가 못하는 소리가 없어."

오씨가 영달을 때리는 시늉을 했다.

"저것들 아주 초례청 차리고 첫날밤 치르게 하지요."

영달이 짓궂게 예분과 표철주를 놀렸으나 장춘삼과 오씨는 흐뭇하기만 했다. 느티나무 아래서 일다경을 쉰 장춘삼의 일가는 다시 한양으로 향하기 시작했다. 안성 장에서도 많은 물건을 팔 수는 없었다.

겨울은 송파나루도 비교적 한산했다. 우시장 쪽만이 활기를 띠었으나 강이 얼어붙어 서강에서 오는 배들도 없었고 목계나루와 같은 내륙에서 오는 배도 없었다.

황 의원은 여전히 난전 한구석에 앉아서 사람들에게 약을 처방하고 침을 놓고는 했다. 침을 놓을 때는 대개 집으로 왕진을 가서 놓는 일이 많았는데 표철주를 불러서 침랑을 들게 하고는 했다.

"황 의원을 도와드려라."

장춘삼은 황 의원이 왕진을 갈 때면 황 의원이 청하지 않아도 표철주를 따라가게 했다. 송파나루 앞의 강물이 녹기 시작할 무렵 황 의원은 표철주를 데리고 퇴계원으로 갔다. 퇴계원에는 오랫동안 풍을 앓고 있는 40내의 중년 여자가 있었다. 농부의 아낙이라 집안이 가난했고 아이들은 거의 굶

주리고 있었다. 황 의원은 무너져 가는 토굴 같은 집에서 중년 아낙의 풍증을 이레 동안 침을 놓아 시술했다. 표철주는 황 의원이 시술을 하고 병부를 작성하는 동안 들판으로 다니면서 아이들과 볕을 쪼였다. 날씨는 점점 따뜻해지고 있었다. 농가의 아낙은 이레가 지나자 간신히 발을 끌면서 걷게 되었다.

"어르신, 세상에서 가장 용한 의원은 누구입니까?"

표철주는 돌아오는 길에 황 의원에게 물었다.

"옛날에 천로(天老)라는 신선이 살고 있었다. 그 노인은 어찌나 병을 잘 고치는지 죽어가는 사람도 그 노인만 찾아가면 병을 고쳐서 살게 되었다."

황 의원이 빙그레 웃으면서 대답했다.

"그 노인은 얼마나 오랫동안 살았습니까?"

"글쎄다. 노인의 의술이 워낙 고명하여 오래 살았지. 그뿐 아니라 병자들도 그를 찾아가서 치료를 받으면 살 수 있으니 죽는 사람이 없었어. 그러자 다른 의원들은 병자가 뚝 끊겨서 먹고살 수 없게 되었어. 의원들은 천노 노인 때문에 먹고살 수가 없게 되자 그 노인을 죽였어. 병자들은 천노 노인을 찾아갈 수 없게 되자 다른 의원을 찾아가서 병을 시료받을 수밖에 없었어. 그런데 한 사람이 중병이 들어 의원을 찾아다녔지만 누구도 그 사람을 고치지 못했어. 그 병자는 사람들에게 물어물어 천노 노인을 찾아갔지만 노인은 이미 죽은 뒤였어. 그래서 무슨 비법이라도 남기지 않았을까 해서 무덤을 파헤쳤어. 그러지 천노 노인이 시체 머리에서 풀이 나왔는데 그 풀이 감초야. 감초는 모든 한방 약재에 쓰이는 약초지. 천노 노인의 몸에서는 애엽(艾葉:약쑥)이 나왔어. 팔에서는 삽주라고 불리는 산강(山薑)이 나왔는데 덩어리가 진 뿌리를 백출(白朮)이라고 하고 덩어리가 지지 않은 뿌리를 창출(蒼朮)이라고 한다. 묵은 뿌리가 창출, 햇뿌리가 백출이다."

삽주는 표철주도 여러 번 본 일이 있었다. 봄철에 연한 순을 따서 나물을 만들어 반찬으로 먹기도 하는데 가장 비싼 산채 중의 하나였다.

"삽주 뿌리를 장복하면 오래 산다. 열선전(列仙傳:중국 신선들 이야기를 기록한 책)에 있는 연자라는 사람이 삽주 뿌리를 먹고 3백 살이 넘게 살았는데 비바람을 마음대로 일으켰다고 한다. 포박자(抱朴子:불로장수의 비법을 기록한 책)에서도 신선이 되는 선약으로 삽주 뿌리가 으뜸이라고 적혀 있다."

황 의원은 표철주가 보는 앞에서 삽주 뿌리를 질겅질겅 씹으면서 걸음을 떼어놓았다. 표철주도 삽주 뿌리를 씹으면서 걷기 시작했다.

동수 패거리는 걸핏하면 난전에 나타나 돈을 뜯어갔다. 표철주는 장춘삼을 도와 고리를 짜면서도 틈틈이 허공을 쏘아보았다. 동수 패거리에게 얻어맞은 것은 힘이 없었기 때문이다. 표철주는 힘을 키워 동수 패거리에게 당한 것을 반드시 되갚아주겠다고 생각했다. 표철주는 그 생각을 하자 일이 손에 잡히지 않았다. 송파나루는 큰 장이라 물자가 풍부할 뿐 아니라 수많은 장돌뱅이에 비렁뱅이, 사당패까지 몰려들어 난장을 이루고 있었다. 하루도 조용할 날이 없이 쌈이 벌어지는가 하면 어깨를 부딪치지 않으면 지나다닐 수 없을 정도로 인파가 들끓었다.

"황 장사다!"

하루는 표철주가 고리짝을 푸줏간에 배달하고 돌아오는데 사람들이 우르르 몰려가는 것이 보였다. 표철주가 무슨 일인가 싶어 따라가자 우시장의 넓은 공터에 사람들이 잔뜩 모여 있었다. 표철주는 사람들 틈을 비집고 들어가 안을 살폈다. 그곳에는 웃통을 벗은 건장한 체구의 사내가 떡 버티고 서 있었다.

"황 장사가 왜 또 온 거야?"

"황 장사야 기운 자랑하러 오지 않았겠나? 누구든지 황 장사를 꺾으면 평생 주인으로 모신다고 하지 않는가?"

"허허허, 그럼 이 송파나루에서 황 장사를 이길 사람이 없다는 말인가?"

"송파나루뿐인가? 전국에서 이름깨나 알려진 호걸들이 도전했지만 꺾은 자가 없다네."

표철주는 사람들이 웅성거리는 소리에 귀를 기울였다. 황 장사는 동이째 갖다가 놓은 술을 벌컥벌컥 마시고 떡하니 버티고 섰다. 그때 한 사내가 사람들 틈에서 나왔다.

"나는 강화도의 뱃꾼 임가요. 장사의 용력이 뛰어나다고 풍문이 자자하여 한판 겨루려고 하오."

8척 장신의 사내가 부리부리한 눈으로 황 장사를 쳐다보았다.

"좋소."

황 장사가 불을 뿜을 것 같은 강렬한 눈빛으로 임가를 쏘아보다가 자세를 갖추었다. 임가가 허리를 잔뜩 숙이고 황 장사 주위를 돌기 시작했다. 황 장사는 두 팔을 벌리고 어깨를 구부렸다. 순간 임가가 날카로운 기합 소리와 함께 허공으로 몸을 날리더니 돌려차기로 황 장사의 턱을 걷어찼다. 임가의 돌려차기에 턱을 얻어맞은 황 장사의 거구가 휘청했다. 공터에 몰려와 구경하던 사람들의 입에서 우 하는 탄성이 쏟아져 나왔다. 표철주는 두 사람의 대결을 손에 땀을 쥐고 지켜보았다. 임가는 황 장사가 휘청하자 그 기회를 놓치지 않고 허공으로 뛰어오르며 발차기로 황 장사의 가슴팍을 내질렀다. 숨 돌릴 틈도 주지 않는 맹렬한 공격이었다. 그러나 황 장사는 임가의 맹렬한 공격에도 끄떡하지 않았다.

"이얏!"

황 장사가 괴성을 지르며 임가의 팔을 낚아챘다.

'아!'

표철주는 낮게 탄성을 내뱉었다. 황 장사는 임가의 팔을 앞으로 잡아당겨 번개처럼 허리를 들어 올려 땅바닥으로 내던졌다. 쿵 하는 소리와 함께 임가가 땅바닥을 나뒹굴었다. 임가의 얼굴이 고통으로 일그러지고 구경을 하던 사람들이 탄성을 내뱉었다. 황 장사가 기회를 놓치지 않고 재빨리 임가를 덮쳤다. 그러나 임가는 빠르게 옆으로 몸을 굴려 황 장사의 손에서 빠져나와 황 장사의 옆구리를 주먹으로 강타했다. 황 장사가 임가의 매서운 주먹에 휘청했다. 표철주는 임가의 반격에 감탄했다.

황 장사와 임가는 서로를 노려보며 대치하고 있었다. 장내는 팽팽한 긴장감이 감돌아 사람들이 숨을 죽이고 있었다. 표철주의 손에서도 땀이 흘러내렸다. 그때 임가가 황 장사의 주위를 돌다가 발자기로 맹렬하게 공격했다. 그의 발은 전광석화처럼 황 장사의 가슴팍에 작렬했다. 임가의 발차기가 세 번이나 황 장사의 가슴팍에 꽂히자 황 장사가 균형을 잃고 비틀거렸다. 임가는 그 순간을 놓치지 않고 정권을 턱에 꽂으려고 힘껏 뻗었다. 순간 황 장사가 임가의 주먹을 맞받아쳤다.

"으악!"

임가가 처절한 비명을 지르면서 튕겨져 나갔다. 구경하던 사람들이 일제히 탄성을 내뱉었다. 순간 엄청난 괴성과 함께 황 장사가 임가를 번쩍 들어 빙빙 돌리다가 땅바닥에 던졌다. 임가는 땅바닥에 처박혀 비틀거리면서 일어났으나 다시 벌러덩 쓰러지고 말았다.

황 장사는 승부가 결정 났다는 듯이 여유있게 손을 털었다.

'거인이다. 진정한 거인이야.'

표철주는 황 장사에게 깊이 감탄했다. 임가가 쓰러져서 일어나지 못하자 황 장사는 다시 허리에 두 손을 얹어놓고 서 있었다. 누구든지 도전할 테면 도전하라는 시위인 것 같아서 표철주는 탄복했다.

"황 장사 말이야? 그 사람은 소금 장수야."

사람들은 황 장사에 대해서 이런 저런 이야기로 화제를 삼았다.

"소금 장수가 어찌 저렇게 힘이 상사인가?"

"어릴 때부터 장사였는데 겨드랑이에 비늘이 있었대. 장사가 태어나면 나라에서 반역을 일으킨다고 죽인다더군. 그래서 황 장사 아버지가 겨드랑이의 비늘을 잘라냈는데 황 장사는 밤마다 마을 뒷산에서 울었다는 거야."

"왜 울어?"

"기운을 쓸 데가 없어서 울지 왜 울어? 매일같이 바윗 덩어리를 등에 지고 산을 오르락내리락했대. 장사로 태어나는 것도 좋은 것은 아닌 모양이야."

"아니야. 태어날 때는 비실비실했는데 지리산에서 정권 연습을 했대."

"정권 연습이 뭐야?"

"나무에 새끼줄을 묶어놓고 치는 연습 말이야. 매일같이 3백 번을 치면 황 장사 같은 장사가 된다는 거야."

표철주는 사람들의 말을 듣고 고개를 끄덕거렸다. 황 장사가 나무를 치는 정권 연습으로 장사가 되었다면 자신도 주먹을 단련하여 장사가 되겠다고 생각했다.

'나도 이제 주먹을 단련할 거야.'

표철주는 영달과 함께 고리를 짜면서도 오로지 정권을 단련해야 한다는 생각에 골몰했다. 표철주는 일이 끝나자 새끼줄을 찾아서 노전을 나왔다.

"야! 너 어딜 가는 거야?"

영달이 표철주를 향해 소리를 질렀다. 표철주는 영달의 말을 듣지 못한 듯이 송파나루를 벗어나 야산으로 달려갔다. 산속으로 깊숙이 달려들어가자 울창한 잡목 숲이 있었다. 표철주는 잡목들을 살피다가 벚나무에 새끼줄을 칭칭 감았다. 그리고 기합을 넣으면서 주먹으로 벚나무를 힘껏 쳤다. 표철주의 작은 주먹에서 피가 흘러내렸다. 표철주는 주먹을 감싸 쥐고 벚나무 밑에 주저앉아 울었다. 주먹이 너무나 아팠다.

표철주는 집으로 돌아와 청겊으로 주먹을 쌌다. 그는 다시 송파나무 뒤의 야산으로 달려가서 벚나무를 주먹으로 두드렸다.

"어느 놈이야? 어느 놈이 어르신이 잠을 자는데 와서 시끄럽게 하는 거냐?"

그때 어디선가 창노한 목소리가 들려왔다.

"누구요?"

표철주가 어리둥절하여 사방을 휘둘러보았다.

"핫핫핫!"

숲에서 요란한 웃음소리가 들려왔다. 그 광오한 웃음소리에 숲이 흔들리고 나뭇잎이 우수수 떨어졌다.

"이놈아, 어르신은 여기에 계시는데 어디를 보느냐?"

창노한 목소리가 하늘에서 들려왔다. 표철주가 비로소 나무 위를 쳐다보자 나무 위에 황 의원이 호로병을 옆구리에 차고 앉아 있었다.

"어르신, 위험하니 내려오십시오."

표철주가 황 의원을 향해 말했다.

"흥! 여기가 내가 사는 집인데 뭐가 위험해?"

"제가 주먹으로 두드리면 흔들려서 위험합니다."

"흥! 평생을 두들겨 보아라, 황소같이 미련한 놈아."

표철주는 황 의원의 말에 주먹으로 나무를 쳤다. 주먹이 다시 피에 젖었다. 표철주는 주먹을 싸안고 땅바닥에 주저앉았다. 황 의원이 요란하게 웃음을 터뜨리다가 어느 순간 훅 하면서 밑으로 떨어졌다. 표철주는 황 의원이 땅바닥에 처박히는 줄 알고 눈을 질끈 감았다. 그러나 아무 소리도 들리지 않아 눈을 뜨자 노인이 가느다란 나뭇가지 끝에 서 있었다.

"아……!"

표철주는 자신도 모르게 탄성을 내뱉었다. 표철주는 황 의원이 사람이 아니라 귀신이나 신선이라고 생각했다. 황 의원은 나무와 나무 위를 새처럼 가볍게 날아서 사라졌다. 표철주는 황 의원이 사라진 산 쪽을 망연히 바라보다가 집으로 돌아왔다. 집에는 장춘삼 일가가 여전히 고리를 짜고 있었다. 표철주는 피에 젖은 주먹을 뒤로 감추었다.

"너는 뭘 하는데 하루 종일 쏘다니고 있는 게야? 돌아다닐 시간 있으면 고리라도 한 짝 짜지."

영달이 표철주의 등을 탁 때렸다. 그러자 예분이 영달의 등을 때렸다. 오 씨는 예분의 하는 짓이 우스워 입을 가리고 웃었다.

"아니, 이것이? 너는 왜 걸핏하면 나를 때리는 거야?"

"삼촌은 왜 걸핏하면 내 오빠를 때려?"

예분이 눈을 매섭게 뜨고 영달을 쏘아보았다.

"아이고, 복장 터져 죽겠네. 콩알만 한 것이 삼촌 알기를 뭘로 아는 거야?"

"놔둬."

장춘삼이 고리를 짜다가 말고 통명스럽게 내뱉었다.

"아니, 매형은 만날 뭘 그냥 놔둡니까. 그러니까 애 버릇이 이렇게 되는 거예요."

"거 왜 니한테 시비를 거니?"

장춘삼이 어이가 없다는 듯이 피식 웃었다.

표철주는 하루 종일 잡목 숲에서 만난 신선 같은 황 의원의 얼굴이 잊혀지지 않았다. 황 의원에게 무예를 배울 수 있다면 송파나루의 건달들을 한순간에 제압할 수 있을 것이라고 생각했다.

'황 의원은 분명히 이 세상 사람이 아닐 거야.'

표철주는 땅거미가 어둑어둑 내릴 때까지 고리를 짜면서 황 의원을 생각했다.

이내 저녁 시간이 왔다. 노전을 정리한 장춘삼 일가는 저녁상 앞에 둘러앉았다. 예분은 밥을 먹을 때면 항상 표철주의 숟가락에 반찬을 얹어주고는 했다. 표철주도 이제는 당연히 그러려니 생각하고 무심하게 밥을 먹었다.

"아니, 오늘은 무슨 날인데 이렇게 반찬이 좋은가? 매형 귀빠진 날인가?"

영달이 허겁지겁 밥을 먹으면서 말했다.

"매형 귀빠진 날은 아직도 멀었어. 생뚱맞게 귀빠진 날은……."

오씨가 웃으면서 핀잔을 주었다.

"히히…… 반찬이 좋아서 그렇지."

"옆집 고사 지냈어. 천천히 먹어. 체하겠다."

"허허, 그런가? 어쩐지 하루 종일 기름 냄새가 풍기더라니 고사를 지냈구나."

예분이 영달이 집으려는 반찬을 집어서 표철주의 숟가락에 얹어주었다.

"아니, 요것이 삼촌 먹는 것을 아까워해?"

영달이 눈을 희번덕거리면서 예분을 쏘아보았다. 예분은 영달의 구박에

142

도 아랑곳하지 않고 표철주의 시중을 들었다. 영달은 예분과 경쟁이라도 하듯이 닥치는 대로 반찬을 집어 입에 쑤셔 넣다가 갑자기 눈을 농그랗게 뜨고 쿵 하고 뒤로 나동그라졌다.

"애, 왜 그래?"

오씨가 영달을 보고 깜짝 놀라서 비명을 질렀다. 영달은 말도 못하고 가슴만 두드리고 있었다.

"체했네, 체했어."

장춘삼이 못난 인간 본다는 듯이 혀를 찼다.

"아이고, 이를 어째? 그럼 얼른 업어요. 의원한테 가서 침을 놔야지."

오씨와 표철주가 합세하여 영달을 장춘삼의 등에 업혀주었다. 장춘삼이 영달을 등에 업고 허겁지겁 황 의원의 움막으로 달려갔다.

"그러게 천천히 먹으라니까. 철주야, 너도 가봐라."

오씨가 발을 구르면서 말했다.

"예."

표철주는 총총히 장춘삼의 뒤를 따르기 시작했다. 황 의원은 눈을 까뒤집고 숨을 쉬지 못하는 영달을 보자 땅바닥에 앉혀놓고 허리, 어깨, 등의 요추를 손가락으로 찔러댔다.

"아니, 침이라도 한 방 놔야 하는 것이 아닙니까?"

장춘삼이 황 의원의 이상한 행동을 보고 의아해하면서 물었다.

"흥! 침을 왜 놔?"

황 의원이 장춘삼의 말에 냉소하면서 이번에는 지팡이로 영달의 허리,

요추, 어깨를 마구 때렸다. 영달이 비명을 지르면서 마당을 데굴데굴 굴렀다. 표철주는 눈살을 찌푸리고 황 의원이 영달을 때리는 것을 지켜보았다. 장춘삼도 난감하여 눈이 커지고 어쩔 줄을 몰라 하는 표정이었다. 영달이 마침내 꺼억 하고 트림을 하고 눈을 떴다.

"세상에 가장 나쁜 것이 식탐이야. 음식을 탐하는 자 중에 제명대로 사는 놈 못 봤어."

황 의원이 영달의 뒤통수를 한 대 후려치고 말했다.

"아니, 이놈의 돌팔이 의원이 체중 좀 가라앉히렸더니 아주 몽둥이찜질을 하여 죽일 작정인가?"

영달이 황 의원에게 달려들 듯이 눈을 치뜨고 삿대질을 했다.

"이놈아, 그게 뭔지 알아? 막힌 혈을 뚫어서 체중을 내리는 타혈요법(打穴療法)이야. 나한테 사흘만 맞으면 네놈은 무병장수할 게다. 오늘 맞은 것만으로도 네놈은 금년 내내 고뿔조차 앓지 않을 것이다. 어떠냐? 온몸이 날아갈 것처럼 개운하지 않느냐?"

황 의원의 말에 영달은 팔다리를 움직여 보았다. 과연 전신이 날아갈 것처럼 상쾌했다.

"어쩌다가 나은 거겠지. 지팡이로 병을 고치나?"

영달이 입술을 실룩거리면서 구시렁거렸다. 장춘삼이 황 의원에게 사례의 인사를 했다. 세 사람은 나란히 걸어서 집으로 돌아오기 시작했다.

"아따, 거 정말 신기하네. 속이 싹 막혀 죽는 줄 알았는데 지팡이로 사람을 패서 병을 고치니."

144

영달은 가슴을 손바닥으로 쓸면서 탄복했다.

"그러니까 침의는 죽은 사람도 살린다고 하지 않는가?"

장춘삼이 휘적휘적 앞서 걸으면서 말했다. 표철주는 자꾸 뒤를 돌아보았다. 영달을 치료한 황 의원이 신비하여 걸음이 떨어지지 않았다.

"뭘 그렇게 보는 거야? 이게 다 네놈 탓이야."

영달이 표철주에게 면박을 주었다.

"엉뚱한 데 화풀이하지 마라."

장춘삼이 앞서 걷기 시작했다.

'나도 무예를 단련해야 돼.'

표철주는 이튿날부터 새벽마다 야산으로 올라가서 손에 베수건을 감고 나무를 주먹으로 쳐댔다. 황 의원에게 조심스럽게 접근하여 무예를 가르쳐 달라고 청했으나 거들떠보지도 않았던 것이다. 정권의 단련뿐이었으나 표철주는 하루도 거르지 않았다. 난전에서 무예를 하는 사람들을 만나면 귀동냥을 해서라도 무예를 단련하는 법을 배우려고 했다. 그러는 동안 여름이 가고 가을이 왔다. 온 산이 추색으로 붉게 물들고 들판에는 벼들이 누렇게 고개를 숙였다. 표철주는 가을이 와도 장권 단련을 멈추지 않았다.

'아!'

표철주는 바람이 일지 않는데도 낙엽이 우수수 떨어지는 가을 아침에 산으로 갔다가 황 의원이 혼자서 무예 연습을 하는 것을 보고 해연히 놀랐다. 이른 새벽 나엽이 분분히 떨어지는 숲에서 허공으로 도약하고, 발로 차고, 공중회전을 하면서 몸을 뒤집는 황 의원을 보고 표철주는 눈앞이 환해지는 것 같았다. 낙엽 사이를 날면서 무술 연습을 하는 황 의원의 모습이 꿈을 꾸고 있는 것처럼 신비스러웠다. 이튿날 새벽부터 표철주는 매일같이 야산에 숨어서 황 의원이 무술 연습을 하는 것을 훔쳐보았다.

"언제까지 보고만 있을 게냐?"

표철주가 이레째 황 의원이 무술 연습을 하는 것을 훔쳐보았을 때 창노한 목소리가 벼락 치듯이 귓전을 때렸다. 황 의원은 표철주가 숨어서 훔쳐보는 것을 알고 있었다. 표철주는 무엇에 홀린 듯이 쭈뼛거리고 황 의원의 앞으로 갔다.

"배우고 싶으면 나를 따라 하거라."

표철주가 우두망찰하여 서 있자 황 의원이 다시 말했다. 표철주는 황 의원을 따라서 무술 동작 흉내를 내기 시작했다. 처음엔 보세(步勢)로 시작하여 약세(躍勢), 공세(攻勢), 수세(守勢)의 순서대로 배웠다. 무술은 걸음을 떼어놓는 동작에도 일정한 법이 있었고 허공으로 도약하는 약세, 적을 공격하는 공세, 적의 공격을 막는 수세에도 모두 형(形)이 있었다.

"동양에서 무가 시작된 것은 화타의 오금희에 의해서다. 화타는 의원인데 사람이 병들지 않고 오래 살기 위해서는 매일같이 일정한 운동을 해야 한다고 주장하여 오금희를 창안한 것이다."

오금희(五禽戲)는 전설적인 명의 화타(華陀:중국 후한(後漢) 말기에서 위나라 초기의 의원)가 창안한 무술이었다. 짐승들을 세밀하게 관찰하여 곰이 나무를 끌어안고 올빼미처럼 몸을 움직이지 않고 목만 들려 뒤를 돌아보고 각 부위의 관절을 자유자재로 움직이는 것을 보고 도인술(道引術:도가에서 무병

146

장수를 하기 위해 행한 건강법)을 만들기 시작했다. 도인술의 표본은 호랑이, 사슴, 곰, 원숭이, 새로 삼았다. 그는 다섯 짐승의 행동을 하나하나 분석하고 도(圖)를 만들었다. 첫째는 호희(虎戲), 둘째는 녹희(鹿戲), 셋째는 웅희(熊戲), 넷째는 원희(援戲), 다섯째는 조희(鳥戲)였다.

"조선의 무예는 실전되어 이름이 없다. 무예를 닦는 사람들도 모두 방외지사(方外之士)가 되어 산속에 있을 뿐이다."

황 의원은 무예를 연마하면서 간간이 중얼거리듯이 무예의 기본에 대한 이야기를 했다. 표철주는 황 의원이 하는 말을 하나도 빠뜨리지 않고 귀담아들었다. 그렇게 여러 날이 지나자 황 의원은 나뭇가지 하나를 들고 무예 동작을 연마하기 시작했다. 표철주도 노인을 따라 무예를 연마했다.

"장교출해세[長蛟出海勢]"

"용와반격세[龍臥反擊勢]"

"향전격적세[向前擊賊勢]"

"상골분익세[霜鶻奮翼勢]"

"창룡귀동세[蒼龍歸洞勢]"

황 의원은 표철주에게 다섯 개의 동작을 시연해 보였다. 그 동작들은 허공을 날고, 구르고, 뒤집는 신비스러운 동작이었다. 또한 황 의원은 표철주가 믿을 수 없을 만치 빠른 동작으로 찌르고 베고 하는 동작을 해나갔다. 황 의원이 나뭇가지 없이 주먹만을 휘두를 때도 바람을 가르는 파공성이 귓전을 휘휘 울렸다. 어느 날이 지나자 황 의원은 숲에 나타나지 않았다. 표철주는 그날 이후 황 의원을 다시 만날 수 없었다.

표철주는 그 후에 황 의원의 동작을 아련히 머릿속에 떠올리며 혼자서 무예를 연마했다. 그의 눈은 날카로워지고 어깨는 떡 벌어졌다. 무예를 연마하지 않을 때는 고리를 짜면서 장춘삼의 일을 거들었다.

장마가 며칠째 계속되다가 그친 7월이었다. 장춘삼과 영달은 노전에 물건을 잔뜩 쌓아놓고 고리를 짜고 있었다. 난전은 모처럼 날이 화창하여 장을 보러 나온 사람들로 길이 메워지고 있었다.

"아니, 이 자식은 어디로 갔는지 코빼기도 보이지 않아."

영달은 물건을 정리하다가 사람들이 우르르 몰려가는 것을 보았다.

"여보슈, 저쪽 우시장 쪽에 무슨 일이 있소? 왜 사람들이 그쪽으로 몰려가고 있는 거요?"

영달은 지나가는 사람들을 붙들고 물었다.

"아니, 아직도 모르고 있소? 그 집 아이가 왈짜패 돌쇠와 한판 붙는다지 않소?"

"우리 집 아이요?"

"거 맹랑한 놈 있지 않소? 당신 매형 아들인가?"

"에이, 그놈은 우리 매형 아들이 아니라 주워온…… 아니, 지금 누가 누구와 붙는다고?"

"그 집 애와 돌쇠가 붙는다니까. 돌쇠가 그래도 이 바닥에서 모르는 사람이 없는 싸움꾼이오."

"무슨 일이야?"

장춘삼이 안에서 나오다가 영달을 쳐다보았다.

"철주가 돌쇠와 한판 붙는대요. 원, 말 같은 소리를 해야지."

"어디서?"

"우시장 쪽에서요."

장춘삼은 뒤도 돌아보지 않고 우시장으로 달려갔다. 영달이 후닥닥 달려가자 안에서 나오던 예분도 뒤따라 뛰었다. 우시장에는 사람들이 잔뜩 몰려와 원을 그리고 있었다. 원 안에는 돌쇠와 표철주가 대치하고 있었다. 장춘삼과 영달, 예분이 사람들 틈을 비집고 들어와 살폈다. 우람한 체구를 갖고 있는 돌쇠는 가소롭다는 듯이 손마디 관절을 꺾어 우두둑우두둑하는 소리를 냈다.

표철주는 두 손을 내려뜨리고 맹수와 같은 눈으로 돌쇠를 쏘아보고 있었다. 장춘삼은 숨이 막히는 듯한 기분이 들었다. 표철주는 돌쇠보다 왜소해 보였으나 어딘지 모르게 강인한 인상을 풍기고 있었다. 눈빛은 날카로웠고 주먹은 다부지게 움켜쥐고 있었다.

"돌쇠가 이 바닥에서는 알아주는 주먹인데 저놈이 명줄을 재촉하는 거 아니야?"

"그러게 말이야. 잘못하다가는 어디 하나 부러지지."

구경꾼들이 낮게 웅성거렸다.

"매형, 철주 저놈이 미친 거 아닙니까? 지가 어떻게 돌쇠와 싸운다고……."

영달이 앞으로 나서려고 하자 장춘삼이 손을 뻗어 막았다. 영달은 주춤하여 팽팽하게 대립하고 있는 표철주와 돌쇠를 쳐다보았다.

"죽고 싶나?"

돌쇠가 표철주를 싸늘한 눈으로 노려보면서 침을 칵 뱉었다. 표철주의 굵은 눈썹이 꿈틀했다. 표철주가 돌쇠와 겨루게 된 것은 돌쇠의 부하인 떡대가 국밥을 파는 아낙네를 희롱했기 때문이다. 표철주가 버드나무로 짠 고리를 배달하고 돌아오는데 떡대가 국밥집의 아낙네 엉덩이를 만지면서 희롱하는 것이 보였다.

"이것 봐, 당장 그만두지 못해?"

표철주는 떡대가 아낙네를 희롱하자 눈에서 불이 일어나는 것 같았다.

"뭐야? 아니, 어디서 이런 잡놈이 굴러 와서 시비야? 죽고 싶어?"

떡대가 침을 칵 뱉으면서 눈알을 부라렸다.

"잡놈은 내가 아니라 네놈이야. 멀쩡하게 생긴 놈이 왜 그런 짓을 해?"

"이 자식이 지금 누구에게 훈계를 하는 거야?"

떡대는 재빨리 표철주에게 주먹을 날렸다. 그러나 표철주는 떡대의 주먹을 빠르게 피했다.

"어쭈, 피했어? 거지발싸개 같은 놈이 감히 내 주먹을 피해? 니 오늘 죽어봐라!"

떡대가 이번에는 주먹을 날리며 동시에 발길질을 했다. 그러나 표철주는 본능적으로 피하면서 그대로 발길로 떡대의 복부를 내질렀다. 떡대가 허리를 산뜩 숙이고 휘청힐 때 이번엔 표철주가 공중으로 날아오르면서 발길로 턱을 올려 찼다.

"헉!"

떡대가 외마디 비명을 지르며 벌렁 나가떨어져 뒹굴었다. 사람들이 우하는 탄성을 내뱉었다. 표철주는 웅성거리는 사람들을 헤치고 집으로 돌아왔는데 돌쇠로부터 우시장의 공터로 나오라는 통고를 받은 것이다. 우시장 앞에는 이미 구경꾼들이 구름처럼 몰려와 있었다. 장춘삼과 영달은 송파나루에서 소문이 파다한 돌쇠의 주먹을 알고 있었기 때문에 잔뜩 긴장해 있었다.

"철주야, 얻어터지기 전에 잘못했다고 빌어."

영달이 표철주에게 낮게 말했다. 표철주는 돌쇠를 날카로운 눈으로 쏘아보고 있을 뿐이었다.

"이놈아, 네놈이 감히 우리 떡대를 손봤다면서?"

"……."

"좋다. 아직 젖비린내도 가시지 않은 것 같으니 잘못했다고 빌면 용서해주지. 이름이 뭐냐?"

"표철주다."

표철주가 짧게 내뱉었다.

"허, 뭐라구?"

"표철주다!"

"표철주다? 허허, 이 어린 자식이 싸라기밥을 처먹었나? 아무래도 손을 좀 봐줘야겠네."

돌쇠가 야비하게 웃으며 팔을 걷어붙이고 표철주를 쏘아보았다. 돌쇠는 우람한 체구를 갖고 있었다. 표철주는 돌쇠가 언제 주먹을 날릴지 알 수 없어 결투 자세를 취했다. 돌쇠는 어깨가 떡 벌어져 있었고 두 다리는 황소처럼 튼튼해 보였다.

표철주는 두 주먹을 불끈 쥐었다. 그때 표철주를 독이 오른 것처럼 노려보던 돌쇠가 비호처럼 돌진하여 표철주의 어깨를 잡아서 업어치기로 내던졌다. 표철주는 엉겁결에 엉덩방아를 찧고 나뒹굴었으나 벌떡 일어났다. 엉덩이가 부서지는 것처럼 아팠으나 내색하지 않았다.

"핫핫핫! 이번엔 허리를 부러뜨려 주마."

돌쇠가 거들먹거리면서 표철주에게 다가왔다. 표철주는 옷에 묻은 흙을 툭툭 털고 돌쇠를 쳐다보았다. 돌쇠는 한 번의 공격으로 방심하고 있었다. 순간 표철주가 짧은 기합 소리와 함께 허공으로 몸을 날렸다. 장춘삼과 영달의 입이 딱 벌어졌다. 허공으로 몸을 날린 표철주는 순식간에 양발을 사용하여 돌쇠의 가슴팍과 안면을 연속적으로 강타했다. 돌쇠가 헉 하고 바람 빠지는 소리를 내면서 균형을 잃고 서너 걸음이나 뒤로 밀려났다. 구경꾼들이 일제히 우 하고 탄성을 내뱉었다.

"아니, 이 우라질 놈의 새끼가!"

돌쇠가 비틀거리며 표철주를 노려보았다. 그는 표철주의 공격을 받았다는 사실이 믿어지지 않았다. 표철주는 그 틈을 놓치지 않고 번개처럼 몸을 날려 이단옆차기로 돌쇠의 복부에 쇠몽둥이 같은 발을 꽂아 넣었다. 돌쇠의 허리가 송곳상처럼 접히며 구경꾼들 틈으로 나가떨어졌다.

장내는 기묘한 침묵이 흘렀다. 떡대를 비롯한 건달패들과 구경꾼들은 입을 딱 벌리고 표철주를 쳐다보고 있었다.

"허허, 우리 철주가 돌쇠를 눕혔네, 돌쇠를 눕혔어! 여러분, 이 사람이 내 조카사위가 될 사람이올시다!"

영달이 표철주에게 달려와 손을 흔들며 소리를 질렀다. 사람들이 손가락질을 하면서 와자하게 웃고 표철주는 머리를 긁었다. 장춘삼은 미소를 짓고 있다가 슬그머니 사람들 틈에서 빠져나와 돌아가기 시작했다.

표철주는 돌쇠를 쓰러뜨리자 기분이 좋았다. 사람들이 그를 둘러싸고 박수를 치면서 환호하고 있었고 영달은 신이 나서 거들먹거렸다.

동수패의 돌쇠가 표철주에게 무릎을 꿇은 일은 송파나루에 순식간에 파다하게 퍼졌다.

송파나루 최대 조직의 하나인 동수패는 경악했다. 그들은 즉시 우시장 색주가로 달려가 동수에게 보고했다.

"뭣이 어째? 피라미 같은 새끼한테 얻어터지고 나에게 와서 그걸 보고라고 하는 거야? 이런 등신 같은 새끼들!"

색주가의 작부를 무릎에 앉히고 술을 마시던 동수는 돌쇠가 표철주에게 당했다는 말을 듣고 술잔을 집어 던졌다. 술잔이 쨍그랑 소리를 내면서 마당에서 박살이 났다. 돌쇠를 비롯하여 패거리들이 사색이 되어 무릎을 꿇었다.

"형님, 죄송합니다."

돌쇠와 패거리들이 동수의 눈치를 살피며 쩔쩔맸다. 동수는 아직 소년 티를 벗어나지 못한 표철주를 상대하는 일이 낯간지러웠다. 그러나 동수패의 중간 두령인 돌쇠가 얻어맞은 것은 묵과할 수 없는 일이었다.

"쯧쯧…… 한심한 놈들 같으니. 광표, 네가 가서 그놈의 다리 하나를 분질러 놓아라."

동수는 잔뜩 얻어맞고 무릎을 꿇고 있는 돌쇠를 보고 혀를 차다가 조광표에게 명령을 내렸다. 조광표는 키가 작았으나 다부진 체격을 갖고 있었다. 동수패의 두 번째 두령이었다.

"알겠습니다."

조광표가 머리를 조아리고 물러갔다. 조광표는 밖으로 나오자 패거리 대여섯 명을 끌고 장춘삼의 노전을 향해 가기 시작했다. 그들이 왁자하게 무리를 지어 장춘삼의 노전을 향해 가기 시작하자 사람들이 웅성거리면서 뒤를 따르기 시작했다. 사람들은 동수패가 일을 벌일 것이라는 사실을 짐작하고 구경을 하기 위해 따라오는 것이다.

표철주는 동수패의 두 번째 두령 조광표가 패거리를 이끌고 왁자하게 몰려오자 바짝 긴장했다. 동수패를 따라서 시장을 오가는 많은 사람들이 구경을 하러 몰려와 시장통이 어수선했다. 조광표는 장춘삼의 노전 앞에서 표철주를 날로카운 눈으로 쏘아보았다.

"네놈이 우리 돌쇠를 손봤느냐?"

조광표가 싸늘한 목소리로 물었다. 조광표는 표철주와 같은 소년에게 돌쇠가 맞아서 나가떨어졌다는 사실이 믿어지지 않았다. 표철주는 불쾌한 표정으로 조광표를 쏘아보았다. 동수패의 패거리들이 공연히 장춘삼의 바구니며 대리키를 발로 차면서 시비를 걸고 있었다.

"알면서 왜 묻는 거요?"

표철주는 퉁명스럽게 내뱉었다. 돌쇠를 건드린 이상 동수패가 그냥 있지 않으리라는 것을 알고 있었다. 장춘삼은 부인 오씨와 예분을 데리고 장사를 나갔기 때문에 노전에는 표철주와 영달뿐이었다. 영달은 조광표를 보자 공포에 질려서 슬금슬금 뒷걸음을 쳤다. 그들이 바구니며 대리키를 발로 차고 짓밟아도 항변을 하지 못했다. 표철주의 퉁명스러운 대답에 동수패의 얼굴이 흙빛으로 변했다.

"알면서 왜 물어? 그게 머리에 피도 안 마른 새끼가 어른에게 하는 말본새냐?"

조광표가 손가락을 깍지 끼어서 툭툭 부러지는 소리를 냈다. 조광표는 봉술에 뛰어난 자라는 소문이 있는데, 표철주를 가볍게 생각해서인지 아무것도 손에 들고 있지 않았다.

"이보슈, 왜 남의 물건을 발로 차는 거요? 그 대리키 하나 만드는 데 얼마나 시간이 걸리는지 아시오?"

표철주는 대리키를 발로 차면서 시비를 거는 동수패를 하나하나 살펴보았다. 특히 그들의 발이 어떻게 움직이는지 놓치지 않고 살폈다.

"핫핫핫! 이 자식이 못 먹을 걸 처먹었나, 왜 우거지상을 하고 있어?"

조광표가 가소롭다는 듯이 빈정거렸다. 그러자 조광표의 부하들이 일제히 야비하게 웃음을 터뜨렸다.

"우거지상은 당신들이 하고 있는 거야."

"뭣이 어째? 네놈이 정녕 죽고 싶은 게냐?"

"세상에 죽고 싶은 사람이 어디 있겠소? 당신 같으면 죽고 싶소?"

"하아, 이 자식 보게?"

조광표가 어이없다는 표정으로 웃음을 터뜨렸다. 빙 둘러서서 구경하던 사람들도 고개를 끄덕거렸다. 조광표는 표철주를 대수롭지 않게 생각하고 저고리 앞섶을 움켜잡기 위해 손을 뻗었다. 그러나 그의 손이 표철주의 가슴에 닿기도 전에 표철주가 가볍게 몸을 흔들었다. 그러자 조광표의 손이 허공을 움켜쥐었다. 조광표가 깜짝 놀라 당황하는 순간 매서운 주먹이 바람을 일으키며 턱을 향해 날아왔다. 조광표는 황급히 주먹을 피했다. 그러자 이번에는 표철주의 발이 조광표의 무릎을 찍어왔다. 조광표는 혼비백산하여 몸을 휘청했다. 그 순간 표철주의 다른 발이 조광표의 턱을 올려 찼다. 조광표는 턱이 부서지는 것 같은 충격을 느끼면서 뒤로 몇 걸음 밀려났다. 그때 표철주의 발이 복부를 세차게 가격했다. 조광표는 헉 하는 신음 소리와 함께 허리가 접혀져 날아갔다.

"우!"

구경하던 사람들이 일제히 탄성을 내뱉었다. 동수패의 2인자인 조광표가 손 한 번 써보지 못하고 나가떨어진 것이다. 그러자 동수패의 패거리들이 일제히 표철주에게 달려들었다. 표철주는 물이 흐르듯이 몸을 움직이면서 동수패 패거리들에게 정권을 날렸다. 황 의원에게 배운 무예가 자신도 모르게 펼쳐지고 있었다. 그의 주먹에서 쇠망치를 휘두르는 것 같은 바람 소리가 일어나고 보세가 어지럽게 펼쳐졌다. 동수패의 패거리들은 순식간에 피투성이가 되어 나뒹굴었다.

"대단하네, 대단해. 송파 시전에 장사가 나왔어."

사람들이 경탄하여 웅성거렸다. 조광표와 동수패 패거리들이 엉금엉금 기어서 도망을 갔다. 조광표도 도저히 믿어지지 않는다는 표정으로 표철주를 쏘아보다가 복부를 움켜쥐고 물러갔다.

"아니, 언제 이렇게 무예를 배운 거야? 주먹이 나는 것이 보이지 않네."

영달이 입이 쩍 벌어져 어쩔 줄을 몰라 했다. 사람들은 싸움이 끝났는데도 돌아갈 생각을 하지 않고 웅성거렸다. 표철주는 머쓱한 표정으로 동수패가 발로 찬 물건을 정리하기 시작했다.

"여보게, 나하고 이야기 좀 하세."

표철주가 물건을 정리하고 있는데 등 뒤에서 굵은 남자의 목소리가 들렸다. 표철주가 뒤를 돌아보자 낯익은 사내가 너댓 명의 장정을 거느리고 서 있었다. 송파나루 하영근 객주에서 상계(商契) 일을 보고 있는 이철환이었다. 사람들은 그를 행수라고 불렀다. 표철주는 장춘삼을 따라 몇 번 물건을 배달한 적이 있기 때문에 낯이 익었던 것이다.

"예, 그러시죠."

표철주는 머리를 숙이고 대답했다.

"따라오게."

이철환이 낮게 말하고 성큼성큼 걸음을 떼어놓았다. 표철주는 영달에게 노전을 맡기고 이철환을 따라갔다. 이철환은 하영근 객주 뒤채로 표철주를 데리고 갔다. 그곳에는 10여 명의 우락부락한 장정들이 있었는데 이철환이 들어오자 일제히 머리를 조아렸다.

"올라오게."

표철주는 이철환을 따라 대청으로 올라가서 마주 앉았다.

"자네는 무예가 상당히 뛰어나더군. 누구에게 무예를 배웠나?"

이철환이 검은 수염을 쓰다듬으면서 물었다.

"어떤 고인에게서 주먹 쓰는 법을 조금 배웠을 뿐입니다. 그분이 누구인지는 말씀드릴 수가 없습니다."

황 의원은 자신에게 무예를 배운 것을 누구에게도 말하지 말라고 했다.

"흠, 그렇다면 어쩔 수 없는 일이지. 이제 나하고 같이 일을 하세."

"어떤 일을 하자는 말씀입니까?"

"우리 하영근 객주 밑에서 일을 하는 것이야."

"제가 어떤 일을 해야 하는지 모르겠습니다."

"핫핫핫! 객주가 하는 일이 무엇인가? 상단의 물건을 거래하는 것인데, 상단 일을 하다가 보면 상술을 배우게 되고, 상술을 배우면 훗날 장사를 하여 많은 돈을 벌 수도 있다네. 양수척은 입에 풀칠하기도 바쁘지. 세상의 힘은 돈과 권력일세. 비록 하찮은 상인이라도 부를 축적하면 나랏님도 고개를 숙이는 것이 세상의 이치일세."

"돌아가서 어른들과 상의해 보아야 합니다."

"그야 그렇지. 그 허락은 내가 장춘삼에게 받겠네. 그러니 이제는 우리 식구가 된 걸로 알게. 매달 서운치 않게 새경도 지급할 걸세."

이철환의 말에 표철주는 선뜻 대답을 하지 않았다. 이철환의 제의가 고맙기는 했으나 그의 수하로 어떤 일을 하는지도 알 수 없었고 장춘삼 일가

158

에게 먼저 허락을 받아야 했다.

"다들 모여라. 이제부터 여기 철주가 차행수다. 그러니 깍듯이 형님으로 모시도록 해야 한다. 알아들었나?"

이철환이 마당에 있는 장정들을 불러서 지시했다. 차행수는 행수 이철환의 다음 자리로 부두령이나 다를 바 없었다. 장정들의 눈이 휘둥그레지면서 서로의 얼굴을 쳐다보고 웅성거렸다.

"왜들 웅성거리는 거야? 불만이라도 있어?"

이철환이 불을 뿜을 듯한 시선으로 노려보자 장정들이 고개를 떨어뜨렸다.

"나리, 저 녀석을 어떻게 차행수에 임명합니까? 나이도 어리고 주먹도……."

구레나룻이 덥수룩한 사내가 눈알을 굴리면서 반대했다.

"흥! 차석보, 불만이 있으면 한번 겨뤄봐라. 너희들이 정녕 사람을 볼 줄 모르는구나. 철주, 내려가서 저 작자와 붙어보게."

이철환이 표철주에게 말했다.

"어르신."

표철주는 당황하여 차석보와 이철환을 번갈아 쳐다보았다. 차석보는 잘되었다는 듯이 빙글빙글 웃고 있었다.

"괜찮아. 그냥 주먹 솜씨를 겨루어보는 것뿐이야."

표철주는 이철환이 강제로 등을 떠밀자 어쩔 수 없이 마당으로 내려갔나. 차석보가 코웃음을 치면서 표철주를 쏘아보았다. 장내는 금세 팽팽한 긴장감이 감돌았다. 표철주는 덩치가 좋은 차석보에게 위압감을 느꼈으나 만반의 준비를 하면서 수세를 취했다.

"핫!"

그때 차석보가 허공을 울리는 우렁찬 기합성을 터뜨리면서 돌진해 왔다. 그가 가까이 오자 표철주는 몸을 흔들어 살짝 피했다. 허공을 가르는 바람이 얼굴을 스치고 지나갔다. 차석보는 위력적인 주먹을 갖고 있었다. 표철주는 흠칫하여 빠르게 발을 움직였다. 차석보가 주먹으로 표철주의 얼굴을 가격해 왔다. 표철주는 빠르게 차석보의 주먹을 피하고 그의 턱에 정권을 꽂았다.

"어이쿠!"

차석보가 쿵 하고 나가떨어졌다. 장정들이 깜짝 놀라서 뒤로 물러섰다. 표철주는 주먹이 얼얼했다.

"둘씩 덤벼봐라! 기종이와 양택이가 나서라!"

이철환이 대청에서 몸을 일으키면서 장정들에게 소리를 질렀다. 이철환은 표철주가 차석보를 쓰러뜨리는 것을 보고 다시 한 번 놀랐다. 표철주의 무예 솜씨가 예사롭지 않았다. 시장통에서 마구잡이로 주먹을 휘두르는 잡배들과는 확연히 달랐다.

이철환의 지시가 떨어지자 이기종과 김양택이 표철주를 향해 달려들었다. 이기종은 나이가 어렸으나 힘이 장사였고 김양택은 몸이 날렵한 사내였다. 그가 어찌나 빠른지 사람들은 나는 발이라고 하여 비각(飛脚)이라는 별호로 불리고 있었다. 표철주는 전신이 팽팽하게 긴장되는 것을 느꼈다. 우람한 체격을 갖고 있는 이기종은 마치 산이 움직이는 것 같았다. 표철주는 이기종만 견제하다가 김양택의 주먹에 잇달아 얼굴을 얻어맞았다. 그러나 피하면서 맞았기 때문에 그게 다격을 빚지는 않았다. 표철주는 김양택이 득의양양하여 다시 주먹을 휘둘러 오자 재빨리 피하면서 돌려차기로 턱을 날려 버렸다. 김양택은 표철주의 발이 턱을 돌려 차자 팽그르르 돌아서 땅바닥에 처박혔다.

"이리 와!"

어깨가 떡 벌어진 이기종이 팔을 벌리고 표철주에게 다가왔다. 이기종은 힘이 장사여서 걸리면 허리가 부러진다는 소년 장사였다. 표철주는 잔뜩 긴장하여 이기종의 주위를 빙빙 돌았다. 이기종은 덩치가 큰 대신 느렸다. 표철주가 공격하지 않고 주위를 빙빙 돌자 신경질이 나는 듯 괴성을 지르면서 덮쳐 왔다. 표철주는 재빨리 피하여 이기종이 헛손질하게 만들었다. 이기종은 몇 번 헛손질을 하자 눈에 불을 켜고 달려들었다. 그때 표철주의 발이 복부에 깊숙이 꽂혔다.

"헉!"

이기종은 복부에 쇠망치가 꽂히는 듯한 충격을 받았다. 표철주는 정확하게 이기종의 사혈을 공격했기 때문에 충격은 몇 배나 강했다. 이기종이 고통스러운 표정으로 얼굴을 잔뜩 찡그리고 있을 때 이번에는 표철주의 발이 왼쪽 유근혈을 찍었다.

"으헉!"

이기종은 숨이 막히는 듯한 충격에 사지를 부르르 떨었다. 그의 눈이 화등잔만 하게 커지더니 쿵 하고 앞으로 꼬꾸라졌다.

'역시 시장통의 싸움패가 아니야.'

이철환은 표철주의 현란한 발놀림에 감탄했다. 이기종까지 표철주의 발에 얻어맞고 쓰러지자 장정들은 입을 다물지 못했다.

"뭣들 하는 거야? 졌으면 승복을 해야 사내들이 아니냐?"

이철환이 장정들을 쏘아보면서 소리를 질렀다. 그러자 장정들이 표철주를 향해 일제히 무릎을 꿇었다.

날이 점점 어두워지고 있었다. 장붕익은 우뚝 솟아 있는 솟을대문을 찜찜한 기분으로 바라보았다. 생각 같아서는 대문을 걷어차고 안으로 들어가서 범인을 검거하고 싶었으나 집사가 완강하게 막아서고 있었다. 범인은 심순태가 분명하고 하수인은 식객으로 있는 무뢰배 최성국이라는 자가 확실했으나 선왕의 부마도위였기 때문에 집으로 쳐들어갈 수가 없었다.

"나리, 여기서 우리가 아무리 에워싸고 있으면 무얼 합니까? 공연히 헛고생만 하는 것이 아닙니까?"

순돌이 피로에 지친 기색으로 투덜거렸다. 심순태의 집을 에워싸고 있는 포졸들도 피로한 기색이었다.

"달리 무슨 방법이 있는 것도 아니지 않느냐?"

장붕익은 담 밑을 오락가락하고 있는 다모 이향을 응시하면서 내쏘았다. 순돌이 놈이 이러쿵저러쿵 말을 건네는 것이 모두 비윗장을 거스르는 말이었다.

"부마도위인데 잘 먹고 잘살라고 하고 그만 철수합시요. 잡아들여 봤자 벌이라도 받겠습니까?"

"그렇게는 못한다."

장붕익은 심신이 피로했으나 주먹을 꽉 움켜쥐었다. 부마도위라고 해도 심순태와 같은 포악한 자를 용서할 수는 없었다. 심순태를 처벌하지 못하면 그와 부화뇌동하는 최성국이라도 잡아들여야 했다.

사건의 발단은 며칠 전 목멱산 아래 마른내에서 일어났다. 봄이라 나들이를 하기 위해 집을 나온 심순태는 사방을 구경하다가 영통교 다리에 이르자 수양버들이 휘휘 늘어진 냇가에 앉아서 빨래를 하는 여인들을 발견했다. 무심히 지나치려던 심순태는 그중 자색이 빼어난 젊은 여인이 눈에 들어오자 자신도 모르게 걸음을 멈추었다. 이제 18, 9세나 되었을까. 눈이 부시게 아름다웠다.

"나리, 무엇을 보십니까?"

최성국이 다리 위에서 걸음을 멈추고 있는 심순태에게 물었다. 최성국은 시정의 무뢰배로 심순태를 부추겨 온갖 악행을 저지르는 자였다.

"꽃을 보고 있다."

심순태가 빨래하는 여인에게서 눈을 떼지 않고 대답했다. 노란색 저고리에 다홍치마를 입은 것을 보면 혼례를 올린 지 얼마 되지 않은 새색시가 분명했다.

"꽃이 어디에 있습니까? 빨래하는 여인네들밖에 더 있습니까?"

"네 눈에는 저 고운 꽃이 안 보인다는 말이냐? 아깝다. 비녀를 꽂은 것을 보니 시집을 간 게로구나."

심순태는 빨래하는 여인들을 보면서 연신 탄식했다.

"오호라, 저기 노랑 저고리를 말씀하시는 것이 아닙니까?"

"이제 알겠느냐? 참으로 아까운 여인이 아니냐?"

"정히 그렇게 탐이 나시면 취하면 될 일이지 어찌 그렇게 한숨을 쉬시는 것입니까? 땅이 꺼지겠습니다."

"그렇지? 취하면 되겠지? 네놈이 저 여인을 취할 수 있게 해주면 상으로 백 냥을 주겠다."

"걱정하지 마십시오. 소인이 잡아다가 대령하겠습니다."

"예쁜 꽃이니 다쳐서는 안 된다."

심순태는 최성국과 음탕한 눈빛을 주고받은 뒤 집으로 돌아갔다. 최성국은 심순태가 멀어지자 무뢰배들을 이끌고 냇가로 달려 내려갔다. 장정들이 다가오자 빨래를 하던 여인들이 웅성거리면서 일어났다. 최성국은 여인들 틈에 있는 노랑 저고리의 젊은 여인을 다짜고짜 잡아채서 납치하려고 했다.

"왜들 이러십니까? 백주에 이게 무슨 짓입니까?"

노랑 저고리의 여인이 얼굴이 하얗게 변해 소리를 질렀다. 그녀는 건전동에 사는 유생 김진형의 부인으로 혼례를 올린 지 한 달밖에 되지 않은 새색시였다. 성은 이 씨이고 과천에서 시집을 왔다.

"이 사람들이 법도 없는 줄 아는가? 어찌 대낮에 부녀자를 납치하려고 하는가?"

최성국과 무뢰배들이 이씨를 납치하려고 하자 같이 빨래를 하던 아낙네들이 소리를 질렀다. 최성국은 흠칫했다. 아낙네들이 소리를 질러대자 길을 가던 행인들이 금세 구름처럼 모여들었다.

"포청에 고하여 이놈들을 잡아가게 합시다!"

한 아낙네가 소리를 질렀다. 그러자 기세가 오른 아낙네들이 펄펄 뛰면서 포청에 가서 포교들을 불러오라고 소리를 질렀다.

"닥쳐라! 부마도위께서 문죄할 것이 있어서 끌고 오라고 영을 내렸다! 누가 감히 부마도위의 영을 거역할 것이냐?"

최성국은 사태가 심상치 않게 돌아가자 부마도위 심순태를 끌어들였다. 심순태는 이미 한양 장안에 포악하기로 소문이 나 있어서 그를 만나느니 염라대왕을 만나는 것이 낫다는 말이 나돌고 있을 정도였다. 언젠가는 병이 났을 때 외거노비가 병문안을 오지 않았다는 이유로 꽁꽁 묶어놓고 망치로 입을 때려 이빨을 모두 부러뜨리기도 한 자였다. 외거노비가 피투성이가 되어 거리를 뛰어다녔기 때문에 장안에서 그 사건을 모르는 사람이 없었다.

사람들은 부마도위의 영이라는 바람에 슬금슬금 꽁무니를 사렸다. 최성국은 울부짖는 이씨를 강제로 말에 태워 심순태의 집으로 끌고 갔다. 이씨는 심순태에게 겁탈을 당한 뒤 옷이 갈기갈기 찢겨져 풀려났다. 이에 이씨의 남편 김진형이 좌포도청에 고발했다.

"허어, 부마도위가 관련되어 있는데 무슨 수로 조사를 해?"

포교들은 시신을 조사하다가 다칠까 봐 차일피일 미루면서 조사를 하지 않았다. 김진형의 부인 이씨는 심순태가 자신의 정조를 유린했는데도 잡아들여 처벌하지 않는다고 하여 좌포도청 앞에서 칼로 목을 찔러 자진했다. 이씨가 좌포도청 앞에서 자진을 하자 포도청이 발칵 뒤집혔다. 장붕익은 포교들이 사건을 조사하지 않자 자신이 나서서 수사를 시작했다. 목격자들을 찾아 용모파기를 그리고 탐문 수사를 실시했다. 그 결과 이씨를 납치한 자가 심순태의 집에서 밥을 얻어먹으면서 온갖 악행을 저지르는 최성국이라는 사실을 알게 되었다. 죽은 이씨가 심순태에게 겁탈을 당했다고 고발했으나 증거가 없어서 최성국을 잡아들여야 배후를 캘 수 있었다.

"최성국을 내어주십시오."

장붕익은 심순태가 집에서 나올 때를 기다려 정중하게 말했다.

"우리 집에 그런 자는 없다."

심순태는 코웃음을 치면서 거절했다. 그것은 좌포도청 대장 이인하가 찾아와서 범인 인도를 요구해도 마찬가지였다. 이인하는 심순태가 협조를 하지 않자 포졸들을 철수시키려고 했다.

"대장님, 저희가 반드시 최성국을 잡아들이겠습니다."

장붕익은 범인을 놔두고 철수하는 것을 용납할 수 없었다. 포졸들도 웅성거리면서 불만을 털어놓았다.

"부마도위가 이씨를 납치하라고 시켰다는 증거가 없다."

"최성국을 잡아들이면 알 수가 있습니다."

"선왕의 부마도위다. 설사 범인이라고 해도 전하의 허락을 받지 않으면 검거할 수 없다."

"국법은 지엄합니다. 권세가 있다고 처벌을 하지 않을 수 없습니다. 소

166

인이 책임을 질 것이니 포졸들을 철수시키지 마십시오."

장붕익이 이인하에게 강경하게 요구했다.

"부마도위를 너무 몰아붙이지 말게."

이인하는 장붕익이 강력하게 요구하자 포졸들을 철수시키지 않고 돌아갔다. 장붕익은 사흘 동안이나 심문태의 집을 에워쌌으나 최성국은 나오지 않았다.

"종사관 나리, 아무래도 포졸들을 철수시키는 것이 좋겠습니다. 최성국이 포졸들이 둘러싸고 있는 것을 알고는 나오지 않는 것 같습니다. 소인이 혼자 잠복하겠습니다."

다모 이향이 장붕익에게 은밀하게 말했다. 장붕익은 잠시 생각에 잠겼다. 포졸들이 에워싸고 있는데 최성국이 나올 까닭이 없다고 생각했다.

"알았네. 반드시 놈을 잡아들이게."

장붕익은 포졸들을 철수시켰다. 이향은 담 모퉁이에 숨어서 심순태의 집 동정을 살피기 시작했다. 최성국은 교활한 자여서 이향이 잠복하고 있는 것을 눈치 채고 좀처럼 집 밖으로 나오지 않았다. 이향은 밤이 되자 심문태의 집 담으로 날아올라 갔다. 안채 쪽에는 최성국이 들어갈 일이 없기 때문에 문간채만 살폈다. 문간채에서는 항상 너댓 명의 무뢰배들이 모여 왁자하게 떠들고 있었다.

이향은 담에서 지붕으로 날아올라 가서 기다렸다.

'저놈이 아닌데……'

자정이 가까운 시간이 되자 문간채의 방에서 장정 하나가 밖으로 나왔다. 이향은 긴장하여 놈이 무엇을 하는지 살폈다. 놈은 조심스럽게 사방을 휘둘러보더니 대문께로 걸어갔다. 대문에는 내관이 기다리고 있다가 귓속말을 나누고 문을 살며시 열어주었다.

놈이 문밖으로 얼굴을 내밀었다. 이향은 한줄기 바람처럼 담으로 날아갔다. 대문을 나온 놈이 오른쪽 골목으로 뛰듯이 빠르게 걸어가는 것이 보였다. 이향은 담장과 담장 위를 날아서 놈을 미행하기 시작했다.

'아뿔싸.'

놈을 미행하던 이향은 깜짝 놀랐다. 놈은 이향의 이목을 끌기 위해서인지 일부러 머뭇거리다가 가고 머뭇거리다가 가고는 했다. 이향은 심순태의 집으로 돌아왔다. 과연 심순태의 집에서 건장한 사내가 다른 골목으로 빠르게 달아나고 있었다.

'교활한 놈들. 감히 내 눈을 속이려고 하다니…….'

이향은 건장한 사내의 뒤를 따르기 시작했다. 하마터면 놈을 놓칠 뻔했다고 생각하자 등줄기로 식은땀이 흘러내리는 기분이었다. 사내는 경운궁 쪽으로 서둘러 가고 있었다. 이향은 심순태의 집에서 완전히 멀어지자 놈의 앞으로 날아 내렸다.

"누구냐?"

놈이 멈칫하여 이향을 노려보았다.

"네놈을 잡으러 온 좌포도청 다모다."

"핫핫핫! 다모 년이 감히 내 앞을 가로막는단 말이냐? 네가 누군지 아느냐?"

사내가 이향의 아래위를 훑어보면서 빈정거렸다.

"대체 네놈이 누구란 말이냐?"

"장안에서 비호라고 하면 모르는 자가 없다. 내 별호를 들으면 울던 아이도 울음을 그친다."

"흥! 네놈이 바로 다방골에서 여자들을 등쳐먹는다는 날건달 최성국이구나."

최성국은 비호라는 별호로 다방골에서 소문이 나 있었다. 기생들이 말을 듣지 않으면 주먹질을 하여 돈을 갈취했다.

"이제 알았으면 다치기 전에 썩 꺼져라. 어르신이 바빠서 오늘은 다모년 따위를 상대해 줄 시간이 없다."

"너 같은 놈은 낯가죽을 벗겨 버려야 돼."

이향은 허리춤에서 육모방망이를 꺼내 최성국을 향해 휘둘렀다. 그러나 최성국은 빠르게 육모방망이를 피한 뒤 반격을 해왔다.

'과연 빠른 놈이구나.'

최성국은 비호라는 별호에 걸맞게 몸이 빨랐다. 이향은 최성국의 주먹이 얼굴을 향해 날아오자 번개처럼 몸을 굽히고 육모방망이로 허리를 후려쳤다. 그러나 이번에도 빗나갔다.

'안 되겠어.'

이향은 시간을 끌 필요가 없다고 생각했다. 그녀는 빠르게 보세를 전개하여 육모방망이를 휘두르는 체하다가 발길로 내질렀다. 최성국이 가슴팍에 발을 얻어맞고 움찔했다. 그때 이향의 육모방망이가 어깻죽지를 사선으로 내려쳤다.

"헉!"

최성국의 입에서 바람 빠지는 소리가 터져 나왔다. 이향의 육모방망이가 이번에는 최성국의 오른쪽 허벅지를 가격했다. 최성국이 처절한 비명을 지르면서 데굴데굴 굴렀다. 이향은 최성국이 피투성이가 되도록 두들겨 팬 뒤 좌포도청으로 끌고 가서 구류간에 처넣었다.

"네놈이 부녀자 연쇄 살인 사건의 범인이지?"

"나, 나는 아니다."

최성국이 몸을 부들부들 떨면서 말했다

"여기에 끌려 들어온 이상 살아서 돌아갈 생각은 하지 마라. 그러니 네놈이 지은 죄를 순순히 자백하는 것이 좋을 것이다."

"나, 나는 나리가 시켜서 한 것뿐이야."

"그럼 심순태가 부녀자 연쇄 살인마란 말이냐?"

"아니다. 우리는 사람을 죽인 일이 없다. 나리께서 여자를 좋아하여 납치했을 뿐이다."

최성국은 공포에 질려서 몸을 부들부들 떨었다.

'이놈은 부녀자 연쇄 살인마가 아니야.'

이향은 최성국이 범인이 아니라고 생각했다. 용모파기와도 전혀 다른 얼굴이었다.

"부녀자 연쇄 살인마를 알고 있느냐?"

"모른다."

170

"잘 생각해 봐라. 여기서 살아 나가려면 우리를 위해서 그만한 가치가 있는 일을 해주어야 한다."

"송파나루 쪽에 검계가 있다는 말을 들었다."

"검계?"

"살주계라고도 한다."

이향은 전신이 바짝 긴장되었다. 마침내 부녀자 연쇄 살인마의 실마리를 찾게 된 것이다.

"내일은 좌대장께서 직접 신문하실 것이다."

이향은 구류간에서 나와 좌포도청 뒤쪽에 있는 다모의 숙소로 돌아왔다. 이미 삼경이 가까운 시간이었기 때문에 피로했다. 이튿날 좌대장 이인하와 종사관 장붕익이 등청하자 이향은 최성국을 검거한 사실을 보고했다.

"내가 직접 신문할 것이다. 형틀을 갖추라."

이인하가 영을 내렸다. 좌포도청 총무청 앞에 형틀이 갖추어졌을 때 포졸 하나가 황급히 달려왔다.

"뭐라? 무뢰배들이 마포나루에서 패싸움을 벌여? 그자들이 얼마나 되느냐?"

이인하가 총무청에 앉아 있다가 벌떡 일어났다.

"1백 명은 넘을 것이옵니다."

"종사관, 포졸 80명을 데리고 가서 놈들을 모조리 잡아들이라."

이인하가 장붕익에게 영을 내렸다. 장붕익은 즉시 포졸 80명을 소집하여 마포나루로 달려갔다. 마포나루는 소금 장수 패거리와 나루에서 기생하는 무뢰배들 사이에 몽둥이 싸움이 격렬하게 벌어지고 있었다.

"뭣들 하는 짓들이냐? 모두 싸움을 멈추지 못할까?"

장붕익의 호통에 양쪽 패거리들이 주춤하여 멈춰 섰다.

"몽둥이를 내려놓아라!"

장붕익이 호통을 치자 장정들이 구시렁거리면서 몽둥이를 내려놓았다. 장붕익은 나루에서 싸우던 자들을 모조리 포박하여 좌포도청으로 돌아왔다.

표철주는 송파나루의 하영근 객주 밑에서 일을 하게 되었다. 장춘삼과 오씨도 표철주가 양수척으로 지내는 것보다 객주에게 상술을 배우는 것이 좋다고 선선히 허락했다. 표철주가 하영근 객주 밑에서 하는 일은 고가의 물건을 호송할 때 경비를 하는 일이었다. 비단이나 인삼 같은 비싼 물건을 운반할 때는 도적을 만나 모두 털리는 일이 종종 있었다. 이에 하영근은 장사들을 고용하여 물건을 보호했다.

하영근은 동수패가 기생하고 있는 백도수 객주 못지않게 부호였지만 이미 60이 넘은 노인이었다. 이철환이 행수로서 객주의 일을 총괄하고 있었고 외아들 하동욱은 기생집에서 세월을 보내는 파락호였다.

표철주가 하영근의 집에서 돌아오던 어느 날이었다. 표철주는 송파나루의 시전을 무심하게 걷다가 걸음을 멈췄다.

'저자는 무엇을 하는 자지?'

표철주는 삿갓을 쓰고 나막신을 신고 오는 사내를 보자 무엇인지 알 수 없는 팽팽한 긴장감이 느껴졌다. 사내의 일신에서 범접할 수 없는 무시무시한 기도가 풍기고 있었다. 그것은 무인들만이 감지힐 수 있는 기도였다.

황 의원에게서 무예의 기초를 배운 표철주는 스스로 무예를 연마했다. 그리고 무예의 연마가 외형에 있는 것이 아니라 내면의 기를 운용하는 것이라는 사실을 터득했다. 기를 운용하면 손가락 하나로도 사람을 쓰러뜨릴 수가 있고 나뭇가지와 나뭇가지 사이로 날아다닐 수도 있었다.

표철주는 깊은 밤, 사람들이 모두 잠들었을 때 혼자서 무예를 연마했다. 오랫동안 무예를 연마했기 때문에 무예의 고수를 직감으로 알아볼 수 있었다.

'저자는 예사로운 인물이 아니다. 분명히 무예의 달인일 거야.'

표철주는 온몸에 소름이 돋아나는 것 같았다. 가슴이 쿵쾅거리며 뛰고 등줄기로 식은땀이 흘러내렸다.

'포도청의 다모 누나가 준 용모파기와 흡사해.'

표철주의 머릿속에서 수많은 생각이 오고 갔다.

'한번 부딪쳐 보자.'

무예의 고수라면 반응이 있을 것이다. 표철주는 삿갓을 쓴 사내가 바짝 다가오자 피하는 척하고 어깨를 살짝 부딪쳐 갔다.

'어?'

표철주는 일부러 왼쪽 어깨로 사내의 오른쪽 어깨를 부딪쳤으나 기이하게 어깨가 부딪쳐지지 않자 깜짝 늘랐다. 사내는 마치 손재하지 않았던 것처럼 그의 어깨를 피한 것이다.

표철주는 모르는 체하고 두어 걸음 지나쳐 간 뒤 뒤를 돌아보았다. 사내는 뒤도 돌아보지 않고 일정한 보폭으로 걸어가고 있었다.

'분명히 무인이야. 어쩌면 살주계일지도 몰라.'

표철주는 계속 앞으로 걸어갔다. 포도청 다모 이향이 언제 찾아올지 모른다. 아니, 찾아오지 않으면 찾아갈 수도 있다. 인현왕후 민비가 복위하던 날 한양에서 만났던 다모 이향의 아름다운 얼굴이 눈앞에 떠올라 왔다. 표철주는 그 생각을 하자 다른 골목으로 뛰어서 삿갓을 쓴 사내를 앞질러 갔다. 뒤를 미행하는 것보다 앞에서 살피는 것이 좋다고 생각했다. 표철주는 포목전 앞에서 등을 돌리고 사내가 올 때를 기다렸다. 사내는 주위를 살피지 않으면서 느릿느릿 걸어오고 있었다. 표철주는 바짝 긴장하여 사내가 옆을 지나가자 뒤를 따르기 시작했다. 사내는 송파나루의 시전을 지나 들길을 느릿느릿 걸어가고 있었다. 표철주는 그곳에서 더 이상 뒤를 따라가지 않았다. 사내가 무예의 고수라면 미행하는 것을 순식간에 눈치 챌 것이라고 생각했다. 무조건 뒤를 미행하다가 발각되면 목숨이 위태로울 수도 있었다.

'언젠가는 반드시 이 길을 지나갈 것이다. 물건을 사러 온 것은 아닐 테니 송파 시전에 만나는 사람이 있을 것이다.'

표철주는 점점 멀어지는 사내의 뒷모습을 바라보면서 회심의 미소를 지었다. 표철주가 예상했던 대로 사내는 사흘 후에 다시 나타났다. 표철주는 벙거지를 쓰고 사내의 뒤를 미행했다. 사내는 언제나 그렇듯이 일정한 보폭으로 걸음을 떼어놓고 있었다.

174

'아하, 백도수 객주와 아는 사람이구나.'

사내는 송파 시전에서 가장 큰 객주인 백도수의 집으로 들어가고 있었다. 백도수는 경상 중에서 손가락에 꼽히는 객주로 송파 시전을 주름잡고 있는 동수패도 그의 수하에 있었다. 하루에 거래되는 물자가 수만 냥에 이른다는 소문이 파다한 부호였다.

'백도수 객주에게 무슨 볼일이 있는 거지?'

표철주는 사내에게 들키지 않기 위해 시전에서 벗어나 들길로 뛰어갔다. 사내가 지난번에 멀어진 곳이다.

사내가 그 길에 다시 나타난 것은 두어 시진이 지난 때였다. 사내는 지난번처럼 들길을 걸어서 저 멀리 산모퉁이로 돌아갔다. 표철주는 다음날이 되자 산모퉁이에서 숨어서 사내를 살폈다. 사내는 산모퉁이를 돌아서 골짜기에 있는 기와집으로 들어가고 있었다.

'혼자 살고 있구나.'

표철주는 며칠 동안 사내의 집을 살피다가 결론을 내렸다. 사내의 집은 작은 기와집이었으나 언제나 문이 굳게 닫혀 있었다. 표철주는 좌포도청으로 다모를 찾아갔다. 좌포도청으로 들어갈 수가 없어서 앞에서 한참을 서성이자 한 무리의 포졸들이 몰려 나오고 있었다. 표철주는 재빨리 포졸 한 사람에게 다가가 목례를 했다.

"무슨 일이야? 왜 여기서 쭈뼛거리고 있어?"

포졸이 표철주의 얼굴을 쳐다보면서 물었다. 그는 콧수염을 짧게 기르고 있었다.

"저기, 다모를 찾아왔습니다."

"다모는 왜?"

"다모에게 긴히 전할 말이 있습니다."

"그래? 그럼 나를 따라와."

포졸이 표철주를 데리고 좌포도청으로 들어가기 시작했다. 포도청의 총무청을 돌아서 구류간이 있는 뒤쪽으로 가자 사람들의 처절한 비명 소리가 들려왔다. 포졸들이 형틀에 묶인 우락부락한 장정들의 발뒤꿈치를 베고 있었다.

"저게 뭔지 알아? 검계들에게 월족형을 가하는 것이야."

"월족형이요?"

"검계 노릇을 못하게 발뒤꿈치의 힘줄을 끊는 거야. 너도 검계 따위는 되지 말아라. 저런 꼴을 당하지 않으려면."

포졸의 말에 표철주는 소름이 오싹 끼쳤다. 다모 이향은 처소에서 나오기 위해 툇마루에 걸터앉아 신발을 신고 있었다.

"포도청에는 무슨 일이야?"

이향이 표철주를 안내해 온 포졸을 내보내고 표철주에게 물었다.

"용모파기에 있는 사람을 찾았습니다."

표철주는 이향의 얼굴을 쳐다보면서 대답했다. 이향의 얼굴을 대하자 이상하게 가슴이 찌르르 울렸다.

"그래?"

이향의 얼굴이 긴장감으로 딱딱하게 굳어졌다.

176

"송파 시전에서 5리쯤 떨어져 있는 집에서 혼자 살고 있습니다."

"알았디. 네가 너를 찾아갈 데니 민지 들어가 있어. 송파 시선에서 양수척의 집을 찾으면 되지?"

"예."

"어서 가봐. 나는 오늘 급히 처리할 일이 있어."

이향이 고개를 끄덕거렸다. 표철주는 이향과 헤어져 집으로 돌아오기 시작했다. 혼자서 터벅터벅 집으로 돌아오는 길이 이상하게 허전했다. 이향이 장춘삼의 노전에 나타난 것은 이튿날 해질 무렵이었다. 표철주는 이향이 눈짓을 보내자 장춘삼과 영달이 눈치 채지 않게 따라나섰다. 이향은 왁자한 송파 시전을 완전히 벗어날 때까지 아무 말도 하지 않고 있었다.

"앞서라."

들길이 나오자 이향이 긴장한 목소리로 말했다. 표철주는 천천히 앞서 걷기 시작했다. 이내 산모퉁이에 이르자 골짜기에 있는 사내의 집이 보였다.

"저 집이냐?"

이향이 걸음을 멈추고 물었다.

"예."

표철주가 시린 눈빛으로 이향을 쳐다보았다.

"됐다. 너는 집에 돌아가 있어."

이향은 골짜기의 집으로 향하지 않고 산으로 빠르게 걸어 올라갔다. 표철주는 느리게 걸어서 집으로 돌아왔다. 저녁을 먹고 마당의 멍석에 앉아서 별을 쳐다보았으나 이향의 얼굴이 자꾸 떠올라 왔다. 초여름 밤이라 하늘에는 별이 빼곡하게 들어차 있었다. 예분이 표철주의 어깨에 머리를 기대고 별을 바라보다가 스르르 잠이 들었다.

"다음 달에 쟤들 혼례를 올리도록 하지. 다 큰 것들이 하루 종일 붙어 있는 것도 남세스러운 일이야."

장춘삼이 곰방대를 피우면서 말했다.

"너무 빠른 거 아니에요? 가을이라도 오면 혼례를 올려주지."

오씨가 근심스러운 표정으로 말했다.

"우리가 농사를 짓는 것도 아닌데 뭣 하러 가을을 기다려? 방 한 칸을 들여야겠어. 장마 지기 전에 기둥 세우고 서까래 잇고 구들을 놓자고."

"혼례를 올리려면 옷감도 끊어야 하구 할 일도 많은데……."

표철주는 자신의 혼례 이야기가 나오자 듣기가 쑥스러워 예분을 멍석 위에 눕히고 밖으로 나왔다. 발길 닿는 대로 걸음을 떼어놓는다는 것이 들길이었다.

다모 누나는 어떻게 되었을까?

표철주는 이향의 얼굴을 떠올리자 걸음을 재게 놀리기 시작했다. 들길은 달이 중천에 떠올라 신비스러운 월광이 가득했다. 표철주는 길바닥에 하얗게 깔린 달빛을 밟으며 빠르게 걸었다. 이내 산모퉁이에 이르렀다. 멀리 사내가 살고 있는 기와집이 보였다. 사내의 집에서는 불빛이 희미하게 흘러나오고 있었다.

표철주는 불빛이 흘러나오고 있는 집을 향해 빠르게 걸음을 놀렸다.

'아!'

표철주는 걸음을 떼어놓다가 자신도 모르게 탄성을 내뱉었다. 사내의 집이 저만치 보일 때 달빛을 타고 지붕으로 날아가는 백의인영이 있었다. 그와 함께 사내의 집에서도 흑의인영이 솟구쳤다. 그들은 지붕 위에서 춤을 추듯이 한바탕 검을 휘둘렀다. 달빛이 신비스럽게 쏟아지는 지붕 위에서 청광과 백광이 번쩍이고 금속성이 일어나면서 불꽃이 튀었다. 표철주는 넋을 잃고 지붕 위를 쳐다보았다. 그때 하얀 인영이 갑자기 표철주가 있는 쪽으로 날아왔다. 흑의인영이 빗줄기처럼 날아와 이번에는 들길 위해서 처절한 혈투가 벌어졌다.

표철주는 그들의 눈에 띌까 봐 옆에 있는 깨밭으로 몸을 숨겼다. 해마다 예분과 함께 깻잎을 따던 밭이다. 깻잎의 독한 냄새가 코를 찔렀다. 발바닥에 돌멩이가 걸려서 옆으로 밀어놓았다.

'다모 누나가 밀리는구나.'

표철주는 무예 수련을 했기 때문에 다모 이향이 밀리고 있다는 것을 한눈에 알 수 있었다. 두 사람은 허공으로 날아오르기도 하고 깻잎 위를 바람처럼 스치면서 날기도 했다.

"아아악!"

그때 처절한 비명 소리가 들리면서 백의인영이 곤두박질을 치고 흑의인영이 위에서 검을 찔러갔다.

'위험해!'

표철주는 순간적으로 이향이 위험하다는 사실을 깨닫고 발바닥에 밟힌

돌을 주워 흑의인영을 향해 힘껏 던졌다.

쐐애액!

돌멩이가 날카로운 바람을 일으키면서 날아가 흑의인영을 때렸다. 흑의인영의 몸에서 퍽 하는 소리가 나면서 땅바닥으로 곤두박질쳤다. 그 순간 땅바닥으로 떨어진 백의인영이 몸을 날려 깨밭으로 숨었다. 표철주도 재빨리 깻잎으로 얼굴을 가리고 그들을 주시했다. 그때 곤두박질을 친 흑의인영이 팟 하는 파공성과 함께 몸을 허공으로 뽑아 올려 사방을 살피기 시작했다.

"어느 고인이 나를 암습했소?"

흑의인영이 허공에서 소리를 질렀다. 그 소리는 마치 벼락을 치는 것처럼 표철주의 귓전을 때렸다. 흑의인영은 돌멩이를 던진 표철주를 찾고 있는 것이 분명했다. 표철주는 흑의인영에게 들키지 않기 위해 납작 엎드렸다. 흑의인영은 깨밭을 오랫동안 돌아다녔으나 백의인영과 표철주를 찾지 못했다.

"핫핫핫! 고인이 끝내 모습을 드러내지 않으니 소생은 실례하겠소."

흑의인영이 광오한 웃음을 터뜨렸다. 그의 웃음에 내력이 실렸는지 천지가 진동하는 것 같아 표철주는 머리카락이 쭈뼛했다.

표철주는 흑의인영이 완전히 사라진 것을 확인한 뒤에야 깨밭에서 나왔다. 그는 빠르게 백의인영을 찾기 시작했다. 그러나 넓은 깨밭에서 백의인영을 찾는 일이 쉽지 않았다. 표철주가 깨밭을 낱낱이 뒤지기 시작한 지 두 시진이 지나서야 피를 흘리며 쓰러져 있는 백의인영을 발견했다. 백의인영은 표철주가 예상했던 대로 다모 이향이었고, 온몸이 피에 흠뻑 젖어 정신은 잃고 있었다. 표철주가 맥을 짚어보자 희미하게 뛰고 있었다.

표철주는 이향을 안고 뛰기 시작했다. 깨밭이 있는 곳에서 얼마 떨어지지 않은 마을에 황 의원이 살던 집이 있었다.

'싸움이 너무 격렬했어.'

등잔불을 밝히고 이향의 몸을 살피자 곳곳에서 피가 흘러내리고 있었다. 표철주는 방 안을 뒤져 헌옷을 찾아 피를 닦아내고 지혈하기 시작했다. 황 의원이 살던 집이라 다행히 여러 가지 약재가 그대로 남아 있었다.

'유근혈에도 상처가 있구나.'

봉긋한 왼쪽 가슴 아랫부분에 있는 유근혈에서는 피가 멎지 않고 계속 솟아나고 있었다. 표철주는 조심스럽게 저고리를 벗겨 유근혈의 깊은 상처를 살폈다. 여인의 가슴은 처음 보는 것이었다. 희고 탐스러운 가슴 아래 상처가 있어서 피가 흘러나오고 있었다. 표철주는 유근혈의 상처에 지혈제를 바르고 헝겊으로 감쌌다. 표철주가 대충이나마 이향의 치료를 마쳤을 때는 짧은 여름밤이 기울어 동녘이 부옇게 밝아오고 있었다.

'피를 많이 흘려 조혈제가 필요해.'

표철주는 날이 밝자 풀숲을 뒤져 뱀을 잡아서 사탕을 끓였다. 가난한 사람들은 푸줏간에서 고기를 살 수 없었기 때문에 뱀이나 개구리를 잡아서 영양분을 보충해 주어야 했다. 그러나 이향은 정신을 잃고 있었기 때문에 손가락으로 떠먹이려고 해도 삼기시를 못했다.

"이놈아, 사람을 살리려거든 제대로 하거라."

그때 문이 벌컥 열리면서 창노한 목소리가 귓전을 울렸다.

"의원님."

표철주가 깜짝 놀라 뒤를 돌아보자 황 의원이 방으로 들어오고 있었다. 표철주는 재빨리 자리를 비키면서 인사를 했다. 황 의원이 방으로 들어와 이향의 맥을 잡고 혀를 찼다.

"이런 상태에서 어떻게 탕약을 받아먹겠느냐? 네가 입으로 양기를 불어 넣어라."

"입으로요?"

"코를 막고 양기를 불어넣어야 한다. 활인술(活人術)이니 머뭇거리지 말 거라."

표철주는 얼굴이 붉어졌으나 이향의 코를 막고 그녀의 입술에 자신의 입술을 얹고 입김을 불어넣었다. 그렇게 여러 차례 되풀이하자 이향이 가늘게 신음 소리를 토해냈다.

"이제 안아서 일으켜라."

황 의원이 명령을 내리듯이 말했다. 표철주는 이향을 반쯤 일으켜 안아서 숟가락으로 사탕을 떠서 먹이기 시작했다. 이향은 사탕을 입술 사이로 흘리자 조금씩 받아 마셨다.

"나가서 약을 끓여라."

표철주가 사탕을 반쯤 이향의 입속에 떠 넣었을 때 황 의원이 조제한 약재를 내주었다. 표철주는 이향을 조심스럽게 눕히고 밖으로 나가서 탕약을 끓이기 시작했다.

"장춘삼에게 갔다가 올 테니 환자는 네가 돌보고 있어라. 장춘삼에게는 내가 멀리 심부름을 보냈다고 할 디이니."

이향에게 탕약을 먹이고 나자 황 의원이 말했다. 표철주는 황 의원을 배웅하고 하늘을 쳐다보았다. 비가 오려고 그러는지 하늘이 잿빛으로 변하고 들판의 나뭇잎사귀들이 살매 들린 바람에 검푸른빛으로 나부끼고 있었다.

들으니 천지가 개관(開闢)함에 산천지기가 비로소 나뉘고, 사람이 비로소 남에 동정지형(動靜之形)이 능히 배합되었도다. 동서는 일월이요, 음양은 용마(龍馬)의 그림에 묘(妙)하게 운행되고, 오행 또한 신령스러운 거북의 새김에 아울러 운행되니, 사상(四象)이 길을 얻어 팔괘(八卦)가 좇아 나뉘어지도다.

—사암 도인 『침구요결』 서문에서

검빛

6

사명대사의 고제지 사암도인

사명 대사의 고제자 사암 도인

쏴아아아!

빗줄기가 들판을 하얗게 물들이면서 달려오기 시작했다. 이향은 문을 열어놓은 채 잠을 자다가 빗소리에 눈을 떴다. 장마가 다시 시작되었는지 비가 줄기차게 내리고 있었다. 꺼끔해졌다가 다시 쏟아지는 빗소리에 잠도 함께 깨고는 했다. 내가 이 꼴이 되어 있어야 하다니. 이향이 정신을 차렸을 때는 이미 이틀이 지난 뒤였고, 그녀는 심맥을 크게 다쳐 전신을 움직일 수가 없었다. 신의 사암 도인이 아니면 이미 싸늘한 시체가 되어 있었을 것이다. 사암 도인은 표철주가 그녀를 살렸다고 했다. 표철주가 그녀의 온몸에 지혈제를 바르고 피를 닦아주고 탕약을 떠먹였다고 했다.

'내 몸을 모두 보았겠구나.'

사암 도인에게 그 말을 들었을 때 이향은 천 길 벼랑으로 굴러 떨어지는 듯한 절망감을 느꼈다. 진사 소응천과 3년을 살았으나 그 이후는 절개를 지켜왔는데 상처 때문에 알몸을 보인 것이다. 표철주는 사암 도인의 진정한 정체를 모르고 있었다. 사람들은 사암 도인이 어디 출신인지, 이름이 무엇인지 내력을 전혀 모르고 있었다. 그러나 사암 도인은 침술이 신의 경지에 이르렀고 동굴 속에서 13년 동안 수행하여 득도한 도인이라는 소문이 나돌고 있었다.

그는 일정한 거처 없이 행운유수처럼 돌아다녔다. 그러나 그는 치병제중, 병을 다스려 중생을 구하는 일을 업으로 삼고 있었다. 최근에는 두창(痘瘡:천연두) 치료약을 찾느라고 전국을 돌아다니고 있었다.

이향은 처음 정신을 차렸을 때 이대로 죽는 것이 아닌가 하여 공포에 떨었다. 눈만 감으면 검은 옷을 입은 저승사자가 하얗게 웃고 있어서 가슴이 세차게 뛰고는 했다. 혼자 있는 것이 두려웠다. 표철주가 장춘삼의 집에 다니러 가면 잠을 이루지 못했다. 보검 두 자루를 들고 천하를 주유하면서 호쾌하게 살겠다고 했는데 부질없는 일이었다.

'무서운 자야. 그렇게 뛰어난 자가 조선에 있었다니……'

공포에 떨면서도 때때로 흑의인과 싸우던 일을 떠올렸다.

그날은 달이 하얗게 중천에 떠 있었다. 이향은 표철주가 신고한 사내를 체포하는 일이 망설여지기도 했다. 장봉익도 그자와 싸워서 이기지 못했다는 생각이 들자 긴장이 되었다. 그러나 검을 들고 살아온 지 10년이 넘은 이향이었다. 그녀는 산속에 숨어서 살피다가 좀 더 가까이 가서 살피기 위해 지붕으로 날아갔다. 그 순간 방문이 벌컥 열리면서 흑의인이 그녀를 향해 솟구쳐 올라왔다.

'눈치 챘구나.'

사내가 들고 있는 검에서 무시무시한 살기가 뻗치고 있었다. 이향은 당황했으나 사내에게 빠르게 부딪쳐 갔다. 검과 검이 부딪치면서 불꽃이 튀고 허공에서 백광과 청광이 난무했다.

'아!'

이향은 흑의인이 살검을 펼치고 있는 것을 보고 경악했다. 그의 검세는 허공을 베고 찌르면서 그녀의 전신 요혈을 노리고 있었다. 이향은 그의 검세를 피하기에 급급했다. 그의 날카로운 검끝은 그녀의 몸 곳곳에 상처를 냈다. 이향은 가까스로 피했다고 생각했으나 이미 칼날이 몸을 베고 지나간 뒤였다.

"아아악!"

그리고 어느 한순간 그의 검이 왼쪽 유근혈을 깊숙이 찔렀다. 그녀는 눈앞이 캄캄해지는 것을 느끼면서 곤두박질치기 시작했다. 그때 바람을 가르는 날카로운 파공성이 들리면서 무엇인가 흑의인을 가격했다. 흑의인은 예상하지 못한 상태에서 기습을 받자 고수라고 생각했다. 벌떡 일어나기는 했으나 암습한 자를 찾을 수가 없었다.

들길에 곤두박질친 이향은 그 순간을 이용해 깨밭으로 몸을 굴렸다. 흑의인은 암습자를 찾을 수 없자 냉오한 웃음을 남기고는 어디론가 사라졌다. 이향은 그때서야 가슴을 움켜쥐고 정신을 잃었다.

쏴아아아!

빗소리는 세상이 떠나갈 듯이 요란했다. 아무도 없는 집안은 빗소리 외에는 적막했다. 이향은 그 적막이 무섭도록 싫었다. 진사 소응천과 함께 살 때는 전혀 달랐다. 그녀는 저승의 문턱까지 갔다가 왔다고 생각했다. 죽으면 모든 것이 끝난다고 생각하자 두렵고 무서웠다. 죽음에 대해서 이토록 깊은 공포를 느낀 일이 없었다.

표철주가 달려온 것은 비가 오기 시작한 지 한참이 지났을 때였다. 도롱이를 쓰고 있었으나 비에 흠뻑 젖어 있었다.

"왜 이제 오는 거야?"

이향은 표철주가 대충 빗물을 훔치고 방으로 들어오자 쌀쌀맞게 소리를 질렀다. 표철주가 당황하여 어쩔 줄을 모르는 것을 보고 이향은 공연히 내가 화를 냈구나 하는 생각이 들어 가슴이 아팠다. 표철주를 보면 반가우면서도 퉁명스러워지고 신경질적으로 변하는 자신을 이해할 수 없었다.

"객주에 일할 것이 있었어요."

표철주가 정색을 하고 대답했다. 표철주는 하영근 객주에서 일을 하고 있었으나 장마 때문에 쉬는 날이 많았다.

"무슨 일인데?"

"누나, 화났어요?"

표철주가 웃으면서 그녀에게 가까이 다가와 얼굴을 들여다보았다. 그의 머리에서 이향의 얼굴로 빗물이 떨어졌다.

190

"저리 비켜. 빗물 떨어지잖아."

"나는 빙에 누워 있어 미도 곳 밎는네 맞세 해줘야시."

표철주가 장난스럽게 머리를 흔들자 빗물이 이향의 얼굴로 마구 튀었다.

"아이, 차. 무슨 짓이야? 빨리 닦지 못해?"

이향이 웃음을 터뜨리면서 주먹으로 표철주의 가슴팍을 때렸다. 표철주가 씨익 웃고 벽에 걸린 베수건을 꺼내 얼굴과 머리의 빗물을 닦았다.

"비가 와서 방이 눅눅해요. 군불 좀 땔게요."

"덥지 않을까?"

"조금만 때면 괜찮아요. 잠깐만 기다려요."

표철주가 부엌으로 나가더니 군불을 지폈다. 방 안까지 연기가 스며들어 매캐했다. 이향은 모든 것이 편안했다. 몸이 언제 회복될지 알 수 없었으나 표철주와 함께 있다는 사실만으로도 안도감이 들었다. 비는 여전히 장하게 내리고 있었다.

쏴아아아! 쏴아아!

빗줄기가 퍼부으면서 날이 부옇게 흐려졌다. 이제 곧 어둠이 내리리라. 어둠이 내리면 표철주의 품에 안겨 잠들 수 있다. 그 생각을 하자 이향은 얼굴이 화끈거리고 몸이 더워지는 것 같았다.

"그게 뭐야?"

표철주가 접시에 담아온 것을 보고 이향은 몸을 일으켜 벽에 기대어 앉았다.

"돼지고기를 석쇠에 구웠어요. 소금 찍어 먹으면 맛이 좋아요."

"돈도 없을 텐데 어떻게 이런 것을 샀어?"

"황 의원님께서 가실 때 돈을 조금 주고 가셨어요."

"네가 먹여줘."

이향이 눈웃음을 치면서 말했다.

"누나도 참."

표철주가 씨익 웃으면서 돼지고기 한 점을 집어서 소금을 찍어 이향의 입에 넣어주었다. 이향은 고기를 씹으면서 멀리 비 오는 하늘을 내다보았다. 진사 소응천의 얼굴이 떠오르고 좌포도청 종사관 장붕익의 얼굴도 떠올랐다. 좌포도청은 그녀가 행방불명되어 발칵 뒤집혔을 것이다. 장붕익은 은근하게 그녀가 첩이 되어주기를 바랐다. 그러나 그녀는 장붕익의 첩이 될 생각이 추호도 없었다.

고기를 먹고 나자 표철주가 단소를 불기 시작했다. 단소의 애절한 가락이 이향의 심금을 울렸다. 날이 점점 어두워지기 시작했다. 이향은 간간이 표철주를 쳐다보며 얼굴을 붉히고 있었다. 표철주를 쳐다볼 때마다 며칠 전에 몸이 불덩어리처럼 달아올라 그에게 매달렸던 일이 떠올랐다.

이향은 고열에 시달리고 있었다. 흑의인에게 부상을 당하고 20일이 지나자 외상은 어느 정도 회복되었으나 내상이 깊었다. 사암 도인은 내상을 회복시키는 특별한 약을 지어주었으나 부작용이 고열이었다.

"열을 내리게 하는 것은 남녀의 방사뿐이다."

황 의원이 표철주에게 하는 말을 들은 이향은 눈앞이 캄캄했다. 이향은

192

그때까지 손가락 하나 움직일 수 없었다. 눈은 뜨고 있었으나 아무것도 할 수 없었다.

"그렇게 하지 않으면 어떻게 됩니까?"

표철주가 어눌한 목소리로 물었다.

"죽는다."

"저는 이해할 수 없습니다. 어찌하여 방사를 하면 살 수 있고 방사를 하지 않으면 죽는다는 말입니까?"

"혈이 막혀 있기 때문이다. 막혀 있는 혈을 뚫을 수 있는 방법이 없기 때문이다."

"그 혈이 어디에 있습니까?"

"혈은 겉으로 드러난 혈과 심맥에 있는 혈이 있다. 우리가 알고 있는 것은 대부분 겉으로 드러난 혈이다. 심맥의 혈을 뚫는 것은 기(氣)뿐인데 기를 운용할 수 있는 방법이 없다."

"그래서 손가락 하나 움직이지 못하는 것입니까?"

"그렇다."

이향은 그들의 이야기를 들으면서 절망감이 엄습해 왔다. 표철주는 그녀보다 나이가 훨씬 적었다. 진사 소응천과 3년을 살았으니 남녀 관계를 모르는 것은 아니었다. 그러나 원하지 않는 사람에게 방사를 당하는 것은 낯 뜨거운 일이었다. 그날 밤 이향은 격렬한 고통과 함께 고열이 엄습해 왔다. 뼛속마디 소삭소삭 부서지는 섯 같고 살섬을 씻는 것 같은 극심한 동승이 엄습하여 혀를 깨물어 죽고 싶었다.

"살려줘. 살려줘……."

이향은 몸부림을 치면서 울었다. 그러나 그것은 의식 속의 일이었을 뿐 밖으로 나타나지는 않았다. 열은 더욱 높아져 가고 있었다. 표철주가 그녀의 몸을 주무르기 시작한 것은 그때였다. 이향은 몸을 떨면서 표철주에게 고통이 끝나게 죽여달라고 애원했다. 그녀는 의식이 오락가락했다. 때때로 캄캄한 어둠 속으로 추락하기도 했고 의식의 끈을 놓아버릴 때도 있었다. 의식이 돌아오면 표철주의 손이 자신의 전신을 만지고 있는 것을 알고 바짝 긴장하고는 했다. 그러나 신기하게 그의 손이 지나가는 곳은 통증이 사라지는 것을 느낄 수 있었다.

'아아……!'

이향은 속으로 가늘게 몸을 떨면서 터져 나오는 신음을 삼켰다. 단전 아래, 여자의 은밀한 곳에서 형언할 수 없는 쾌감이 혈관을 타고 전신으로 번졌다.

그리고 표철주가 자신의 내부 깊숙한 곳을 가득 채우고 들어왔으면 하는 욕망이 간절해졌다. 그러나 그녀는 표철주에게 말을 건넬 수 없었다.

"누나, 미안해요."

표철주가 그녀에게 몸을 실어왔다. 살과 살이 닿으면서 저절로 몸이 꿈틀거렸다. 이향은 고열과 주체할 수 없는 욕망 때문에 온몸이 불덩어리처럼 달아올랐다.

표철주는 나직하게 한숨을 불어냈다. 어둠 속에서 완만한 곡선을 가지고 있는 여체가 숨이 막힐 듯이 요연하게 드러났다. 아름다운 여체였다. 부드러운 어깨는 뽀얗고, 둥글게 솟아오른 가슴은 팽팽하여 건드리기만 해도 톡 하고 터질 것 같았다. 그리고 세류처럼 가늘고 긴 허리와 풍만한 둔부……

그녀는 꼼짝도 하지 못한 채 이부자리에 누워 있었다. 물론 그도 실오라기 하나 걸치지 않고 있었다. 표철주는 그녀에게 엎드려 몸을 바짝 밀착시켰다. 몸이 서서히 더워져 오고 있었다. 그는 어둠 속을 더듬어 그녀의 입술에 자신의 입술을 포갰다. 그녀의 입술은 이슬에 젖은 꽃잎처럼 촉촉하고 부드러웠다.

"아!"

이향은 저절로 탄성이 흘러나왔다. 입술과 입술이 닿자 그의 하체가 팽팽하게 부풀고 있는 것을 느낄 수 있었다. 표철주의 입술은 이향의 입술에서 가슴으로 내려왔다. 크고 탐스러운 두 개의 육봉이 아찔하게 눈을 찔러왔다. 표철주는 허기에 굶주린 사람처럼 이향의 젖무덤에 얼굴을 묻었다. 그녀의 젖무덤은 고향처럼 아늑하고 따뜻했다. 표철주는 몸을 움직이지 못하는 상태에서도 그녀가 반응을 보이는 것을 느낄 수 있었다.

"누나는 이제 내 여자야. 누나가 깨어난 뒤 나를 욕해도 어쩔 수가 없어."

그는 혼잣말로 그녀의 귓전에 낮게 속삭였다. 그녀가 듣고 있는지 듣고 있지 않는지는 알 수 없었다. 어쩌면 듣고 있지 못하는 것이 다행인지도 몰랐다. 이상한 일이었다. 이향은 저절로 무릎이 열리고 몸이 움직여졌다. 손 끝에서 심지어 살아나고 열기가 혈관을 따라 노는 것을 의식했다. 그때 표철주가 그녀의 몸속 깊숙이 진입해 들어왔다.

'아……!'

이향의 입술이 벌어지면서 신음 소리가 흘러나왔다. 공허하게 허공을 더듬던 눈동자에서 윤기가 돌기 시작했다. 이향은 표철주와 하나가 되었다는 일체감을 느꼈다. 무엇인가 그녀의 내부를 가득 채우고 미세한 혈관으로 어떤 기운이 빠르게 번져 갔다.

표철주는 점점 빠르게 움직이기 시작했다. 그의 움직임이 빨라지면서 이향의 목이 뒤로 젖혀지고 신음 소리가 커졌다. 이향은 거의 제정신이 아니었다. 꽉 막혀 있던 혈관이 뚫리면서 혈류를 따라 어떤 기운이 폭발할 듯이 맹렬하게 흐르기 시작했다.

바람은 잔잔하게 불고 있었다. 빗소리는 쏴아 소리를 내며 세차게 쏟아지고 있었다.

격렬한 폭풍이 휘몰아치기 시작했다. 이향은 표철주의 등을 끌어안고 몸부림을 쳤다. 자신의 몸이 언제 움직이기 시작했는지 알 수 없었다. 알 수 없는 기운이 혈류를 따라 움직이고 손가락의 감각이 살아났다. 감각은 손가락에서 전신으로 번져 갔고, 어느 순간 둑이 터지듯이 모든 감각이 살아났다.

표철주는 황홀한 쾌감이 전신을 휘저으면서 폭발할 듯 팽창하고 있었다.

"흑!"

이향은 자신도 모르게 이빨 사이로 신음 소리를 흘려냈다. 그와 함께 그녀의 뇌리로 영롱한 별빛이 쏟아져 내렸다.

196

그 일이 있었던 것이 불과 며칠 전의 일이다. 이향은 표철주와 방사를 치른 후 신기하게도 몸을 움직일 수 있었다.

이향은 그 생각을 할 때마다 온몸이 저릿저릿했다. 남자가 처음은 아니었다. 그러나 그와 같은 황홀한 시간을 가진 적이 없었다.

세차게 쏟아지던 빗줄기가 그치고 먹물 같은 어둠이 내렸다. 초가에서 내다보이는 들판은 칠흑의 어둠만이 펼쳐져 있었다. 군불을 지폈기 때문에 방 안이 눅눅하지는 않았으나 약간 더운 기운이 느껴졌다. 이향은 잠들어 있고 표철주는 무릎을 세우고 앉아서 밖을 내다보고 있었다. 아니, 망연히 앉아 있었다. 어둠은 방 안으로 스멀스멀 스며들어 와 그의 몸속으로 스며드는 것 같았다. 아니, 그가 어둠 속으로 조금씩 조금씩 녹아들고 있는 것 같았다. 표철주는 자신이 어둠이고 어둠이 자신이라고 생각했다. 풀벌레는 울지 않았다. 사방은 기묘할 정도의 적막감에 둘러싸여 있었다. 그러나 어둠 속에서도 존재하는 것들이 있었다. 무엇인지 알 수 없는 신비스러운 존재들, 밤에만 활동하는 형체가 없는 것들, 먼지처럼 허공에 부유하고 있는 것들이 어둠 속에 있었다.

장춘삼은 장마가 끝나면 혼례를 올려줄 것이라고 말했다.

거창한 잔치를 할 수는 없으니 마을 사람들을 초대하여 술과 음식을 들 것이라고 했다. 방도 하나 새로 들였다. 흙벽돌을 찍어 벽을 쌓고 서까래를 얹은 뒤에 구들을 놓았다. 뒤쪽으로는 쪽문도 하나 내서 앞문과 함께 바람이 통하게 했다.

예분은 혼례가 가까워지자 갑자기 얌전한 여자가 되었다.

"저것이 이제 철이 드나 보네. 어울리지 않게 시침 떼고 앉아 있는 것을 보니 가관이네. 좋으냐? 시집가는 것이 그렇게 좋아?"

영달은 기회만 있으면 심통을 부리듯이 예분을 놀렸다. 새색시가 될 예분에게는 미안했다. 그러나 이향은 무엇인지 알 수 없는 흡인력을 갖고 있었다. 그녀는 죽은 어머니 같기도 했고 비렁뱅이들에게 두들겨 맞고 끌려간 누나 같기도 했다. 그녀의 얼굴에는 언제나 누나의 잔영이 남아 있었다. 그 누나는 죽었는지 살았는지 알 수 없었다. 그 누나를 생각할 때마다 가슴으로 찬바람이 불고 지나갔다. 이향을 처음 보았을 때 헤어진 누나라고 생각했다. 그러나 이향은 얼굴 모습만 비슷했지 누나가 아니었다.

이향을 만나고 돌아오던 날 표철주는 잠을 이루지 못했다. 비렁뱅이들에게 끌려가 고통을 당했을 누나를 생각하자 가슴이 터질 것 같고 저절로 눈시울이 뜨거워져 왔다. 이향을 돕고 싶었고, 이향의 그림자가 되고 싶었다. 이향이 기뻐하는 일을 해주기 위해 용모파기에 있던 사내를 날마다 찾아다녔고, 마침내 그를 찾았다. 그러나 이향은 그에게 패하여 목숨이 경각에 달려 있었다.

황 의원이 아니었다면 이향은 살기 어려웠을 것이다.

표철주는 이향을 살리기 위해 그녀와 하나가 되었다. 그녀의 심맥에 막혀 있는 혈을 뚫기 위한 것이었으나 깊은 감동이 있었다. 표철주는 그 행위가 모두 끝났을 때 이향의 가슴에 엎드려 울었다. 그 흰없이 부드럽고 따뜻한 가슴에 얼굴을 묻고 흐느껴 울었다.

"울지 마."

이향은 표철주의 등을 누나처럼, 어머니처럼 쓰다듬이 주었다.

밤이 더욱 깊어갔다. 잠시 그쳤던 빗방울이 다시 후드득대기 시작했다. 지루한 장마철이다. 금세 빗줄기가 굵어지면서 어둠 속에서 빗줄기가 하얗게 쏟아졌다.

"철주."

어둠 속에서 이향이 나직하게 불렀다.

"예."

"이리 와서 안아줘."

이향이 응석을 부리듯이 말했다. 이향의 목소리에 살가운 교태가 묻어 있었다. 표철주는 어둠을 더듬어 이향에게 다가갔다. 이향의 옆으로 들어가 눕자 그녀의 몸이 따뜻하고 부드럽게 감겨왔다. 표철주의 입술이 그녀의 입술을 덮치고 표철주의 손이 그녀의 가슴을 움켜쥐었다.

우르르.

밖에서 우레가 울고 푸른 섬광이 번쩍였다. 그와 함께 고막이 터질 것 같은 뇌성이 떨어졌다. 죽음을 넘나든 여인이었다. 캄캄한 어둠 속에서 빗줄기가 쏟아지고 뇌성벽력이 몰아치자 공포에 떨면서 표철주에게 매달렸다. 표철주는 그녀의 가슴을 쉬지 않고 애무했다. 부드럽고 따뜻한 가슴이 그를 열기에 휩싸이게 했다. 이향의 숨소리가 거칠어지고 입에서 단내가 뿜어졌다. 그는 허겁지겁 바지를 벗고 알몸이 되었다. 하체는 벌써 팽팽하게 부풀어 있었다. 이향은 누운 채 저고리를 벗고 치마끈을 풀었다. 그러나 치마를 다 벗기도 전에 표철주가 달려들어 이불 위에 쓰러뜨렸다. 표철주는 그녀의 치마를 걷어 올리고 몸을 실어왔다.

'아!'

이향이 표철주를 받아 안으며 고개를 뒤로 젖혔다. 표철주가 그녀의 몸속으로 깊숙이 침입해 들어오자 숨이 컥 하고 막히는 것 같았다. 이향은 자신도 모르게 몸을 부르르 떨었다. 눈을 꽉 감고 표철주에게 매달려 몸부림을 쳤다.

우르르!

또다시 우레가 울고 뇌성벽력이 몰아쳤다. 이향의 뇌리에서도 천둥번개가 몰아쳤다. 길고 긴 사랑의 행위가 끝났을 때 이번에는 이향이 울었다.

"누나, 왜 울어요?"

표철주가 가쁜 호흡을 진정시키면서 물었다.

"너무 행복해서 참을 수가 없었어."

"정말이요?"

"내가 왜 철주에게 거짓말을 하겠어?"

표철주는 이향의 입술에 자신의 입술을 포갰다. 빗줄기는 쉬지 않고 내리고 있었고, 천둥번개도 밤새도록 그치지 않았다. 그러나 표철주는 이향의 가슴에 얼굴을 묻고 달고 깊은 잠을 잤다. 이튿날 표철주는 이향에게 아침밥을 해주고 장춘삼의 집으로 돌아왔다. 비가 내리고 있었기 때문에 장춘삼마저 일을 하지 않고 쉬고 있나.

"오빠는 왜 만날 황 의원을 따라다녀?"

예분이 심드렁한 표정으로 물었다. 표철주가 여러 날 동안 집에 돌아오지 않기도 하고 집은 자주 비우기도 하여 속상해하고 있나.

"의술을 배우잖아."

"그럼 돌팔이 의원 할 거야?"

"황 의원은 돌팔이 의원이 아니야. 죽은 사람도 살릴 수 있는 신의야."

"그럼 오빠가 배우러 갈 때 나도 따라갈까?"

"황 의원이 싫어해서 안 돼."

표철주가 반대를 하자 예분이 입술을 삐죽 내밀었다. 표철주는 방에 앉아서 마당만 내다보았다. 사흘째 계속되고 있는 장마여서 세상이 온통 물에 잠긴 것 같았다.

예분의 어머니 오씨는 점심으로 수제비를 끓이고 감자를 삶았다. 표철주는 점심을 먹고 하영근 객주에게 갔다. 장사치들이 번잡하게 드나들던 하영근 객주도 장마 때문에 장사치들이 보이지 않고 일을 하는 장정들은 낮잠을 자거나 술타령을 하고 있었다. 표철주는 행수 이철환과 이런저런 이야기를 하다가 해질 무렵에 도롱이를 쓰고 황 의원의 집으로 달려갔다. 비가 그치지 않아 송파나루는 물에 잠긴 난전이 많고 들길도 움퍽움퍽 파인 곳이 많았다. 개울에는 붉은 흙탕물이 콸콸대고 흘러내리고 있었다.

'아!'

황 의원의 집은 고즈넉하게 비어 있었다. 표철주는 그 순간 가슴이 철렁하면서 절망감이 엄습해 왔다. 이향이 떠난 것이다. 방문을 열자 그녀의 옷가지가 하나도 남아 있지 않았다.

'어찌하여 빗속에 떠난 것일까?'

표철주는 길 잃은 사람처럼 망연히 서 있었다. 이향이 좌포도청으로 돌아갔다고 생각하자 소중한 것을 잃어버린 듯이 허전했다.

이튿날은 모처럼 비가 그쳤다. 아침부터 날씨가 푹푹 찌는 것처럼 더웠으나 표철주는 좌포도청으로 이향을 찾아갔다. 관아를 지키는 포졸에게 이향을 찾아왔다고 말하자 안으로 들어가더니 종사관 장붕익을 데리고 나왔다.

"다모 향이가 한 달 가까이 돌아오지 않아 걱정을 하고 있던 참이다. 너는 누군데 향이를 찾느냐?"

장붕익은 표철주를 아래위로 훑어보면서 물었다. 표철주는 용모파기 때문에 향이를 데리고 갓을 쓴 사내에게 데리고 간 일이며, 부상을 당해 황 의원에게 치료를 받은 사실을 낱낱이 말했다.

"그런 일이 있었구나. 진작 나에게 알렸어야 하거늘……."

장붕익이 어두운 표정으로 혀를 찼다.

"내 조만간 너를 찾아갈 것이다. 그때 자세히 말해다오. 조금 전에 중전 마마께서 승하하셨기 때문에 지금은 내가 움직일 수가 없구나."

장붕익은 이향을 근심하면서도 포졸들을 지휘하느라고 정신이 없었다. 중전 마마께서 승하했다면 인현왕후 민씨가 죽은 것이다.

"향이 누나는 좌포도청에 오지 않은 것입니까?"

"오지 않았다."

장붕익이 한숨을 내쉬고 말했다. 표철주가 집으로 터벅터벅 걸음을 떼어놓는데 거리가 어수선했다. 말을 탄 군사들이 바쁘게 달려가는가 하면 국상이 났다고 소리를 지르면서 집으로 들어가는 사람들이 많았다. 시장이 철시되고 곳곳에서 흰옷을 입은 선비들이 대궐을 향해 달려갔다. 동대문에 이르자 벌써 경비가 삼엄했다.

'누나는 좌포도청에도 오지 않았으면 어디로 간 것일까?

표철주는 송파나루로 돌아가는 걸음이 허전했다. 그는 장춘삼의 집에도 들르지 않고 곧바로 황 의원의 집으로 갔다. 황 의원의 집은 여전히 고즈넉 하게 비어 있었다. 표철주는 약재가 있는 곳을 무심하게 살피다가 낡은 서책 한 권을 발견했다. 그것은 겉표지에 의경(醫經)이라고 쓰여 있었다. 책장을 넘기자 혈맥과 침술법이 상세하게 기록되어 있고 뒷부분에는 수신(修身)이라는 절목이 있었는데 그것은 무예로 몸을 단련하여 건강하게 사는 법이었다.

'뒷부분은 의서라고 하지만 실제로는 무경이구나.'

황 의원이 두고 간 것이 분명했다.

'그럼 누나도 황 의원이 데리고 간 거야.'

표철주는 비로소 지난밤 이향이 자신의 품속에서 울었던 사실을 이해할 수 있었다. 그리고 그것이 이향과 다시는 만날 수 없는 영영 이별이라는 생각이 들어 가슴이 타는 것 같았다.

장붕익이 표철주를 찾아온 것은 사흘이 지난 후였다. 장붕익은 포졸들을 거느리고 황 의원의 집과 삿갓 쓴 사내의 집을 샅샅이 수색했다. 그러나 삿갓 쓴 사내의 집은 이미 사람이 떠나고 없었다.

"흠. 다모를 만나면 반드시 나에게 알려야 한다."

장붕익은 표철주에게 몇 번이나 다짐을 하고 도성으로 돌아갔다.

표철주는 술을 아무리 마셔도 취기가 오르지 않았다. 술을 마실수록 이향의 얼굴이 더욱 또렷이 떠올랐다. 어떻게 그럴 수가 있을까. 어떻게 나에게 한 마디도 하지 않고 떠날 수가 있을까. 표철주는 스스로에게 묻고 또 물었다. 처음에는 포도청으로 돌아간 것으로 생각했으나 포도청에서도 그녀의 행방을 찾고 있었다. 이향이 황 의원을 따라 간 것인가. 어쩌면 그럴지도 모른다고 생각했다. 그러나 표철주는 이향이 자신을 떠났다는 사실이 믿어지지 않았다. 그녀의 다정한 눈빛, 그녀의 부드러운 살결, 그의 품에 안겨서 몸부림을 치면서 기꺼워하던 이향의 모습만이 자꾸 눈에 어른 거렸다. 그녀의 웃음소리, 그녀의 정겨운 신음소리가 밤마다 귓전에 찰랑거렸다.

"아니 이놈이 허구헌 날 술에 절어서 사네."

영달이 술에 취해 비틀대는 표철주에게 삿대질을 하고는 했다. 표철주가 술을 마시는 집이 영달의 단골집이었기 때문에 자주 마주칠 수밖에 없었다. 장춘삼과 오씨는 얼굴을 찌푸리고 혀를 찼다.

"나하고 평양에 가세."

하루는 표철주가 아침부터 술에 취해서 나타나자 하영근 객주의 이철환이 말했다.

"평양에요?"

표철주는 멍한 눈으로 이철환의 얼굴을 쳐다보았다.

"평양에 물건을 운송할 일이 있네. 요즘 화적 떼가 자주 출몰하니 같이

가야 하겠네."

이철환이 평양으로 유송하는 것은 강화에서 온라온 인산이었다. 인산은 개성이 가장 유명했으나 개성상인들이 장악학고 있어서 경상이나 만상은 강화, 금산, 풍기 등의 인삼을 거래했다. 표철주는 이철환을 따라 인삼을 평양으로 운송하기 시작했다. 배로 충주의 목계나루까지 다녀온 일도 있고 육로로 전주까지 다녀온 일도 있었다. 때때로 도적이나 화적 떼가 출몰하기도 했으나 상단의 장정들도 주먹패들이라 어렵지 않게 물리칠 수 있었다. 표철주는 평양으로 인삼을 운송하면서도 술을 마셨다.

"이 사람 아주 술에 취해 살려고 하는군."

상단이 개성의 송악산에 이르렀을 때 이철환이 술에 취해 있는 표철주에게 말했다. 상단이 고갯마루에 앉아 쉬고 있을 때였다. 소나무 등걸에 기대앉은 이철환은 저물어 오는 개성 시가지를 흐린 눈빛으로 내려다보고 있었다.

"죄송합니다."

표철주는 이철환에게 머리를 조아렸다.

"무슨 일이 있는가?"

"무슨 일은요? 아무 일도 없습니다."

"여자 때문인가?"

표철주는 대답을 하지 않았다. 나이가 든 사람은 말을 하지 않아도 속내를 눈치 챈다. 표철주는 또다시 이정의 얼굴이 떠오르면서 가슴이 묵지근하게 저려왔다.

"여자 때문인 게로군."

이철환이 더 물어 볼 것도 없다는 듯이 잘라 말했다. 이철환은 묻지도 않는데 띄엄띄엄 자신의 이야기를 꺼내 놓았다.

"인생을 살다보면 누구나 한 번쯤 가슴앓이를 하지. 나에게도 자네 같은 시절이 있었네. 한 동네에 살던 여자인데 혼례를 올리지는 못했지만 장래를 약속하고 같이 살았어. 그런데 내가 상단을 따라다니는 사이에 다른 놈과 눈이 맞아 달아나버렸네. 그 여자를 잊을 수가 없었어. 세상 모든 것을 잃어버린 듯했네. 그래서 매일 술만 퍼마셨어. 그러다가 기생집에 출입을 하게 되었는데 세상 여자들이 모두 똑 같다는 생각이 들더군. 이 계집 저 계집 무수히 살을 섞었지만 그래도 가슴이 허전한 것은 여전하더라구."

이철환은 우수에 젖은 눈으로 땅거미가 짙어져 오는 개성시가지를 내려다보다가 엉덩이를 털고 일어섰다.

"오늘은 달이 뜰 것 같으니 밤에도 길을 가세."

이철환이 상단의 장정들에게 지시했다. 장정들이 인삼 궤짝을 짊어지고 길을 재촉하기 시작했다. 표철주는 상단을 따라 휘적휘적 걸음을 떼어놓았다. 사람은 누구나 슬픔을 하나씩 짊어지고 산다지만 이철환에게 그러한 사연이 있으리라고는 생각하지 못했었다. 이철환은 세삼하게 주위를 살피면서 길을 인도했다. 상단이 짊어지고 가는 인삼이 자그마치 5만 냥 어치나 되어서 이철환이 바짝 신경을 곤두세우고 있었다. 상단은 새벽녘에야 개성에서 북쪽으로 40리 떨어진 구막에 이르렀다. 이자 징징들이 술국을 먹은 뒤에 교대로 잠을 잤다.

206

이튿날 해가 뜨자 상단은 길을 재촉하여 점심때가 되자 배천 삼거리에 이르렀다. 배천은 마침 장날이었는지 난전이 크게 열리고 있었다. 그러나 인삼을 운송 중이었기 때문에 국밥으로 배를 채우고 길을 재촉하여 닷새가 지나서야 무사히 평양에 도착할 수 있었다. 이철환은 인삼을 평양의 객주에게 넘겨주고 어음을 수령한 뒤에 상단의 장정들을 먼저 돌려보냈다.

"우리는 평양 구경이나 하고 가세."

이철환이 뒷짐을 지고 한가하게 걸으면서 말했다. 표철주는 이철환을 따라 평양의 번화한 시가지를 구경했다. 모란봉에 올라 모란대, 최승대, 을밀대를 구경하고 대동강으로 내려가 부벽루에도 올라가 보았다. 부벽루는 마치 대동강의 물 위에 떠 있는 것 같은 느낌을 주어 저절로 탄성이 흘러나왔다. 표절주는 이철환과 함께 해가 기울 무렵이 되자 서문 앞 장터에 이르렀다.

"야바위꾼들일세."

이철환이 장터에서 씨름판을 벌이고 있는 장정들을 보고 말했다.

"누구든지 돈을 내고 이 장사와 씨름을 해서 이기면 열 배로 주겠소."

수염이 텁수룩한 거구의 사내가 모래판에 서 있고 패랭이 모자를 쓴 얍상하게 생긴 사내가 구경꾼들에게 소리를 질렀다.

"열 냥을 내고 이기면 백 냥, 백 냥을 내고 이기면 천 냥이오."

패랭이 모자가 소리를 지르자 한 사내가 웃통을 벗고 닷 냥을 걸었다. 표철주는 이철환의 옆에 시시 구경을 했다.

"원 덩치도 작은데 이 장사와 싸워서 이길 수 있겠소? 공연히 닷 냥만 날리는 것이 아니요?"

패랭이 모자를 쓴 사내가 웃통을 벗은 사내에게 물었다.

"길고 짧은 것은 재어보아야 아는 법이오. 안 그렇소?"

웃통을 벗은 사내가 군중들에게 소리를 질렀다.

"옳소!"

군중들이 일제히 박수를 치면서 격려를 했다.

"아마 짜고 하는 짓일 게다."

이철환이 표철주에게 낮게 말했다. 웃통을 벗은 사내는 체구가 왜소하여 거구의 사내 상대가 될 것 같지 않았다. 그러나 두 사내는 구경꾼들의 박수를 받으면서 씨름판에서 맞붙었다. 두 사람이 패랭이 모자의 신호에 따라 치열한 승부에 들어갔다. 거구의 사내는 힘이 장사였고 웃통을 벗은 사내는 몸이 민첩했다. 그는 거구의 사내에게 번쩍번쩍 들리면서도 좀처럼 넘어가지 않았다. 구경꾼들은 웃통을 벗은 사내가 들릴 때마다 안타까워했다. 두 사내는 일각이나 맞붙어서 으르렁거리다가 힘으로 밀어붙이는 거구의 사내를 웃통을 벗은 사내가 앞으로 당기면서 살짝 발을 걸자 앞으로 꼬꾸라지면서 승부가 나고 말았다. 체구가 작은 사내가 승리를 거두자 군중들이 일제히 박수를 치면서 환호했다.

"쯧쯧…… 어째 이 덩치가 맥을 못 추나? 자네 때문에 50냥을 날렸잖아?"

패랭이 모자가 아까운 듯이 신경질을 부리면서 50냥을 꺼내 웃통을 벗은 사내에게 건네주었다. 거구의 사내는 머리만 긁적이고 있었다. 웃통을 벗은 사내는 손을 번쩍 들어 환호하면서 씨름판을 떠났다. 웃통을 벗은 사내에게 용기를 얻었는지 다른 사내들이 열 냥 씩 혹은 스무 냥씩 논을 걸고 달려들었으나 거구의 장사에게 아슬아슬하게 패하고 말았다. 구경을 하는 사람들은 그럴 때마다 탄성을 내뱉었다.

"어떤가? 자네도 한 번 해보겠나?"

이철환이 웃으면서 표철주에게 물었다.

"제가요? 당치 않습니다."

표철주는 속으로는 승부욕이 끓어올랐으나 고개를 흔들었다.

"술값이라도 벌게."

이철환은 표철주가 고개를 흔드는데도 억지로 씨름판으로 떠밀었다.

"씨름하시게? 얼마나 걸 텐가?"

패랭이 모자의 사내가 표철주에게 다가왔다.

"열 냥이오."

이철환이 패랭이 모자의 사내에게 열 냥을 건네주었다.

"자 이기면 백 냥이고 지면 없습니다. 씨름 한 판에 이기면 무조건 열 배요."

패랭이 모자의 사내가 모래판을 돌면서 소리를 질렀다. 사람들이 환호를 하고 박수를 치자 표철주는 어쩔 수 없이 거구의 사내와 씨름을 하게 되었다.

'이 사람은 보통 장사가 아니구나.'

표철주는 사내의 허리에 손을 얹고 바지를 잡자 바윗덩어리처럼 하체가 단단한 것을 알고 긴장했다. 그러나 사내에게 지지 않으려고 손과 발에 기운을 집중했다. 패랭이 모자의 사내가 시작을 알리자 서로의 힘을 파악하기 위해 밀고 당기기가 시작되었다. 표철주는 약간 밀리는 것처럼 힘을 분배했다. 수년 동안 무예를 연마했기 때문에 팔다리가 쇠망치처럼 단단해져 있었다. 몇 차례 밀고 당기기를 하던 거구의 사내가 안다리를 걸어왔다. 표철주는 안다리를 거는 장사의 무릎에 있는 혈을 살짝 건드려 고통스럽게 만들었다. 그러자 장사가 움찔하고 몸을 떨었다. 표철주는 이어서 장사의 허리에 있는 요혈을 눌러서 오른쪽 다리를 마비시켰다. 다음에는 어깨로 밀자 거구의 사내가 통나무처럼 무너지면서 엉덩방아를 찧었다.

"이, 이게……."

패랭이 모자를 쓴 사내의 얼굴이 하얗게 변했다. 표철주가 싱겁게 거구의 사내를 쓰러트린 것이다.

"다리에 갑자기 쥐가 났어."

거구의 사내가 패랭이 모자에게 미안한 듯이 말했다. 이철환이 씨익 웃으면서 패랭이 모자의 사내에게서 백 냥을 받아 챙겼다. 패랭이 모자의 사내는 눈을 부릅뜨고 이철환과 표철주를 쏘아보았으나 사람들이 빙 둘러싸고 있어서 백 냥을 내줄 수밖에 없었다.

"자, 이제 술이나 마시러 가지."

이철환이 표철주를 데리고 간 곳은 뜻밖에 기생집이었다. 근처가 모두 기루인 듯 골목에 들어서자 여자들의 부드러운 웃음소리와 노랫소리, 그리고 거문고소리가 들렸다. 이미 사방이 어두워지고 있었기 때문에 골목으로 사내들이 도포자락을 펄럭이면서 몰려들고 있었다. 골목에는 고루거각이 즐비했다.

"평양은 색향으로 유명하네."

이철환이 모란당이라고 현판이 씌어 있는 집으로 들어가면서 말했다. 표철주는 기생집으로 들어가자 깜짝 놀랐다. 화려한 분단장을 한 기생들이 달려 나와 이철환과 표철주의 팔을 잡아끌고 기방으로 모셨다. 기와집이 으리으리했을 뿐 아니라 처마 밑에 청사초롱이 걸려서 바람에 나부끼고 정원에는 색색의 꽃들이 만개해 있었다. 기방은 치장이 화려하고 깨끗하여 마치 선녀들의 방에 이른 것 같았다. 행수기생에게 이철환이 돈을 건네주자 진수성찬으로 차린 음식상이 들어오고 아리따운 기생들이 들어와 날아갈 듯이 절을 했다.

"핫핫핫! 여자로 인한 번뇌는 여자로 잊어야 하는 법일세. 오늘 밤 이 손님을 잘 모셔라."

이철환이 호기 있게 말하자 기생 하나가 표철주에게 달라붙어 아양을 떨면서 술을 따랐다.

"조선은 신분사회일세. 우리 같은 중인이나 천민은 죽었다가 깨어나도 출세를 하지 못하지. 그러니 돈이나 벌고 술이나 마시면서 한 평생 보내는 거야."

이철환은 취기가 오르자 기생들의 몸을 만지면서 희롱했다. 기생들은 그럴 때마다 끼르르 웃음을 터뜨렸다. 표철주는 계속 술을 마셨다. 기생들은 노래를 부르고 춤을 추었다. 표철주는 취기가 오르자 기생들과 어울려

덩실덩실 춤을 추었다. 한평생 천민으로 살아야 하는 신분이니 좋은 세상은 기루에 있노라고 했다. 아등바등 살아야 60평생이라고 했다. 한 번 가면 다시 오지 않으니 술과 여자에 취해 사는 것이 진경(眞景)이라고 했다.

표철주는 신명이 지폈다. 어디서 그런 노랫가락이 나오는지 몰랐다. 장터에서 연희패의 노래를 듣기는 하였으나 입 밖으로 소리 내어 부른 것은 처음이었다. 〈선유가〉, 〈평양가〉 등 경기잡가의 12잡가를 불러 젖히자 다른 방의 기생들도 몰려와 박수를 치고 함께 노래를 불렀다.

인현왕후 민씨가 35세로 생을 마감하는 바람에 표철주와 예분의 혼례는 다음해로 미루어졌다. 천민들의 혼례라고 해도 국상 중에 올릴 수는 없었다.

표철주는 낮에는 하영근의 객주에서 일을 하고 밤에는 무예를 연마했다. 객주 일은 생각보다 어렵지 않았다. 때때로 물건을 개성이나 평양까지 운반할 때도 있었고 전주나 대구로 운반할 때도 있었다. 표철주는 물건을 운반하면서 이향을 어디선가 만나지 않을까 하고 생각했다. 그러나 이향은 어디로 갔는지 전혀 만날 수가 없었다.

해가 바뀌자 표철주와 예분은 조촐하게 혼례를 올렸다. 장사를 하는 상인들이 주로 하객으로 참석하여 떠들썩하게 음식을 들고 술을 마셨다. 하영근 객주에서 행수 이철환을 비롯하여 이기종과 김양택 등 여러 장정들이 몰려와 한바탕 먹고 떠들었고 사실이패까지 몰려와 풍악을 울리며 놀았다. 밤이 되자 새로 들인 방에 동뢰상이 차려졌다. 표철주는 난전이나 노전에서 장사를 하는 사람들에게 둘러싸여 술을 마셨다. 표철주가 먼저 장가를 가는 것이 서운했는지 영달이 술에 취해 고래고래 소리를 지르는 바람에 잔칫집이 어수선했다.

"큰일에는 꼭 깽판 치는 사람이 있다니까. 남의 혼사에 재 뿌리지 말고 과부라도 하나 얻어. 몽달귀신 되겠다."

사람들이 영달을 조롱하면서 비웃었다.

"신랑은 첫날밤을 지내야지 여기서 술만 마시고 있으면 어떻게 해? 새색시가 눈이 빠지게 기다리겠다."

"술이 취했으니 첫날밤을 그냥 보내는 거 아니야?"

아낙네들은 표철주를 놀리면서 깔깔대고 웃음을 터뜨렸다. 표철주는 술자리에서 일어나 하늘을 쳐다보았다. 밤이었으나 춘삼월의 훈풍이 부드럽게 뺨을 간질였다. 하늘을 바라보고 있으려니 이향의 우수에 젖은 얼굴이 떠올랐다. 표철주는 고개를 흔들고 신방으로 들어갔다. 예분은 동뢰상 앞에 원삼 족두리를 쓰고 그린 듯이 앉아 있었다. 표철주는 예분의 원삼 족두리를 벗기고 자신의 사모관대와 혼례복을 벗었다.

"불을 꺼."

표철주가 옷고름을 풀려고 하자 예분이 기어들어 가는 목소리로 말했다. 선머슴 같던 예분도 수줍어하고 있었다. 표철주는 훅 하고 입김을 불어 촛불을 껐다. 방 안이 캄캄하게 어두워졌다. 표철주는 예분의 저고리 옷고름을 풀고 아랫목에 깔려 있는 이불 위에 눕혔다. 예분이 풀잎처럼 몸을 떨었다. 표철주는 실오라기 하나 걸치지 않은 알몸이 되어 예분의 위로 올라가 껴안았다.

"오빠."

예분이 두 팔을 뻗어 표철주의 등을 감싸 안았다.

낙엽이 우수수 떨어지고 있었다. 아침에 자고 일어나면 오동나무 잎사귀들이 자욱하게 떨어져 마당을 쓸고 또 쓸어야 했다. 이향은 시간이 날 때마다 절 뒤의 산에 올라가 먼 남쪽을 쓸쓸하게 바라보고는 했다. 표철주의 얼굴이 가뭇하게 잊혀져 가고 있었으나 오히려 가슴속에서는 안타까운 그리움이 타오르고 있었다. 사암 도인을 따라 금강산에 들어온 지 어느덧 1년이 지나 있었다. 첩첩산중이라 오가는 이도 없고 보아줄 사람도 없는데 산은 온통 붉은 단풍이 가득했다. 이향은 그날도 산에 올라가서 하염없이 남쪽을 바라보았다.

보고 싶다.

가슴이 아리도록 표철주가 보고 싶었다.

표철주와 헤어진 지 1년이 지났는데도 그리움이 켜켜로 쌓이고 있었다. 표철주와는 그렇게 헤어질 수밖에 없었다. 사암 도인은 표철주가 양수리의 딸과 혼례를 앞두고 있다고 했다. 그녀보다 10년이나 어린 표철주의 혼삿길을 막아서는 안 된다고 했다.

'그렇게 혼례를 앞두고 있었다면 어찌 나와 방사를 하게 했단 말입니까?'

이향은 목구멍까지 치밀어 올라오는 질문을 참았다. 그것은 심맥이 손

214

상되어 침으로도 어쩔 수 없었기 때문이라는 것을 몸을 움직이지 못하는 상태에서 들어 알고 있었다.

"나를 따라가면 너도 구원을 받고 중생도 구원을 받는다."

송파나루에 있는 집에서 사암 도인이 말했었다.

"중생이라고 하셨습니까?"

이향은 사암 도인의 말을 알아듣지 못했다.

"병을 다스려 중생을 구하면 훨씬 보람있는 일이 아니겠느냐?"

이향은 사암 도인을 따라나섰다. 사암 도인은 가는 곳마다 사람들을 구하고 금강산에 이르렀다. 금강산 표훈사는 사명 대사가 적을 두고 있던 유서 깊은 사찰이었다. 사암 도인은 사명 대사의 고제자였다. 이향은 표훈사의 작은 암자에서 의술을 배우고 불법을 배우기 시작했다. 그렇게 보낸 세월이 벌써 1년이 지난 것이다.

이향은 단소를 입에 가져가서 불기 시작했다. 이향은 단소를 불 줄 몰랐으나 표철주에게 배워 한요가의 상가행(傷歌行)까지 능숙하게 불 수 있었다. 한요가는 중국 한나라 때 군인들이 행군하면서 부르던 노래였다.

밝은 달은 나의 저고리에 비추고
슬픈 바람은 내 치마를 날리네.
은하수는 점점 한쪽으로 기우는데
서리와 이슬마저 내려 처량하여라.
백 가지 상념이 가슴을 침범하여

일어서서 부질없이 헤매이노라.

한 쌍의 기러기야 없을까마는

편지도 보낼 수 없구나.

깊은 근심에 노래를 부르니

홀로 슬퍼하는 걸 누가 알리오.

상가행을 부를 때면 마치 자신의 이야기인 것 같아 가슴이 저렸다. 이향은 단소를 불다가 해가 설핏 기울 무렵에야 오솔길을 내려오기 시작했다.

'아!

오솔길을 내려오던 이향은 길섶에 피어 있는 산국화 앞에서 걸음을 멈췄다. 하얀 산국화 한 무더기가 풀숲에 피어 있었다. 이향은 산국화 한 송이를 따서 향기를 맡았다. 맑고 서늘한 향기가 코끝에 가득히 퍼졌다.

용약재연세(龍躍在淵勢):연못에 있는 용이 솟아오르는 듯한 세.
신월상천세(新月上天勢):신월이 하늘에 있는 세.
맹호장조세(猛虎張爪勢):사나운 호랑이가 먹이를 사냥하려는 세.
향전격적세(向前擊賊勢):앞에 있는 적을 치는 세.
월야참선세(月夜斬蟬勢):달밤에 매미를 베는 세.
용와반격세(龍臥反擊勢):용이 몸을 뒤집어 반격을 하는 세.

—조선의 무예서 『무예도보통지』에서

칼꽃

7

조선의 조직 폭력 검계

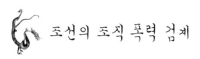

　우시장 앞은 군중들로 가득 차 있었다. 표철주는 멀리 우시장을 쳐다보고 주먹을 꽉 쥐었다. 마침내 결전의 시간이 온 것이다. 표철주는 뚜벅뚜벅 걸음을 떼어놓았다. 표철주의 뒤에는 차석보를 비롯하여 이기종, 김양택 등 이철환의 장정들이 어깨를 흔들면서 따라오고 있었다. 송파나루는 어느 사이에 동수패와 이철환의 패로 세력이 나뉘어져 있었고, 몇 번의 충돌 끝에 동수와 표철주가 승부를 내기로 한 것이다. 그들이 우시장 광장으로 접근하자 군중들이 일제히 길을 비켜섰다. 표철주는 우뚝 걸음을 멈췄다. 동수의 부하들은 수많은 사람들이 지켜보는 가운데 표철주가 당당하게 광장으로 걸어 들어오자 침을 삼키며 긴장했다.

　표철주는 천천히 사방을 둘러보았다. 우시장의 넓은 광장으로 사람들이

꾸역꾸역 모여 들고 있었다.

표철주는 광장 중앙에 서서 동수를 기다렸다. 마침내 결전의 시간이 다가왔다. 송파나루의 장사 동수와의 결투. 승패는 누구도 예측할 수 없었다.

'나는 반드시 이긴다.'

표철주는 주먹을 꽉 움켜쥐었다. 지나친 긴장 탓인가. 이마에서 굵은 땀방울이 흘러내렸다. 사람들은 낮게 수군거리고 있었다. 동수와 표철주의 결투를 두고 수군거리는 말이었다. 표철주가 패할 것이라는 말이 들리기도 했다. 표철주는 그들의 말에 귀를 기울이지 않으려고 눈을 감았다.

"온다!"

사람들이 일제히 웅성거렸다.

표철주는 눈을 뜨고 우시장 북쪽에서 걸어오고 있는 동수 패거리를 쳐다보았다. 사람들이 다시 물결처럼 갈라서며 길을 비켰다. 군중들은 숨을 죽이고 가까이 오고 있는 동수를 쳐다보았다. 동수의 뒤에는 조광표와 돌쇠를 비롯하여 많은 패거리들이 거들먹거리면서 오고 있었다.

"표철주, 그동안 많이 컸구나."

동수가 표철주 앞에 이르자 싸늘하게 빌했다. 표철주는 말없이 동수를 노려보았다. 표철주와 동수의 눈빛이 허공에서 부딪쳐 불꽃을 튕겼다. 그리고 숨이 막힐 듯한 침묵. 표철주는 동수에게 무엇이라고 한마디 해주고 싶었으나 얼어붙은 듯이 입을 열 수가 없었다. 거센 바람이 흙먼지를 일으키면서 물어왔다.

"지금이라도 늦지 않으니 잘못했다고 빌면 용서해 줄 수도 있다. 대신

222

무릎을 꿇어야지."

"나는 무릎을 꿇지 않는다."

표철주는 입술을 비틀어 단호하게 말했다.

"그럼 슬슬 시작해 볼까?"

동수가 정색을 하고 말했다. 표철주와 동수는 작은 원을 그리며 돌기 시작했다. 그들은 서로의 빈틈을 찾기 위해 눈을 날카롭게 빛내고 있었다. 동수가 어느 순간 번개처럼 빠르게 발차기 공격을 퍼부었다. 표철주는 동수의 발차기 공격을 차단하고 주먹으로 맹렬하게 역공을 퍼부었다. 두 사람은 순식간에 몇 번의 공격을 주고받은 뒤 떨어졌다.

"표철주, 제법이구나."

동수가 여유있게 웃으며 말했다. 표철주는 동수의 말에 대꾸하지 않았다. 말을 하다 보면 호흡이 흐트러져 자세를 잃을 수도 있었다.

"이얍!"

동수가 야수처럼 기합을 토하며 표철주를 향해 달려왔다. 표철주도 맹수처럼 돌진하면서 물러서지 않고 동수를 맞받아쳤다. 동수의 주먹은 쇠망치를 휘두르는 것처럼 위력이 있었다. 반면에 표철주의 주먹은 창검처럼 빠르고 정확했다. 표철주와 동수는 허공을 획획 날면서 주먹을 주고받고 발차기를 교환했다. 흙먼지가 자욱하게 일어나고 서로의 눈에서 살기가 뿜어졌다. 시장 사람들은 손에 땀을 쥐고 용호상박의 결투를 지켜보았다. 그들의 주먹과 발차기가 뻗어질 때마다 바람을 가르는 파공성이 귓전을 울렸다. 그때 동수의 돌려차기가 표철주의 가슴에 적중했다.

"윽!"

표철주는 동수의 돌려차기를 가슴에 얻어맞고 그대로 나가떨어졌다. 군중들은 경악하여 찬물을 끼얹은 듯이 조용해졌다.

"철주가 한 방에 나가떨어졌잖아?"

영달의 얼굴이 하얗게 변했다. 표철주는 죽은 듯이 쓰러져 있었다. 예분은 입술을 깨물면서 고개를 돌렸다. 표철주의 고통스러워하는 모습을 보는 게 괴로웠다. 동수는 이미 승부가 끝났다는 듯이 손을 털며 돌아서려고 했다. 그때 군중들이 일제히 박수를 치면서 함성을 질렀다. 동수가 고개를 돌리자 표철주가 비틀거리면서 일어서고 있었다. 동수는 미간을 찌푸렸다. 동수는 표철주가 다시 일어나는 것을 보고 눈빛이 크게 흔들렸다. 아직까지 그의 발차기를 얻어맞고 일어난 자가 없었다.

표철주는 입가에 흐르는 피를 소매 끝으로 쓰윽 훔쳤다. 동수는 갑자기 전신이 팽팽하게 긴장되는 것을 느꼈다. 그는 표철주의 눈에서 맹수보다 더 무서운 살기가 뻗치는 것을 보았다.

'내 발차기를 맞고 일어서는 놈이 있다니……'

동수는 눈빛이 크게 흔들렸다.

"창룡출해!"

표철주의 입에서 벼락을 치는 것 같은 기합이 뿜어지면서 그가 허공으로 몸을 솟구쳤다. 마치 용이 바다에서 솟아오르는 듯한 자세였다.

'아!'

동수는 무섭게 눈을 부릅뜨고 표철주를 쏘아보다가 비호처럼 몸을

224

날렸다.

"월야참선!"

그 순간 표철주가 허공에서 동수를 향해 날면서 주먹을 위에서 아래로 내려쳤다. 마치 월야에 매미를 베듯이 그의 신형이 허공을 날아 동수의 턱에 양발을 꽂았다. 동수가 휘청하면서 나동그라졌다가 벌떡 몸을 일으켰다.

"향전격적!"

표철주의 입에서 기합성이 잇달아 터지고 몸이 허공으로 솟구쳐 주먹을 그의 정수리에 내리찍었다. 동수가 외마디 비명을 지르면서 주저앉았다. 군중들은 손에 땀을 쥐고 표철주와 동수를 번갈아 쳐다보았다. 장내는 숨을 죽인 듯이 조용했다. 동수의 입에서 피가 흘러내리고 옆으로 쓰러졌다. 동수는 다시 일어나지 못했다. 순식간에 일어난 일이라 동수패와 이철환의 장정들은 경악하여 입을 다물지 못했다.

"처, 철주가 이겼다!"

영달이 환호하면서 표철주에게 달려갔다. 사람들이 일제히 박수를 치면서 환호성을 울렸다.

전각을 휘돌아 불어오는 바람이 대궐에서도 사납게 들렸다. 지옥의 무저갱에서 들려오는 아귀들의 울부짖음처럼 음산한 바람이었다. 문풍지가 파르르 몸을 떨고 흰기기 빙 인으로 스며들어 왔다. 그 바람에 촛불이 일렁거리다가 멎었다. 숙종은 상소문을 읽다가 명치끝을 지그시 누르면서 눈살을 찌푸렸다. 서인들이 정권을 잡으면서 남인들을 몰아내려는 상소가 빗발치고 있었다. 상대방을 철저하게 공격하여 싹까지 잘라 버리려는 이런 상소들이 올라올 때마다 명치끝이 바늘에 찔린 것처럼 고통스러웠다. 한번 숙청의 바람이 몰아치면 임금이라도 막아내기 어려운 것이 당파 싸움이었다. 그동안 절묘하게 치세를 해온 셈이었다. 남인이 득세를 하여 서인이 뿌리가 뽑힐 정도가 되면 남인들을 몰아내고, 서인이 득세하여 남인이 몰락하면 서인들을 축출했다.

임금이 신하들의 눈치를 살피면서 줄타기를 하듯이 나라를 다스렸는데도 당쟁은 끊이지 않고 있었다. 당쟁은 이제 상대방을 죽이지 않으면 내가 죽임을 당하는 수준까지 와 있었다.

'잘못하면 아들 둘밖에 없는데 서로 죽이고 죽겠구나.'

숙종은 세자 윤(昀:훗날의 경종)과 연잉군 금(衿:훗날의 영조)의 얼굴을 떠올리면서 한숨을 내쉬었다. 윤은 희빈 장씨의 소생이고 금은 무수리 최씨의 소생이었다. 윤을 생각할 때마다 어미 장씨를 사사시킨 일이 떠올라 마음이 무거웠다. 한때 그녀를 총애하여 치마폭에 묻혀 지낸 일도 있었다. 살랑대는 눈웃음과 교태스러운 몸짓이 좋아서 오랫동안 사랑해 왔다. 그러나 그녀는 국왕의 권위에 도전하고 남인의 세력을 믿고 교만해졌다. 희빈으로 강봉했을 때만 해도 그녀를 죽이고 싶은 생각은 추호도 없었다. 그러나 그녀는 인현왕후 민씨를 투기하여 저주했고 무수리 최씨를 죽이려고 했다.

숙종은 무수리 최씨를 총애했다. 연잉군 금의 어미 최씨는 한낱 무수리에 지나지 않았으나 왕자를 생산하자 서인들이 떠받들었다. 남인과 대립하기 위해 서인들이 최씨를 등에 업고, 집안이 한미한 최씨는 서인들을 의지하여 연잉군을 보호하려고 했다. 서인이니 남인이니 노론이니 소론이니 하고 싸우는 것은 엄밀히 따지면 신하들의 문제였다. 당파 싸움이 임금에게까지 불똥을 튀기지 않으면 간여할 필요가 없었다. 그러나 당파 싸움이 치열해지면 왕자들이 역모에 엮이게 되고는 했다. 숙종은 왕자들이 역모에 엮일까 봐 걱정하고 있었다. 임금이 여러 계집을 사랑하고 거느리는 것은 국가가 권장하는 일이다. 국왕의 자손이 번성해야 왕실이 튼튼해진다. 그러나 당쟁이 격화되어 왕자들이 죽임을 당하는 일이 많았다. 세자 윤과 연잉군 금도 남인과 서인이 치열하게 대립하고 있었기 때문에 목숨이 걸려 있었다.

인현왕후 민씨는 복위를 시켰는데도 생산을 하지 못했다. 몸이 허약한 탓이었다.

숙종은 실망하여 무수리 최씨를 총애했는데 덜컥 임신을 했다. 그동안 공주를 낳기는 했으나 왕자는 장씨 소생 하나로 마음이 불안한 참이었다. 무수리 최씨가 아들을 낳자 서인들이 최씨에게 달라붙어 권력을 유지하려고 했다. 그 바람에 세자와 왕자가 대립하게 되었다.

"전하, 어느 침전에 기수 배설하옵니까?"

문밖에서 상침 나인 김 상궁이 물었다. 숙종은 고개를 번쩍 들고 문 쪽을 쳐다보았다. 그러고 보니 아직까지 어디서 잘지 결정을 하지 않았다는 생각이 들었다.

'오늘은 어느 처소에서 자지?'

숙종은 무수리 최씨와 인원왕후의 얼굴을 잠시 떠올렸다. 절세미인인 곤빈 오씨도 있었으나 곤빈의 아버지 오정창은 남인이었다. 당분간 남인을 멀리해야 했다.

"중궁전이다."

숙종이 잠시 생각에 잠겨 있다가 영을 내렸다. 중전 김씨는 인현왕후 민씨가 죽은 뒤에 새로 들였다. 그러나 사대부 명문가의 딸이라 잠자리에서 애교가 없었다. 이런 날은 중년 여인의 포근한 품속에서 잠들고 싶었으나 여의치가 않았다.

"삼가 영을 받드옵니다."

상침 나인 김 상궁이 총총걸음으로 물러갔다. 숙종은 다시 상소문에 시선을 떨어뜨렸다. 당쟁이 갈수록 심화되고 있어서 골치가 아팠다. 가장 좋은 정치는 당쟁이 없는 정치여서 선조시대는 붕당이라는 말만 나와도 역적으로 처형했다. 그러나 광해군 때에 동인이 소북과 대북으로 갈라지더니 숙종 때에 와서는 서인도 노론과 소론으로 분리되었다.

"대전 내관 있느냐?"

숙종이 밖을 향해 소리를 질렀다.

"예."

대전 내관 안중경이 문을 열고 들어와 허리를 숙였다. 안중경은 숙종보다 훨씬 몸이 비대하고 살집이 계집애처럼 하얗다. 거세를 한 자들이라 목소리도 중성이었나.

"가까이 오라."

"예."

안중경이 더욱 가까이 다가왔다.

"밖에 나가 이영을 부르라. 나는 사정전에 있을 것이다."

"예."

안중경이 머리를 조아리고 물러갔다. 숙종은 무예가 출중한 이영이라면 세자 윤을 지켜줄지도 모른다고 생각했다. 숙종은 잠시 생각에 잠겼다가 내관 조일제를 불렀다.

"김만중의 손자 김용택(金龍澤)을 들라 이르라."

숙종이 조일제에게 명소패를 내주었다. 조일제 역시 대전 내관으로 나이는 안중경과 비슷해도 몸이 마른 편이었다.

"삼가 명을 받드옵니다."

조일제가 명소패를 받아 들고 편전에서 물러갔다. 숙종은 상소문을 덮었다. 김용택은 서인의 중심 세력인 김만중의 손자이므로 그에게 연잉군 금을 보호하게 하면 숙종이 살아 있는 한 연잉군이 위험에 빠질 일은 없었다. 김용택은 서인에서 갈라진 노론의 신진사대부였다. 인현왕후를 복위시키는 데 결정적인 역할을 한 김춘택과 사촌지간이었다.

"세자."

숙종은 옆에 앉아 있는 세자 윤을 낮은 목소리로 불렀다. 세자 윤을 볼 때마다 희빈 장씨의 얼굴이 떠올랐다. 그녀를 죽인 것이 지나쳤는가. 그의 품속에 안겨 교태를 부리던 장씨의 얼굴이 떠올라 숙종은 윤이 측은했다.

"예, 아바마마."

세자 윤이 또렷한 목소리로 대답했다. 어미 장씨의 불행을 알고 있기라도 한 것일까. 윤의 얼굴은 아이답지 않게 언제나 침울해 보였다.

"사정전으로 가자."

"예."

숙종은 세자 윤과 함께 보료에서 일어났다. 대전 상궁들이 재빨리 문을 열고 양쪽으로 비켜섰다. 숙종은 세자 윤의 손을 잡았다. 윤의 보드라운 손이 잡히자 마치 작은 새를 잡고 있는 것 같았다.

"세자, 학문은 무엇을 하고 있느냐?"

"소학을 하고 있습니다."

"소학은 좋은 책이다. 세종께서는 소학을 100번도 더 읽으셨다고 한다."

"소자도 그리하겠사옵니다."

"그래."

숙종은 만족한 듯이 고개를 끄덕거렸다. 대청으로 나오자 바람이 세차게 얼굴을 때렸다.

"네 아우 연잉군과는 잘 지내고 있느냐?"

숙종이 대청에서 걸음을 멈추고 미친 듯이 나부끼고 있는 후박나무를 살폈다. 바람이 후박나무 잎사귀를 음산하게 흔들며 자지러지는 비명을 질러대고 있었다.

"예."

"너희는 형제다. 누가 뭐라고 해도 서로를 보호하고 밀쳐주어야 한 것이다."

"명심하겠습니다."

"나는 승정원으로 갔다가 사정전으로 갈 테니 너는 대전의 방에 있다가 부르면 오도록 하라. 바람이 차구나."

숙종은 세자 윤을 대전의 대청에 놔두고 섬돌로 내려섰다. 세자 윤은 몸이 허약하다. 찬바람을 쐬게 하면 몸이 상할까 봐 숙종은 방으로 돌아가게 한 것이다. 이영은 동대문을 지나 제기현 쪽에 살고 있으니 그가 대궐에 입시하려면 자시가 훨씬 지나야 할 것이다.

날씨가 살을 엘 듯이 추웠다. 고샅을 휘돌아 달려오는 바람이 허공에서 잉잉거리고 나뭇가지들이 미친 듯이 흔들렸다. 표철주는 담배를 말아서 곰방대를 뻐끔뻐끔 빨아대다가 예분을 힐끗 쳐다보았다. 아무래도 한 번쯤 찍어 눌러주어야 밤나들이를 트집 잡지 않을 것 같았다. 혼례를 올리고 딸 둘을 무 뽑듯이 쑤욱 낳더니 호랑이가 되어 있었다. 예분은 등잔불 앞에서 바느질을 하고 있었다. 어디 바람구멍이라도 있는지 등잔불이 일렁거리면서 벽의 그림자가 흔들렸다. 게으른 여편네가 삯바느질을 하는 것도 아니면서 밤에 바느질을 하는 심사를 알 수 없었다.

"여편네."

표철주가 느긋한 목소리로 예분을 불렀다. 예분은 무엇 때문에 심통이 났는지 돌아보지도 않고 있었다.

"내 좀 니삤나가 와아 할 것 같네."

표철주는 게슴츠레한 눈빛으로 예분을 살피면서 수작을 걸기 시작했다.

"집에 돌아온 지 얼마나 되었다고 또 나가겠다는 거야? 나가서 아예 들어오지 말아."

예분에 눈에 쌍심지를 돋우면서 소리를 꽥 질렀다. 표철주는 찔끔하여 예분의 뒤태를 살폈다. 아이를 낳은 뒤로 아낙네의 태가 잡히는지 둔부가 풍만해지고 젖통도 여간 큰 것이 아니어서 보기만 해도 묵직해 보였다.

"허, 나보고 들어오지 말라고? 나를 내쫓고 어떤 놈팡이와 살려고 그러누? 어디 눈도장 찍어둔 놈이라도 있어?"

"벼락 맞을 소리 하고 자빠졌네. 내가 누구처럼 허구한 날 기생집에 들어앉아 사는지 알아?"

"다 내가 잘생겨서 그런 거야. 내가 돈이 있나, 권력이 있나?"

"하이고! 그 얼굴이 잘생겼으면 세상에 잘생긴 놈이 다 죽었겠다."

표철주가 억장을 지르자 예분의 목소리가 팽팽 튀었다. 표철주는 속에서 불이 일어나는 것 같았으나 예분의 심사를 짐작 못할 바는 아니었다. 서방이라는 작자가 허구한 날 기생집을 출입하니 달가울 까닭이 없는 것이다. 따지고 보면 예분의 말이 틀린 것이 아니었다. 표철주는 하영근 객주의 차행수 일을 하면서 기생집을 출입하는 일이 많았다. 송파나루의 동수를 꺾으면서 일약 주먹패로 유명해지고 무뢰배들을 수하에 거느리게 되었다.

'분단이 노래를 듣고 싶은데……'

기린각이라는 기루에는 분단이라는 어여쁜 기생이 있었다. 그 기생을 서로 차지하려고 행세깨나 하는 양반들이 각축을 멸였는네 결국 풍원고 조현명이 차지했다. 그때 후배를 본 것이 거지왕 광문이었다. 조현명은 영조

때 좌의정을 지내는 인물로 암행어사로 유명한 박문수와 교분이 두터워 기루에도 함께 출입하고는 했다.

하루는 조현명이 밤늦게까지 기린각에서 잔치를 한 뒤 기생 분단이와 동침을 했다. 새벽에 명소패를 받고 대궐로 돌아갈 준비를 하는데 분단이 당황하여 조현명의 초모(貂帽)를 태웠다.

"네가 부끄러운 모양이구나."

조현명은 껄껄대고 웃으면서 분단에게 압수전으로 오천 냥을 주었다. 광문은 그때 분단이의 수파(首帕:여자들의 머리를 감싸는 수건)와 부군(副裙:여자들의 덧치마)을 들고 난간 밑에서 시커멓게 도깨비처럼 서 있었다. 조현명이 창문을 열고 가래침을 뱉다가 광문을 발견했다.

"저 시커먼 것이 무엇이냐?"

조현명이 광문을 발견하고 분단에게 물었다.

"천하 사람이 다 아는 광문입니다."

분단이 수줍어하면서 대답했다.

"저자가 네 후배(後陪)냐?"

"예, 그러하옵니다."

분단이 얼굴을 붉히면서 대답했다.

"거기 있는 자는 이리 들어오너라. 날이 추운데 고생이 많구나."

조현명은 광문을 불러들여 큰 술잔에 술을 한 잔 부어주었다. 조현명은 광문이 공손히 술을 마시자 자신도 홍로수 일곱 잔을 따라 마시고 초헌을 타고 나갔다. 표철주는 그때 기린각 옆에 있는 천영루에서 기생 월향이와 자고 있었는데, 날이 밝기도 전에 광문이 문을 열고 뛰어들었다.

"이봐, 새벽에 이게 무슨 짓이야?"

표철주는 당황하여 광문에게 면박을 주었다. 월향도 어쩔 줄 몰라 하면서 옷을 걸치는데 광문은 벌써 방으로 들어와 이불 속으로 몸을 들이밀었다.

"쳇, 언 놈은 분단이 후배 노릇 하느라고 밤새 벌벌 떨고 있는데 언 놈은 기집 끼고 풀무질이냐? 월향아, 내 몸 좀 녹여다오."

"아유, 왜 이래요?"

월향이 기겁을 하여 이불에서 나와 옷을 입었다.

"표 망둥이 때문에 나를 괄시하냐? 나 괄시해서 좋을 것 없다."

광문은 입담이 구수하여 어느 잔치에서도 환영을 받았고 기생들도 싫어하지 않았다. 표철주는 한양 기루나 왈짜와 검계들 사이에서 망둥이로 통했다.

"무시하는 것이 아니라 표 행수를 모시고 있잖아요. 내가 광문을 허락하면 표 행수는 어떻게 해요?"

"저놈이야 지 색시가 있는데 무슨 걱정이야. 천하에 외로운 놈이 광문이 아니냐? 이놈아, 썩은 동태눈으로 멀뚱히 쳐다보지 말고 네 마누라한테나 가봐라. 긴긴 겨울밤에 베개 끌어안고 잠 못 자고 있을 게다. 들어가되 그냥 들어가지 말고 군불 지피고 들어가거라. 방이 따뜻해야 마누라 무릎이 저절로 벌어지는 것이다."

"아무리 천하의 광문이라고 해도 경우를 모르는구나! 비 오는 날 조심해

라. 벼락 맞아 뒤질라."

표철주는 광문의 너스레에 헛웃음을 시을 수밖에 없었다.

"내가 왜 경우를 모르냐? 이경우도 알고 조경우도 안다."

광문의 말에 월향이마저 웃음을 터뜨렸다. 이경우와 조경우는 왈짜들로 천영루에 적을 두고 있는 기생들의 조방이었다. 어쨌거나 표철주가 월향이와 자는 방을 용케 알고 뛰어들어 온 광문을 박절하게 쫓을 수가 없어서 옷을 주워 입고 집으로 돌아왔다.

분단은 노래를 잘 불렀고 청초한 얼굴을 하고 있었다. 표철주는 차행수로 적지 않은 돈을 만졌으나 분단의 머리를 올려주지는 못했다. 그런 일은 사대부나 부호들이 해야 하는 일로 알고 있었다.

"아따, 농도 못하나?"

예분이 송곳처럼 신경이 날카로워져 있자 표철주는 농담으로 얼버무렸다. 분단의 목소리가 귀에 찰랑이라는 것 같아 조바심이 났다.

"불 끄고 그만 자세."

표철주는 아랫목의 요 위에 벌렁 누웠다. 밖에서는 칼바람이 불고 있었으나 방바닥은 뜨끈뜨끈했다. 일부러라도 늦게까지 등잔불 앞에 앉아 있을 것으로 생각했던 예분이 주섬주섬 바느질거리를 치우더니 훅 하고 불을 껐다. 방 안이 캄캄하게 어두워지자 예분이 미적미적 옷을 벗고 표철주의 옆에 와서 누웠다.

'흥! 새까짓 게 화를 내봤사시.'

표철주는 손을 뻗어 예분을 안았다. 예분은 화가 풀리지 않은 듯이 그의 손을 뿌리쳤다. 그러나 표철주가 집요하게 공격하자 마침내 무릎을 열고 받아 안았다. 표철주가 몇 번 허리질을 하자 예분의 입에서 단내가 뿜어지고 신음 소리가 터져 나왔다.

"아구, 나 죽네! 아구구, 나 죽어!"

예분은 미친 듯이 요분질을 해댔다. 기생들 중에도 유난히 소리를 질러대는 계집이 있는데 예분이 또한 그러했다.

"아유, 아유."

예분은 정신없이 머리를 흔들다가 아예 끙끙 앓는 소리를 했다. 표철주는 예분이 완전히 정신을 놓을 때까지 힘차게 밀어붙였다. 오랫동안 무예를 연마한 표철주는 여자와 방사를 즐길 때 도무지 지치지를 않았다. 예분이 잠이 든 것은 꽤 오랜 시간이 지나서였다.

"망둥이, 표 망둥이 자나?"

밖에서 광문이 표철주를 부르는 소리가 들렸다.

"초상이 났는데 같이 가세."

광문이 표철주를 부를 때는 으레 초상이 났다고 둘러댔다.

"언 놈이 남의 단잠을 깨우는 게야? 모처럼 마누라와 자고 있는데!"

표철주가 예분을 곁눈으로 살피면서 투덜거리는 시늉을 했다.

"누가 또 초상이 났을까? 추운데 단단히 옷을 껴입고 나가요."

예분이 네 활개를 펴고 누워서 중얼거렸다. 한 번 폼 나게 찍어 누르자 예분이 야들야들해져 있었다. 표철주는 속으로 코웃음을 치고 옷을 주워 입자마자 밖으로 뛰어나왔다. 밖에는 광문을 비롯하여 황 장사도 와 있었다.

"오늘은 어느 집 잔치에 가는가?"

표철주가 광문에게 물었다.

"오늘 잔치는 영성군이네."

영성군은 암행어사로 유명한 박문수를 일컫는 것이다.

"분단이 후배는 누가 서나?"

"내가 선다. 왜, 분단이를 넘보고 싶냐?"

"분단이가 네 것이냐?"

표철주는 광문을 따라 기루 삼청각으로 가면서 광문과 실랑이를 했다. 분단이를 품에 안고 싶었으나 여의치가 않았다.

표철주가 성도 없는 거지 대장 광문을 둘도 없는 친구로 사귀게 된 것은 황 장사를 때려눕히면서부터였다.

표철주가 송파나루를 비롯하여 한양 장안에서 주먹패로 명성을 높여가자 마포나루에서 무뢰배 패두 노릇을 하던 황 장사가 도전을 해왔다.

"나는 싸우는 것을 좋아하지 않소."

표철주는 시정의 무뢰배들과 싸우고 싶지 않았다. 황 장사가 송파나루에서 뱃사람 임가와 결투를 벌일 때 그의 괴력을 보기도 했지만 공연히 싸움질을 하여 사람들의 구경거리가 되고 싶지 않았다.

"그러면 나에게 무릎을 꿇을 것이냐?"

"잘못도 없는데 왜 무릎을 꿇는다는 말이오?"

"그러면 잔소리 말고 나와 싸우자."

"나는 싸우기 싫다고 하지 않았소."

"네놈이 나를 이기면 마포나루를 너에게 넘기겠다."

"거참, 이상하오. 나는 싸우기 싫다는데 왜 그러는 것이오? 마포나루고 뭐고 다 싫소."

"그래도 양에 차지 않으면 평생 주인으로 섬기겠다."

"싫소."

"이놈, 너는 그걸로도 부족하다는 말이냐? 그러면 계집도 하나 덤으로 얹어주겠다."

"뭐요?"

"나는 다른 사람들과 결투를 할 때마다 물건을 걸었다. 물건이 없으면 마누라나 딸을 걸라고 했지. 그래서 지금 내가 거느리고 있는 계집이 여섯이나 된다. 그중에 제일 젊은 계집을 덤으로 주겠다는 말이다."

황 장사는 집요하게 표철주에게 싸움을 걸어왔다. 표철주는 황 장사가 기루며 색주가까지 따라다니며 통사정을 하는 바람에 진저리가 났다. 싸움을 하자고 쫓아다니면서 매달리는 사람은 생전 처음 보았다.

"그러다가 정말 나에게 지면 어쩔 것이오?"

"약속대로 할 것이다."

"내가 지면 어떻게 되는 것이오?"

"네놈이 나에게 무릎을 꿇고 절을 한 뒤 네 계집을 나에게 넘겨라. 이건 내가 손해 보는 장사다."

"싫소. 마누라를 걸고 싸울 수는 없소."

표철주는 황 장사의 요구가 황당하여 웃음까지 나왔다.

238

"그러면 계집종은 없냐? 계집종이 없으면 하나 사서 바쳐라."

"계집은 내가 대주겠다."

그때 황 장사와 표철주가 수작하는 것을 지켜보던 거지 대장 광문이 끼어들었다. 광문이 끼어든 것은 황 장사가 장악하고 있는 마포나루에서 그의 부하 거지들이 동냥을 할 때마다 주먹으로 패서 쫓는 바람에 거지들이 얼씬도 할 수 없어서 천하 명물 광문이 나선 것이었다. 고집불통 황 장사를 당할 재간이 없던 광문은 은근히 황 장사에게 접근하여 표철주가 천하제일의 장사라고 치켜세워 황 장사의 호승심을 부채질했던 것이다.

"비렁뱅이 계집을 주겠단 말이냐?"

황 장사가 뜨악하여 눈을 크게 떴다.

"비렁뱅이도 팔다리 다 있고, 눈, 코, 입 다 있다. 물론 거시기도 있지."

광문이 큰 입을 벌리고 껄껄대고 웃었다. 황 장사는 괴팍하기 짝이 없는 위인이었다. 표철주는 결국 황 장사와 싸움을 벌이게 되었다. 황 장사는 괴력의 소유자였기 때문에 결투를 구경하기 위해 장안의 힘깨나 쓴다는 장사들이 거의 모두 몰려왔다. 황 장사와 표철주의 결투는 마포나루 옆 백사장에서 벌어졌다.

'몸이 쇳덩어리처럼 단단하구나.'

마포나루 백사장에서 대결을 벌이던 표철주는 주먹으로 그의 가슴팍을 때리는 순간 철판을 때린 것처럼 제 손이 아파서 깜짝 놀랐다.

"철주, 힘 장사를 때려눕히게. 계집 하나와 마포나루가 생긴다네."

영달이 사람들 틈에 끼어 응원을 했다. 구경하던 사람들이 왁자하게 웃음을 터뜨렸다. 표철주는 긴장하여 웃을 수가 없었다. 황 장사가 딱 버티고 서 있자 마치 산처럼 크게 느껴졌다.

"이놈, 내 힘을 봐라."

그때 황 장사는 주위를 두리번거리다가 옆에 있는 커다란 바위를 발견했다. 표철주는 눈살을 찌푸리고 황 장사가 하는 짓을 쳐다보았다. 황 장사가 거구를 움직여 성큼성큼 바위로 다가갔다.

'저걸 들겠다는 말인가?'

황 장사가 팔을 벌려 바윗덩어리를 안자 표철주는 눈이 커졌다. 황 장사가 바위를 안고 끙끙대더니 으랏차차 하고 기합을 주었다. 그러자 거대한 바위가 황 장사의 머리 위로 번쩍 들어 올려졌다.

"우!"

구경을 하던 사람들이 입을 벌리고 탄성을 내뱉었다. 표철주도 경악하여 한 걸음 뒤로 물러섰다.

"보아라! 내가 천하장사다! 핫핫핫!"

황 장사가 괴성을 지르고 머리 위의 바위를 강가의 바위를 향해 던졌다. 그러자 퍽 하는 소리와 함께 바위가 산산조각이 나서 사방으로 흩어졌다. 흙먼지가 자욱하게 날리고 사람들이 웅성거리면서 박수를 쳤다.

"이놈! 어서 덤벼봐라! 저 바윗돌처럼 가루로 만들어주겠다!"

황 장사가 웃통을 벗고 자신의 가슴을 두드리면서 소리를 질렀다. 표철주는 머리카락이 일제히 곤두서는 것 같았다.

"표 망둥이, 오늘이 제삿날이군. 뼈도 못 추리겠어."

240

사람들이 혀를 차면서 표철주에게 동정을 보냈다.

"애와 어른의 싸움이야. 아이고, 우리 철주를 어쩌나?"

영달도 어찌할 줄을 모르고 발을 동동 굴렀다.

"황 장사, 당신은 나를 주인으로 모셔야 할 것이오. 당신 주먹으로 파리 나 잡을 수 있겠소?"

표철주는 기선을 제압당하지 않으려고 설전을 펼쳤다.

"핫핫핫! 꼬맹아, 젖은 먹고 왔냐? 뭣하면 네 마누라에게 가서 젖 좀 달라 고 해라."

황 장사가 야유를 하자 사람들이 와자하게 웃음을 터뜨렸다.

"황 장사 부인의 젖을 먹고 왔소. 힘이 저절로 생기는 것 같소."

표철주도 지지 않고 응수했다.

"이놈 새끼, 죽여 버린다!"

표철주가 같이 야유를 하자 황 장사의 얼굴이 붉으락푸르락해지고 두 눈 에서 불길이 뿜어졌다.

'일격에 맞받아쳐야 한다.'

표철주는 바짝 긴장하여 황 장사를 노려보았다. 힘에는 힘으로 맞받아 쳐야 한다. 표철주는 자신의 모든 기운을 주먹으로 몰았다. 황 의원이 주고 간 의경 수신편에 기경팔맥을 통해 기운을 한곳으로 모으는 방법이 있었 다.

"내가 가만히 있을 테니 나를 한번 쳐봐라."

황 장사는 얕잡아보고 표철주를 향해 팔을 벌리고 배를 내밀었다.

"헛소리하지 말고 주먹끼리 맞부딪치자!"

"뭣이? 네 주먹이 가루가 될 것이다!"

"내 주먹은 쇠망치다! 내 걱정은 말고 오너라!"

"오냐, 간다!"

황 장사가 눈을 치뜨고 표철주를 향해 주먹을 힘차게 뻗었다. 표철주는 단전에서 진기를 끌어올려 허리에서 주먹으로 몰아갔다. 표철주의 어깨에서 팔로, 팔에서 주먹으로 뜨거운 기운이 맹렬하게 뻗어갔다.

쾅!

황 장사의 주먹과 표철주의 주먹이 허공에서 부딪치자 마치 벼락을 치는 것 같은 소리가 일어났다. 정확하게 표현하면 표철주가 황 장사의 주먹을 맞받아친 것에 지나지 않았다. 사람들은 표철주의 주먹이 피투성이가 되고 그가 나가떨어질 것이라고 생각했다. 그러나 어찌 된 일인지 주먹을 맞부딪친 황 장사와 표철주는 꼼짝도 하지 않고 있었다.

"으…… 으……."

그때 황 장사의 입에서 이빨 부딪치는 듯한 소리가 새어 나왔다.

"어…… 어……."

사람들이 믿어지지 않는다는 듯이 황 장사를 쳐다보았다. 황 장사가 어느 순간 어깨를 움켜쥐고 처절한 비명을 질러대다가 데굴데굴 구르기 시작한 것이다. 황 장사 패거리들이 우르르 황 장사에게 달려가 팔을 살폈다.

"어깨가 부서졌다!"

황 장사 패거리 중에서 누군가 비명처럼 소리를 질렀다. 그러자 구경하

던 사람들의 시선이 일제히 표철주에게 쏠렸다. 표철주는 아무렇지도 않은 듯이 우뚝 서 있었다

황 장사는 그날 이후 표철주의 종이 되었고, 마포나루는 영달에게 넘어갔다. 장안에 표철주에 대한 소문이 파다하게 퍼졌다. 표철주가 주먹 한 방으로 황 장사를 꺾었다는 소문이 퍼지면서 아이들이 울면 표 망둥이 온다고 어르는 부모들까지 생겨났다. 광문의 거지들은 마포나루에서도 동냥을 하게 되었다. 황 장사는 자신이 거느리고 있는 여섯 여자를 모조리 표철주에게 바쳤으나 예분이 빨랫방망이를 휘둘러 쫓는 바람에 다 황 장사에게 돌아갔다.

삼청각은 날씨가 추운데도 초헌이며 기생들이 타고 온 가마가 골목에 즐비했다. 잔치는 한창 무르익어 있었다. 매미 날개 같은 옷을 입은 기생들이 부채춤을 추고 악공들은 노래를 불렀다. 흥에 겨운 양반들은 손으로 술상을 두드려 박자를 맞추고 있었다. 술상을 앞에 놓고 둘러앉은 고관대작들의 면면을 살피자 정권을 잡고 있는 서인의 실세들이었다.

표철주는 광문과 함께 옷을 갈아입고 잔치판으로 뛰어들어 갔다. 표철주와 광문이 온 것을 눈치 챈 기생들이 박수를 치면서 환호했다. 광문이 무동의 가면을 쓰고 한바탕 입담을 늘어놓자 좌중이 박장대소했다. 광문은 왈짜답게 춘향가 중에서 사랑가 한 토막을 신명나게 뽑더니 과부가 절에 가서 중과 붙어미은 이야기를 실쭉하게 떠들어냈다.

"아, 이 떠돌이 파계승이 계집의 치맛자락 들추니 활짝 열린 옥문에서 샘

물이 솟는지라! 얼씨구나, 좋다! 작년에 왔던 각설이만 들어가냐, 중놈의 거시기도 쑤욱 들어가니, 아이고, 나 죽네! 계집이 입 딱 벌리고 소리소리 지르는지라 지나가던 총각 놈이 들여다보고 왈, '스님, 뭘 하시우?' 이런 환장하고 육시랄 놈을 봤나? 지가 시방 몰라서 묻는 게 아니라 숭한 놈이 중놈 골려먹자고 하는 수작이라 중놈이 왈, '어진 선비 생산하고 있네!', 옳거니, 경사로다! 중놈 과부 붙어서 어진 선비 생산한다니 태평성대 열리겠구나!'

광문의 너스레에 양반들과 기생들이 박장대소했다. 잔치는 자시가 넘을 때까지 이어졌다. 광문과 표철주는 흥을 돋우기 위해 연희패 공연을 하고 양반들로부터 돈을 받았다.

"분단이는 어디 갔어?"

표철주는 잔치가 파하자 기생들에게 분단의 행방을 물었다.

"별채로 갔지. 오늘 밤 풍원군 대감을 모신다는데?"

기생 연화가 입술을 삐죽 내밀었다.

"왜 심통을 부리나?"

"분단이는 찾고 나는 안 찾아? 나를 박대하지 마."

"내가 널 왜 박대하겠니? 이렇게 예쁜 것을."

표철주는 연화에게 쪽 소리가 나게 입을 맞추고 별채로 달려갔다. 별채에는 분단이 풍원군을 모실 준비를 하는지 불이 환하게 켜져 있었다. 표철주가 창문을 열고 들어가자 분단이 깜짝 놀라서 '에구머니' 하고 비명을 질렀다.

"어째 사람을 놀라게 하는 거야?"

244

"내 너를 데리러 왔지."

표철주는 분단을 안고 창문을 넘었다. 잔치가 벌어진 방에서 돌아오던 기생들이 표철주를 보고 '와아' 하고 환성을 질렀다. 표철주는 분단을 옆 구리에 끼고 담으로 훌쩍 날아올랐다. 기생들이 일제히 탄성을 내뱉었다. 표철주는 담에서 담으로 날다가 지붕으로 날아올랐다. 분단이 행여나 떨어 질까 봐 표철주의 허리에 바짝 매달렸다. 귓전으로 바람 소리가 휙휙거리 고 지나가고 냉기가 스며들어 왔다. 표철주는 지붕과 지붕을 훨훨 날다가 어느 지붕 위에 분단을 살짝 내려놓았다.

"여기가 어디인가? 상청궁(上淸宮:천상의 궁전)인가?"

분단이 놀라서 사방을 둘러보았다. 유리알처럼 투명하고 푸른빛이 감도 는 하늘, 희디흰 달빛이 신비스럽게 쏟아지는 만호 한양 장안이 이 세상 같 지 않았다. 한양 장안은 깊이 잠들어 있었다.

"모르겠는데…… 경회루인가?"

표철주가 분단의 허리를 안은 채 딴전을 피웠다.

"나를 왜 여기로 데려왔어? 망둥이는 뭘 하는 사람이야?"

"나는 신선이지."

"신선?"

"여자의 입술을 마시고 사는 신선이라오."

표철주는 분단을 안아서 입술을 맞추었다.

"지붕과 지붕을 훨훨 날아다니는 것을 보닌 신선은 신선이네. 신선이 왜 인간 세상에 내려왔을까?"

분단이 달빛에 취한 듯 몽롱한 표정으로 중얼거렸다. 그때 분단의 발밑에서 기왓장이 흘러내려 바닥에 떨어졌다. 기왓장 깨지는 소리가 요란하게 나면서 조용한 건물에서 사람들이 쏟아져 나왔다.

"침입자다!"

군사들이 방에서 뛰어나오면서 소리를 질렀다. 표철주는 다시 분단을 옆구리에 끼고 지붕을 날아서 아득하게 달빛 속으로 사라졌다.

사정전에는 무거운 침묵이 감돌고 있었다. 이영은 숙종 앞에서 고개를 잔뜩 떨어뜨리고 있었다. 숙종은 묵묵히 앉아서 서책만 읽고 있었다. 이영은 숙종의 복심을 헤아릴 길이 없었다. 자신의 부인이었던 여인에게 사약을 내리고 저리 태연할 수 있을까. 한때 그토록 사랑하여 인현왕후 민씨를 폐서인시키기까지 했던 숙종이 아닌가. 변덕이 죽 끓듯 하는 숙종이다. 남인과 서인에게 번갈아 정권을 내주어 환국이라는 말을 만들어낸 숙종이다. 쫓아버린 왕비를 다시 받아들이고 왕비로 세웠던 여인을 희빈으로 강등시켜 사약을 내려 죽였다.

'자신의 아내를 죽이다니……'

이영은 앞에 앉은 숙종이 비정한 임금이라고 생각했다. 이내 문밖에서 급촉한 발자국 소리가 들려왔다.

"전하, 세자 저하 대령했사옵니다."

대전 나인이 나직한 목소리로 아뢰었나.

"들라."

숙종이 날카로운 목소리로 영을 내렸다. 그와 함께 문이 열리고 세자가 사정전으로 들어와 숙종에게 절을 올렸다. 이영은 슬며시 고개를 들어 세자 윤의 얼굴을 살폈다. 사약을 받고 죽은 희빈 장씨의 아들이다.

"이리 앉으라."

숙종이 세자에게 영을 내렸다. 세자가 조심스럽게 숙종의 옆에 앉았다.

"너는 고개를 들어 세자를 보라."

숙종이 이영에게 영을 내렸다. 이영이 머뭇거리다가 고개를 들고 세자를 쳐다보았다. 세자는 창백한 얼굴에 눈썹이 짙었다.

"네가 세자의 그림자가 되어 서쪽에서 부는 바람을 막아주겠느냐?"

숙종이 이영을 쳐다보지도 않고 하문했다. 서쪽에서 부는 바람은 서인을 일컫는 것이다. 서인들이 세자를 암살하거나 독살할지도 모르니 막으라는 뜻이다.

"......"

이영은 선뜻 대답을 하지 않았다. 음모와 모략이 판을 치는 대궐에서 세자의 목숨을 지키는 것은 결코 쉬운 일이 아닐 것이다.

"어찌 대답을 하지 않는 것이냐?"

"소인은 미거하여 그와 같이 막중한 임무를 맡을 수 없나이다."

"네가 할 일은 자객을 막는 것이다. 그리하겠느냐?"

이영은 숙종의 영을 파악하느라 잠시 생각에 잠겼다. 숙종은 이영에게 오로지 자객을 막으라고 하고 있었다.

"그리하겠느냐?"

"그러하오시면 명을 받들겠나이다."

"내 너를 믿을 것이다."

"망극하옵니다."

"이제 세자가 너의 주인이니 절을 올리라."

이영은 숙종의 영이 떨어지자 세자 윤을 향해 절을 올렸다. 세자 윤은 말똥말똥 눈을 뜨고 이영을 보고 있을 뿐이었다.

"세자는 들으라. 이자가 오늘부터 너의 목숨을 지켜줄 것이다. 너는 이자에게 절을 올리도록 하라."

숙종이 영을 내리자 안중경과 세자가 깜짝 놀란 표정을 지었다. 이영도 가슴이 철렁할 정도로 놀라 입이 떨어지지 않았다. 세자 윤은 숙종의 영이 떨어지자마자 일어나서 이영을 향해 절을 올렸다.

"세자 저하, 망극하옵니다."

이영이 황급히 일어나서 맞절을 했다. 세자가 이영에게 절을 마치자 숙종이 영을 내렸다.

"물러가라."

이영은 숙종에게 절을 올린 뒤 사정전에서 물러졌다. 숙종은 잠시 침묵을 지키고 있었다. 이영이 사정전에서 완전히 멀어지기를 기다리고 있는 것이다.

"안중경은 나가서 저자의 뒷배를 보아주도록 하라."

숙종이 안중경에게노 영을 내렸디. 뒷배를 보아주라는 것은 이영에게 대궐을 자유롭게 출입할 수 있는 명패를 내주고 그에 상응하는 내금위의 벼슬을 주라는 것이다.

"예."

안중경이 허리를 숙이고 물러갔다.

"세자는 보았느냐? 방금 네가 본 자는 칼잡이다. 조선에서 제일 칼을 잘 쓰는 자일 것이다."

"예."

"이름은 이영이다. 수족처럼 거느리도록 하라."

숙종은 세자에게 여러 가지를 당부하고 대전 상궁에게 세자를 동궁으로 돌려보내라고 영을 내렸다.

김용택은 어전에서 물러나오자 한기가 엄습하는 것을 느꼈다. 세차게 몰아치던 바람이 잦아지고 있었으나 한기가 뼛속까지 스며드는 것 같았다.

"이제 연잉군을 장가보내야 할 때가 되지 않았느냐?"

임금이 김용택을 사정전에 불러놓고 물었다. 명소패를 받고 야심한 시각에 독대를 했을 때 뜻밖에 숙종이 내린 영은 연잉군의 길례(吉禮:왕자나 공주의 혼인)에 대한 것이었다. 이런 영은 경연이나 석강이 끝났을 때 정승들이나 판서 같은 노대신들과 상의하는 것이 옳다. 연잉군은 이제 아홉 살이었다.

"길례를 올리면 사가에서 살아야 하는 것이 법도인데 마음이 놓이지 않는다."

김용택은 숙종의 진의를 파악할 수가 없었다. 숙종은 무엇인가 깊은 복심을 가지고 있었다.

"망극하옵니다."

"연잉군이 사가에 나가서 살게 되면 네가 보호를 해야 할 것이다. 그리하겠느냐?"

숙종은 김용택을 뚫어질 듯이 노려보고 있었다. 김용택은 숙종의 깊은 속내를 알 수가 없어서 대답을 망설였다.

"그리하겠느냐?"

"신이 어찌 감히……."

김용택은 등줄기로 식은땀이 흘러내리는 기분이었다.

"세자는 몸이 약하다. 세자에게 변고가 생긴다면 연잉군이 대신해야 하지 않겠느냐? 그러니 각별히 보호하라고 하는 것이다."

숙종의 말은 연잉군에게 보위를 물려줄 수도 있다는 말이어서 김용택은 경악했다.

"그리하겠느냐?"

숙종이 김용택을 채근했다.

"신 명심하여 왕자 마마를 보호하겠나이다."

김용택은 깊숙이 머리를 조아렸다.

임금이 김용택에게 연잉군을 보호하라고 한 것은 그가 연잉군이 어렸을 때 스승으로 3년 동안 글을 가르쳤기 때문이다.

'전하께서 연잉군에게 마음이 있는 것이 아닌가?'

세자 윤은 몸이 허약하다는 소문이 파다했다. 세자빈을 맞아들였으나 양도가 부실하여 세손을 생산하지 못할 것이라는 흉흉한 소문이 나돌았다.

김용택은 집으로 돌아왔으나 쉬이 잠이 오지 않았다. 아무래도 내일은 아침 일찍 노론의 중심 세력으로 떠오른 영의정 김창집을 찾아가 보아야 할 것 같았다.

이튿날 아침 김용택은 해가 뜨자마자 김창집의 집으로 찾아갔다. 김창집은 서인의 대부 김수항의 아들로 명성이 높았고 아버지에 이어 서인을 이끌고 있었다. 김수항은 이에 서인의 노장파를 이끌어 노론으로 불리고 있었다. 김창집의 집 문간채는 이미 세도가가 되어 있는 김창집에게 눈도장이라도 찍으려는 자들로 문전성시를 이루고 있었다.

"아침부터 사람들이 몰려와 있네."

사랑채로 안내하는 집사에게 김용택이 지나가는 말로 말했다.

"지난밤에 잔 사람들도 있습니다. 박절하게 내쫓을 수도 없고 여간 난처한 것이 아닙니다."

집사가 비굴하게 웃으면서 대답했다. 김창집에게 김용택은 특별한 손님이다. 언제든지 때를 가리지 않고 김창집과 독대할 수 있는 몇 사람 중의 하나인 것이다. 김용택의 작은할아버지 김만기와 함께 김수항이 노론을 이끌었기 때문에 깊은 연관을 갖고 있었다.

"어제 전하를 독대하셨는가?"

김창집은 등청 전이라 정자관을 쓰고 있다가 김용택이 절을 올리자 수염을 쓰다듬으면서 물었다.

"예. 미관이 외람되게 독대를 하였습니다."

김용택이 공손히 대답했다.

"다행이야. 전하께서 자네와 독대를 하신 것은 연잉군 마마 때문이 아니 겠는가?"

"과연 명철하십니다. 소인에게 연잉군 마마의 뒷배를 당부하셨습니다."

김창집은 인형왕후 민씨의 복위에 결정적인 공을 세운 인물이다.

"아무렴. 연잉군 마마가 잘 성장하셔야 우리 노론의 희망이 되는 것일 세. 자네 같은 신진사대부가 앞에 나서야 하네."

"예."

"자네는 노론을 이끌어갈 재목이야. 절대로 소론이나 남인들에게 휘둘 려서는 안 되네."

"예."

"좌포도대장에 장붕익이 제수되었네."

"소인도 들어서 알고 있습니다."

"마포나루에 많은 객주와 상단이 있네. 상단 중에 김경호라는 객주가 있 네. 그자가 조만간 자네를 찾아갈 것이니 일을 도와주게. 마포나루 상단은 그동안 남인 끄나풀들이 장악하고 있었네."

"예."

"이것은 아랫사람들 건사하는 비용에 쓰게."

김창집이 서안에서 어음 한 장을 꺼내 김용택에게 주었다. 김용택이 받 아서 펼치자 1만 냥이라는 큰돈이었다.

"대감."

"갖다가 쓰게. 앞으로는 자네를 주축으로 노론들이 뭉쳐야 할 것일세."

"소인을 신임해 주시니 감격한 따름입니다."

김용택은 가슴속에서 뜨거운 것이 치밀고 올라오는 듯한 기분이었다.

"우리는 연잉군을 잘 모셔야 희망이 있네."

김창집이 다짐하듯이 말했다. 그것은 세자 윤을 밀어내고 연잉군 금을 세우라는 말이나 다름이 없어서 김용택은 바짝 긴장했다.

마포나루의 객주 김경호가 수하들을 거느리고 김용택을 찾아온 것은 이튿날 해질 무렵이었다.

"어르신을 뵙게 되어 영광입니다. 이놈은 마포나루에서 상단을 경영하는 객주 김경호라고 합니다. 인사 올리겠습니다."

사랑채로 들어온 김경호가 큰절을 했다. 김용택은 빙긋이 웃으면서 반절로 답했다. 김경호는 비록 중인이지만 수백 명의 보부상과 크고 작은 상단을 거느리고 있는 경상이었다.

"경상의 이름 높은 객주가 포의지사(布衣之士: 벼슬을 하지 않은 선비)를 찾아주어 고맙소."

김용택은 김경호의 인물됨을 찬찬히 살폈다. 김용택은 이이명의 사위인데도 아직 변변한 벼슬 하나 얻지 못하고 있었다. 정치를 하려면 자금이 필요하고 자금이 나오는 곳은 장사치들이다.

"당치 않은 말씀입니다. 진작 찾아뵈었어야 하는데 늦었습니다."

"별말씀을요. 그래, 장사는 잘되고 있습니까?"

"전하께서 성군이라 불편없이 장사를 하고 있으나 어려운 일도 조금 있는 편입니다."

"어려운 일이 있으면 안 되지. 혹여 관리들이 수탈을 하고 있는 것은 아니오?"

"당치 않습니다. 어느 세상인데 그런 관리들이 있겠습니까? 다만……."

"다만……?"

"무뢰배들의 행패가 극심한지라 관에서 좀 단속을 해주셨으면 합니다."

"무뢰배들이 아직도 활개를 치고 있는가?"

"아시겠지만 경상 중에 가장 큰 객주는 송영산입니다. 송영산이 무뢰배들을 이용하여 다른 경상들이 크는 것을 방해하고 있습니다."

"흠…… 그러면 무뢰배만 소탕하면 되겠군."

"그렇습니다. 조정에서 무뢰배들을 일제 소탕하면 마포나루가 편안해질 것이고 우리 장사치들은 생업에 종사할 수 있습니다."

"송영산이 거느리는 무뢰배의 수괴는 어떤 자인가?"

"박종만이라는 자입니다."

"알았소. 무뢰배가 횡행하면 서민들이 고통을 당하니 당연히 척결을 해야지."

"감사합니다. 소인은 이만 물러가겠습니다."

"자주 들르시오. 우리 같은 사람은 민심도 잘 파악해야 하니 서민들 이야기를 들어야 하오."

"예, 자주 찾아뵙고 시정의 이야기를 전해 올리겠습니다."

김경호가 절을 하고 조심스럽게 물러갔다.

'박종만이라는 놈과 송영산의 뒷배를 봐주던 남인들이 몰락하자 그 틈을 노려 김경호가 시장을 장악하려는 게야.'

마포나루의 상권을 둘러싸고 치열한 암투가 벌어지고 있는 것이 분명했다. 김경호는 교활한 자라 노론이 정권을 잡자 실세인 김용택에게 줄을 대고 있었다. 김용택은 삼사의 관리들을 기루로 불렀다. 포의지사라고 해도 서포 김만중의 손자이자 좌의정 이이명의 사위라 관리들이 떠받들고 있었다.

"요즘 도성의 치안이 엉망이라고 하는데 삼사에서 간언을 올려야 하지 않겠소?"

김용택은 술잔이 한 순배 돌자 좌중을 둘러보면서 본론을 꺼냈다.

"옳소. 부녀자 연쇄 살인범도 검거하지 못하고 있으니 포도청이 무엇을 하고 있는지 모르겠소. 좌우포도대장을 탄핵합시다."

"탄핵만이 능사는 아니오. 전하께 간언을 올려 무뢰배들을 일제히 소탕하게 하는 것이 더욱 좋소. 포도대장도 우리 서인이 아니오?"

"옳은 말씀이오."

김용택은 도성의 무뢰배를 소탕하는 것으로 의논을 이끌었다. 이튿날 아침 삼사에서 일제히 간언을 올렸다.

"부녀자 연쇄 살인범이 검거되지 않았는데 도성에는 무뢰배들이 횡행하고 도적들이 들끓고 있다고 합니다. 마땅히 좌우포도대장을 엄중하게 신칙하여 무뢰배들을 소빙하게 하소서."

삼사에서 간언을 올리자 숙종은 잠시 미간을 찌푸렸다. 삼사가 갑자기 무뢰배 소탕령을 들고 나온 저의가 의심스러웠던 것이다. 숙종의 시선이 남인인 예조참의 조한구에게로 향했다. 김춘택과 한중혁의 옥사로 남인들이 대부분 숙청되었으나 조한구를 비롯하여 우찬성 유덕조, 승원 부정자 심수원 및 몇몇은 서인들의 눈치를 보면서 붙어 있었다. 숙종이 남인들을 완전히 몰아내려 하지 않았고 서인들도 남인 몇을 남겨두어야 정권을 독식한다는 말을 듣지 않기 때문에 조정에 남겨놓은 것이다. 그러나 예조참의 조한구는 조용히 고개를 숙이고 있을 뿐이었다.

'삼사가 간언을 올리니 무서운 모양이군.'

숙종은 사헌부 감찰을 맡고 있는 김춘택을 쏘아보았다. 이번 일은 김춘택이 추진했을 가능성이 높았다. 그러나 김춘택도 입을 꾹 다문 채 고개를 떨어뜨리고 있었다.

"정승들에게 물어서 아뢰라."

숙종이 영을 내렸다. 정승들은 대부분 서인으로 포진되어 있었기 때문에 삼사의 주장을 수용할 것이다. 그러나 숙종이 정승들에게 물어보라고 한 것은 의심을 하고 있다는 뜻이었다.

남인 출신의 우찬성 유덕조의 사랑방에는 7, 8명의 갓을 쓴 사내들이 비장한 눈빛으로 서로의 얼굴을 쳐다보고 있었다. 서인들이 무뢰배를 일제 소탕한다는 명목 아래 마포나루를 시작으로 남인들의 자금줄을 끊으려 하고 있었다. 자금줄이 끊기면 그러잖아도 지리멸렬하고 있는 남인들은 재기가 불가능하다. 유덕조는 어전에서 무뢰배들을 소탕해야 한다는 서인들의 주장을 반대할 수 없었다. 좌중에는 무거운 침묵이 흘렀다. 예조참의 조한구, 승문원 부정자 심수원도 입을 꾹 다물고 있었다. 말석에는 마포나루 상권을 장악하고 있는 송영산이 앉아 있었다.

"우리 쪽에서 먼저 선수를 치는 것이 어떻겠습니까?"

전 우승지 김덕해가 유덕조를 쳐다보면서 물었다. 김덕해는 한중혁 사건 때 파직을 당한 후 지금껏 관직을 얻지 못해 생활고까지 겪고 있었다. 송영산이 때때로 쌀을 보내주었기 때문에 근근이 입에 풀칠을 하고 있으니 그가 위기에 빠졌을 때 도와주지 않으면 안 되는 것이다.

"잘못 건드리면 독이 되는 거야."

전 판서 홍성면이 수염을 쓰다듬으면서 근엄하게 말했다. 역시 파직을 당해 쉬고 있었으나 남인의 실세였기 때문에 사는 것은 어렵지 않았다.

"검계라는 자들이 국법을 잘 지키는 자들이 아닙니다. 그놈들의 세계에는 그놈들의 법이 있습니다."

"그놈들의 법이라는 것이 무엇인가?"

"주먹입니다."

김덕해의 말에 좌중에서 피식거리는 웃음소리가 새어 나왔다.

"주먹보다 무서운 것이 권력이야. 공연히 구실을 주어 더욱 탄압을 받을 수도 있어."

이조판서를 지냈으나 한중혁 사건 때 권좌에서 물러나 있었기 때문에 화를 낭하시 않은 허익성이 말했다. 남인의 세상이 돌아오면 영의정에 오를 것이라는 말이 일찍부터 나돌 정도로 신망이 높은 인물이었다.

"그러면 어찌해야 한다는 말입니까?"

"아무래도 송 객주가 당사자니 송 객주의 생각이 중요하지 않겠나? 송 객주는 어찌하는 것이 좋겠는가?"

허익성의 말에 좌중의 시선이 일제히 송영산에게 쏠렸다.

"상인들의 거래는 예민한 사안이라 한 번 거래가 끊기면 다시 거래하기가 어렵습니다. 저들은 우리 쪽을 친 뒤에 김경호의 패거리들을 동원하여 장사를 방해할 것입니다."

송영산이 허익성을 쳐다보면서 낮게 말했다.

"그러니 어찌하는 것이 좋겠는가?"

"선즉제인이라고 했습니다. 먼저 저들을 쓸어버리면 그들도 재기하기가 쉽지 않을 것입니다."

"소탕령은 누구에게 내렸나?"

"좌대장 장붕익에게 내렸습니다."

"장붕익은 공평한 자라고 하지 않는가?"

"검계나 무뢰배들에게는 호랑이처럼 무서운 자라고 합니다. 아마 닥치는 대로 잡아들일 것입니다."

"그렇다면 서인들에게도 달가운 자는 아니겠군."

"이영을 저에게 보내주신다면 승산이 있습니다."

송영산의 말에 좌중의 안색이 싸늘하게 굳어졌다. 결코 입 밖으로 내어서는 안 되는 이름 이영을 송영산이 거론한 것이다.

"그자는 세자 저하를 보호해야 하네."

"저에게 복안이 있습니다. 한 번 만나게 해주십시오."

"알겠네. 오늘 중으로 자네에게 가게 할 테니 돌아가서 준비를 하게."

"그럼 소인은 물러가겠습니다."

송영산은 좌중에 있는 사람들에게 허리를 숙이고 물러나왔다. 밖으로 나오자 박종만과 그의 수하 장정들이 따라붙었다.

"나리."

박종만이 송영산의 옆에 와서 말했다. 박종만은 한때 훈련도감에서 교관을 했을 정도로 무예 실력이 좋은 자였다.

"계원들을 모두 모으게. 오늘 밤에 김경호의 패거리들을 습격한다."

"알겠습니다."

박종만이 고개를 숙이고 어둠 속으로 총총히 사라졌다. 송영산은 마포나루 쪽을 향하다가 걸음을 멈추었다. 오늘 밤부터 마포나루의 상권을 장악하기 위한 사활을 건 싸움이 시작된다고 하자 전신이 팽팽하게 긴장되었다.

"나리, 서두르셔야 합니다."

송영산의 객주에서 행수를 맡고 있는 최혁수가 재촉했다. 최혁수는 상단을 총괄하는 인물답게 지혜가 비상했다.

"가자."

송영산은 이만득과 부하들을 대동하고 마포나루 객주로 갔다. 그가 경영하는 마포객주는 이미 불이 내낮지럼 환하게 켜져 있었고 무뢰배들을 비롯하여 그의 휘하에 있는 보부상들이 속속 집결하고 있었다.

"어르신, 오셨습니까?"

영남 보부상 조만성이 머리를 조아리고 인사를 올렸다.

"왔는가? 밤늦게 고생이 많네."

송영산은 조만성의 어깨를 두드렸다. 조만성은 아산에서 생산되는 소금을 영남에 갖다파는 상인이었다. 영남권에서는 상당한 세력을 형성하고 있었다.

"당치 않은 말씀이십니다. 사발통문을 돌리기는 했지만 우선 한양에 들어와 있는 자 20명이 왔습니다."

조만성의 뒤에는 우락부락한 장정들이 흉흉한 눈빛으로 서 있었다. 김경호 객주에게 패하면 그들로서도 설 자리가 없어지는 것이다.

"나리, 언제 공격합니까? 명령만 내리시면 싹 쓸어버리겠습니다."

이번에는 강화도의 뱃놈 이석산이 팔을 걷어붙이면서 말했다. 바다에서 나오는 새우젓을 주로 거래하는데, 얼굴에 여기저기 상처가 있어서 싸움깨나 하고 돌아다닌 위인이라는 것을 알 수 있었다.

"서두르지 말고 술이나 마시면서 기다리게. 너무 취해서는 안 되네."

"명심하겠습니다. 큰일을 앞에 두고 술에 취하는 놈이 있으면 내 살빡을 부숴 버리겠습니다."

송영산은 이석산의 말에 이마를 찌푸렸다. 뱃놈이기 때문인가. 이석산의 말이 너무 경박하여 고개를 절레절레 흔들었다.

"형님, 저희들도 왔습니다."

안채로 들어가는데 몽둥이로 무장한 사내들이 어둠 속에서 모습을 드러냈다. 송영산이 사내들을 살피자 어깨가 떡 벌어진 이덕팔이었다. 이덕팔은 한양을 주름잡는 왈짜패로 세력이 해서지방과 경기지방까지 두루 미치고 있었다. 강변칠우라고 불리는 그의 패거리들은 기루에서 명성이 높았다. 대개 기생들의 조방 노릇을 하면서 기생과 양반들의 매춘 알선과 흥정을 업으로 삼는 자들이었다.

"왔는가?"

송영산은 이덕팔의 강변칠우까지 가세하자 훨씬 기분이 좋았다.

"형님, 명령만 내리시면 김경호 패거리들을 박살 내겠습니다."

"고맙네. 자네가 오니 믿음직하네."

송영산은 쾌하게 웃음을 터뜨렸다.

장붕익은 김용택을 싸늘한 눈빛으로 쏘아보았다. 김용택은 서포 김만중의 손자이지만 아직 벼슬을 얻지 못하고 있었다. 사씨남정기나 구운몽을 남긴 김만중의 손자답지 않게 시정의 무뢰배들과 어울려 눈살을 찌푸리게 하고 있었다. 그가 뜻밖에도 장붕익을 찾아온 것이다. 밖에는 날씨가 좋지 않았다. 2월이지만 바람이 잉잉대고 기온이 차가웠다.

"검계나 무뢰배들을 일망타진하는 것은 포도대장의 소임입니다."

장붕익은 김용택의 찌르듯이 날카로운 시선을 밀어내면서 단호하게 말했다.

"자네가 노론이라는 것은 부인하지 않겠지?"

김용택의 말에 장붕익은 흠칫했다. 조정에 출사하지 않았지만 김용택은 노론의 인물들에게 막강한 영향력을 행사하고 있었다. 그의 조부들인 김만중과 김만기가 서인을 이끌었던 인물들이었기 때문에 많은 대신들이 그의 영향력 아래 있었다.

"부인하지 않겠습니다."

"이번 검계 일망타진 작전은 남인들의 자금줄을 끊기 위한 것이네. 노론의 어른들도 동의했어."

김용택의 말은 소론이나 남인과 대적하기 위해 노론의 원로들이 칼을 빼들었다는 뜻이다.

"무뢰배들을 소탕하는 데 당색까지 논해서야 되겠습니까?"

"소론과 남인들의 자금줄을 끊는 것이라고 하지 않았나?"

김용택의 윽박지르는 말에 장붕익은 대답을 하지 않았다. 김용택은 완강하게 입을 다물고 있는 장붕익을 쳐다보다가 할 수 없다는 듯이 고개를 흔들었다.

"가겠네."

김용택이 도포 자락을 펄럭이면서 자리에서 일어섰다.

"멀리 배웅하지 않겠습니다."

장붕익은 앉아서 눈을 지그시 감았다. 김용택이 찬바람을 일으키면서 밖으로 나갔다.

'전하께서는 연잉군을 보호하라고 밀지를 내리셨는데……'

장붕익은 오늘 밤이 일이 심상치 않다고 생각했다. 연잉군을 보호하라는 특명이 내린 상태에서 상인들이 남인과 노론을 등에 업고 한판 대결을 벌이려고 하고 있다. 무엇인가 무서운 음모가 진행되고 있는 듯한 기분이었다.

"영감, 표철주라는 자가 왔습니다."

정청 밖에서 포교 순돌이 아뢰었다. 표철주는 다모 이향의 일로 몇 번 만난 일이 있는데 송파나루의 하영근 객주 밑에서 차행수 일을 하고 있었다. 그러나 타고난 위인이 건달기가 있어서 천하 명물이라는 광문과 어울려 기루를 휩쓸고 있었다. 어느 날 기방에서 싸움이 일어나 출동하자 뜻밖에 표철주가 왜검을 사용하는 장사와 싸우고 있었는데 무예 솜씨가 장붕익에 못지않았다. 장붕익은 그날 밤 표철주와 어울려 밤늦게까지 술을 마셨는데 협기가 있는 호한이었다. 그날 이후 장붕익은 표철주와 가깝게 지냈다. 그때 종사관이 큰 기침을 하면서 들어왔다.

"표철주는 잠시 기다리라고 하라."

장붕익은 표철주보다 종사관 이종수에게 먼저 보고를 받고 싶었다.

"마포의 상황은 어떤가?"

"송영산과 김경호의 집에 장정들이 모이고 있습니다."

"오늘 밤에 승부를 내겠군."

"예. 몇 사람 죽을지도 모릅니다."

이종수 종사관의 말에 장붕익은 전신이 팽팽하게 긴장되었다.

"병력을 연잉군저로 배치하는 것이 좋지 않겠습니까?"

이종수가 장붕익의 얼굴을 살피면서 물었다. 연잉군의 집은 이현궁으로 숙빈 최씨의 사저다. 아직 혼례를 올리지 않았으나 집을 수리하는 것을 살피기 위해 숙빈과 함께 나와서 자고 있었다.

"아닐세. 전 병력을 마포로 출동시켜서 오늘 밤 난동을 부리는 자들을 모조리 잡아들여야 하네."

"그럼 연잉군저는 어떻게 합니까?"

"나에게 따로 생각이 있네."

"만약에 연잉군에게 변고라도 생기면……."

"내가 알아서 하겠네. 자네는 포졸들을 이끌고 즉시 출동하게. 나도 뒤따라가겠네."

"알겠습니다."

이종수가 미심쩍어하면서 물러갔다. 장붕익은 허공을 노려보았다. 오늘 밤의 일은 남인들에게 자금을 대주고 있는 송영산의 음모다. 송영산은 연잉군저를 습격한다는 정보를 임금에게 들어가게 하여 임금이 그 정보를 듣고 장붕익에게 연잉군저를 경호하라는 밀지를 내린 것이다. 남인의 송영산은 포도청의 병력이 연잉군저를 경호하는 틈을 타서 김경호 객주 패거리를 습격하려는 것이다. 성동격서의 절묘한 전략이었다.

"표철주를 들게 하라."

장붕익은 잠시 생각에 잠겨 있다가 순돌에게 영을 내렸다.

"예."

문이 열리고 순돌과 표철주가 정청으로 들어왔다.

"천주, 자네는 순돌은 따라가 이현궁으로 가게. 이현궁에 수빈 마마와 연잉군 마마께서 나와 계시니 오늘 밤 자네가 경호를 해야 하네."

장붕익은 표철주를 물끄러미 바라보다가 신음처럼 말했다.

"연잉군 마마요?"

표철주는 장붕익의 말에 눈이 커졌다.

"세자 저하의 이복 아우일세. 어떤 일이 있어도 자객을 막아야 하네."

"알겠습니다."

"어서 가게. 늦어서는 안 되네."

장붕익은 서둘러 표철주를 연잉군의 사저인 이현궁으로 보낸 뒤 자신도 정청에서 나와 마포를 향해 달리기 시작했다. 마포나루에서는 이미 치열한 패싸움이 벌어지고 있을 것이다.

'연잉군이 변을 당하면 나는 살기 어려울 것이다.'

장붕익은 수행 포졸들과 함께 마포나루를 향해 달리면서 긴장감을 떨쳐 버릴 수가 없었다.

"영감, 벌써 싸움이 붙었습니다."

장붕익이 마포나루 선착장에 도착하자 대기하고 있던 종사관 이종수가 와서 보고를 올렸다. 선착장은 양쪽이 몽둥이를 휘두르면서 치열하게 격투가 벌어지고 있었다. 포도청의 포교들이 긴장한 눈빛으로 장붕익에게 다가왔다.

"영감, 놈들을 습격할까요?"

이종수가 부리부리한 눈으로 장붕익을 쳐다보면서 물었다.

"아닐세. 지금 습격했다가는 놈들이 필사적으로 저항할 테니까 우리에게도 손실이 있을 거야. 놈들이 서로 싸우다 지쳤을 때를 기다렸다가 공격한다."

"그러다가 사상자가 발생할지도 모릅니다."

"놈들이 온전한 양민들인가? 놈들은 양민들을 괴롭히는 무뢰배들이야."

장붕익의 눈에서 서릿발이 뿌려졌다. 선착장은 양측이 몽둥이를 휘둘러 처절한 비명 소리와 신음 소리가 난무했다. 한식경쯤 지나자 김경호의 무리가 밀리고 있다는 것을 확실히 알 수 있었다.

"공격할까요?"

이종수가 물었으나 장붕익은 대답하지 않았다. 장내는 여기저기 쓰러져 신음하는 무뢰배들로 아수라장이었다.

"포졸들은 듣거라! 일제히 햇불을 밝히고 놈들에게 활을 겨누어라."

장붕익이 비로소 명령을 내렸다. 선착장을 에워싸고 있던 포졸들이 일제히 햇불을 밝혀 들었다.

"멈춰라!"

장붕익이 칼을 뽑아 들고 선착장으로 달려나갔다.

"너희들은 포위되었다! 저항하는 자는 죽음을 면치 못할 것이다!"

장붕익이 벼락이 치듯 소리를 지르자 장내가 일시에 조용해졌다. 무뢰배들은 당황하여 서로 포위망을 뚫고 강으로 뛰어들려했다.

"달아나는 자는 활로 쏴라!"

장붕익이 명령을 내리자 포졸들이 일제히 활을 쏘았다. 강으로 뛰어들려던 장정들이 등에 화살을 맞고 나뒹굴었다.

"달아나는 자는 죽는다! 무기를 내려놓아라!"

266

장붕익의 영이 떨어지자 장정들이 슬금슬금 몽둥이를 내려놓기 시작
했다.

　　이현궁은 어둠 속에 조용히 엎드려 있었다. 표철주는 이현궁에 도착하
자 사방을 둘러보았다. 숙빈 최씨가 대궐에서 나왔기 때문인지 외부는 내
금위 갑사들이 삼엄하게 경호를 하고 있었다. 푸른 달빛에 둘러싸인 이현
궁은 행랑채에만 불빛이 반짝이고 있을 뿐 안채는 두어 개의 방에만 불이
켜져 있었다. 대궐처럼 크고 화려한 집이었다. 순돌이 내관에게 문을 열게
하여 표철주를 안으로 들어가게 했다.
　　"연잉군 마마께서는 무엇을 하고 계시오?"
　　순돌이 내관에게 물었다.
　　"숙빈 마마와 담소를 나누고 계십니다."
　　내관이 연잉군의 처소로 향하면서 대답했다. 표철주는 순돌과 내관의
뒤를 따라갔다. 달이 남쪽에 있어서 그림자가 성큼성큼 앞서 갔다.
　　"잠시 기다리시오."
　　내관이 섬돌에 서서 순돌과 표철주에게 말했다. 표철주는 몸을 돌려 이
현궁의 지붕을 바라보았다. 내관이 안으로 들어가서 한참 동안 이야기를
나누더니 대청으로 나왔다.
　　"잠시 들어오시랍니다. 숙빈 마마와 연잉군 마마께서 계시니 몸을 진중
히 하고 공겸해야 합니다."
　　내관이 순돌과 표철주에게 엄중하게 말했다. 표철주가 옷깃을 단정히

하고 대청으로 올라가 기다리자 도열하고 있던 궁녀들이 문을 열었다. 표철주는 순돌과 함께 조심스럽게 방으로 들어갔다. 방 동편에 연잉군과 숙빈 최씨가 근엄하게 앉아 있었고 궁녀 한 사람이 서 있었다.

"숙빈 마마와 연잉군 마마이십니다. 공손히 절을 올리시오."

궁녀가 순돌과 표철주에게 지시했다. 표철주는 두 사람을 향해 공손히 절을 했다.

"좌포도청에서 왔다고 했느냐? 내금위 갑사들이 지키고 있는데 어찌 자객이 온다는 것이냐?"

숙빈 최씨가 표철주를 쏘아보면서 물었다. 무수리 출신이라고 하지만 왕의 여자답게 위엄이 서려 있었다.

"전하께서 밀지를 내리셨습니다."

"그렇다면 좌대장이 와야하는 것이 아니냐?"

"좌대장께서는 긴급한 사무가 있어서 마포나루로 가셨습니다."

"긴급한 사무가 연잉군의 목숨보다 중하다는 것이냐?"

"망극하옵니다."

표철주는 숙빈 최씨의 호통에 머리를 깊숙이 조아렸다.

"마마, 이 무사는 장안 제일의 무사입니다. 반드시 연잉군 마마를 지켜드릴 것이니 안심하소서."

순돌의 말에 숙빈 최씨가 새삼스럽게 표철주의 얼굴을 살폈다. 연잉군도 호기심이 가득한 눈으로 표철주를 보았다.

"무사는 이름이 무엇인가?"

268

연잉군이 낭랑한 목소리로 표철주에게 물었다.

"표철주이옵니다."

"밝은 날 무예를 보고 싶구나."

"예."

표철주는 연잉군에게 머리를 조아렸다.

"알았다. 그만 물러가도록 하라."

숙빈 최씨가 쌀쌀하게 영을 내렸다. 표철주는 다시 절을 올리고 방에서
물러나왔다. 그때, 이현궁 바깥채가 와자해지면서 '자객이다! 놈을 잡아
라!' 하는 소리가 들렸다. 표철주는 대경실색하여 중문 담장 위로 날아올라
소리가 나는 곳으로 달려갔다. 드디어 자객이 왔구나 하는 생각을 하자 전
신의 세포가 위험을 알리는 듯했다. 표철주가 문간채의 지붕에 이르자 외
정에서 흑의를 입은 사내와 내금위 갑사들이 치열하게 결투를 벌이고 있는
것이 보였다.

'자객은 한 명인가?'

표철주는 내금위 갑사들과 검을 휘두르는 흑의인을 보고 갸우뚱했다.
흑의인의 무예가 내금위 갑사들을 압도하고 있는데도 그들을 쓰러뜨리지
않고 있었다. 창과 검이 어둠 속에서 불꽃을 튕겼다. 내금위 갑사들은 여러
명이 흑의인을 공격하고 있었으나 좀처럼 승세를 잡지 못하고 있었다.

'모처럼 만나는 고수다. 어디, 그동안 연마한 무예 솜씨로 겨뤄볼까?'

표철주는 쇠 지팡이에서 검을 뽑았다.

사아악!

예리한 검이 쇠 지팡이에서 나오자 싸늘한 검기에 몸이 떨리는 것 같았다. 쇠 지팡이를 언제나 소지하고 다녔으나 한 번도 꺼낸 일이 없었다. 표철주는 흑의인을 겨누고 일직선으로 날아갔다.

'아!'

이영은 등줄기로 싸늘한 검기가 엄습해 오자 경악했다. 내금위 갑사들과는 전혀 다른 검기가 자신의 등을 매섭게 찔러오고 있었다. 전신의 피부가 긴장으로 빳빳하게 굳어지는 것 같았다. 이영은 빠르게 몸을 눕혀 검기를 피한 뒤 상대방을 살폈다. 상대방은 이영이 처음 보는 장한이었다.

"연잉군을 자격하는 것이 아니오. 오로지 연잉군을 자격하는 것처럼 하여 포도청을 움직이지 못하게 하려는 계책이오."

송영산의 말이 머릿속에 떠올라 왔다. 연잉군을 습격하기는 하되 죽이지 말라는 요구였다. 이영의 등을 찔러온 장한은 공격이 실패로 돌아가자 몸을 돌려 지붕 위에 우뚝 섰다. 이영도 장한과 10여 보 떨어져서 상대방을 노려보았다. 검을 들고 있는 장한은 품새가 한 점의 흐트러짐도 없었다.

'놀라운 고수다. 빈틈이 전혀 없구나.'

이영은 긴장으로 목이 마르는 듯했다.

'저자를 한번 시험해 볼까?'

이영은 연잉군이 있는 지붕을 향해 한줄기 빛살처럼 몸을 날렸다. 그의 몸이 순식간에 허공으로 날아올라 지붕 위에 내려섰다.

'어?'

이영은 상대방이 지붕까지 따라 올라오자 눈이 커졌다. 지금껏 지붕 위로 날아다닐 정도의 경신술을 펼치는 인물을 만난 것은 포도대장 장봉익과 다모 이향뿐이었다. 이향은 그에게 패한 후로 종적을 알 수 없었고, 장봉익은 포졸들을 이끌고 마포나루로 출동해 있었다. 그를 이현궁으로 되돌아오게 하려면 이현궁에서 소란을 피워야 했다.

표철주는 지붕 위에서 흑의인을 싸늘하게 노려보았다. 흑의인이 연잉군을 공격하는 것을 막아야 했다. 그때 흑의인이 서서히 품새를 바꾸어 공세를 준비했다. 표철주는 흑의인의 발끝을 주시했다. 흑의인이 검을 상단으로 향하고 보세를 취하자 태산 같은 중압감이 느껴졌다.

'용약재연세……?'

표철주는 흑의인이 용약재연세의 품새를 취하는 것을 보고 바짝 긴장하여 신월상천세의 품새를 취했다. 흑의인이나 장봉익이 펼치는 무예의 동작은 조선의 전통 창법의 한 종류인 월도(月刀)의 품새였다. 표철주는 흑의인이 자신과 같은 품새를 취하는 것을 보고 경악했다.

무슨 까닭인가.

표철주는 더욱 긴장되면서 정신을 집중할 수가 없었다. 검을 쥔 손바닥에서 끈적거리는 땀이 괴어왔다. 그 순간 공기가 파르르 몸을 떨었다. 표철주는 공기의 떨림으로 흑의인이 공세를 취했다는 사실을 깨달았다. 흑의가 펄럭거리고 검의 예기가 무섭게 쇄도해 왔다. 흑인인은 순식간에 향전격적세로 공세를 전환했다.

　표철주는 어둠을 가르는 미세한 파공성을 듣고 검을 받아쳐 올리려고 했다. 순간 허리를 찔러오던 흑의인의 검이 갑자기 방향을 바꾸어 표철주의 왼쪽 어깨를 노리고 사선으로 내려쳐 왔다. 표철주는 팽그르르 몸을 회전시키며 월야참선세를 펼쳐 받아쳤다.

　창!

　검과 검이 부딪치면서 손목이 시큰하고 팔꿈치가 찌르르 울렸다. 표철주는 하마터면 검을 떨어뜨릴 뻔했다. 표철주는 깜짝 놀라 눈을 크게 뜨고 흑의인을 쳐다보았다.

　팟!

　흑의인이 어둠 속에서 땅을 박차고 허공으로 몸을 숫구쳤다. 흑의인의 옷자락이 어둠 속에서 세차게 펄럭거렸다. 표철주도 재빨리 허공으로 몸을 날렸다. 허공에서 흑의와 백의가 펄럭이면서 검광이 난무했다. 백광은 표철주의 검에서 뿜어지는 빛이고 청광은 흑의인의 검에서 뿜어지는 빛이었다. 그러나 불과 몇 합을 부딪치지 않아 우열이 드러났다. 표철주는 흑의인과 몇 번을 부딪치자 그가 자신보다 월등한 고수라는 것을 알 수 있었다. 표철주는 흑의인의 공격을 방어하기에 급급했다. 흑의인의 예리한 칼끝이 눈앞에서 섬광처럼 빠르게 쇄도해 왔다.

　'아……!'

　표철주는 청광이 눈앞에서 번쩍이자 절망감이 엄습해 왔다.

　'너무 빠르다.'

272

표철주는 허공에서 몸을 뒤집었다. 그 순간 예리한 검기가 가슴을 베고 지나갔다. 가슴의 옷자락과 살이 베이고 피가 뿜어졌다.

"핫!"

흑의인은 표철주가 품새를 바로 하기도 전에 파도가 몰아치듯이 공격해 왔다. 그가 어찌나 빠르게 움직이는지 그림자만 보일 뿐 검을 볼 수 없었다.

"앗!"

표철주는 흑의인의 검기가 어깨를 베고 지나가는 것을 느끼면서 지붕으로 추락했다.

'위험하다.'

표철주는 지붕에 내려서자마자 흑의인이 3장(丈) 높이로 날아오른 뒤 자신의 정수리를 향해 검을 내리찍는 것을 발견했다. 상골분익세의 격세(擊勢)였다.

휘익!

표철주는 빠르게 창룡귀동세를 펼쳐 허공으로 솟구친 뒤 몸을 뒤집어 흑의인의 허리를 베려고 했다. 순간 흑의인의 검이 번개처럼 방향을 바꾸어 표철주의 복부를 찔러왔다.

'졌다!'

표철주는 흑의인의 검세를 피할 수 없다는 사실을 깨닫고 눈을 감았다.

어둠 속에서 검과 검이 부딪치는 요란한 금속성이 들렸다. 이영은 손목이 시큰한 것을 느끼면서 깜짝 놀라 검을 거두었다. 어느 사이에 나타났는

가. 상대방의 복부를 찌르는 이영의 검을 튕겨 나가게 만든 것은 백영이 사용하는 연화검이었다.

'계집……'

이영은 분 냄새가 코를 찌르는 것을 느끼면서 지붕 위에 서 있는 백영을 보고 흠칫했다. 이 정도의 무예 솜씨를 가지고 있고 연화검을 쓰는 검녀는 좌포도청 다모 이향뿐이었다.

'저 계집이 아직도 살아 있었군.'

이영은 백의를 표표히 날리고 서 있는 이향을 쏘아보았다.

'좌포도청이 연잉군을 보호하는 것인가?'

이영은 검을 앞으로 뻗은 채 두 남녀를 노려보았다. 연잉군을 자격하는 시늉을 하는 이영을 막아선 것은 처음 보는 사내놈이었다. 검술이 정심하지는 않지만 호쾌한 기상이 있었다.

'둘 다 내 상대는 되지 못한다.'

이영은 가쁜 호흡을 고르면서 생각했다. 두 남녀의 검술이 상대가 되지는 않지만 둘이 연합을 하여 공격하면 승패를 예측할 수가 없다. 연잉군을 시해하는 계획도 아니니 철수하는 것이 바람직할 것이다. 이영은 그런 생각이 뇌리를 스치자 어둠 속으로 몸을 날렸다.

"누님……."

표철주는 흑의인이 어둠 속으로 사라지는 것을 망연히 바라보다가 이향에게 다가갔다.

"날이 밝으면 황 의원의 집으로 와라."

이향이 표철주에게 말하고 어둠 속으로 몸을 날렸다. 그녀의 신형이 순식간에 어둠 속으로 사라져 버렸다.

'누님이 다시 나타났어.'

표철주는 꿈인 듯이 현실감이 느껴지지 않았다. 마당에서 군사들이 와글대는 소리가 들렸다. 표철주는 지붕 위에서 마당으로 가볍게 내려섰다.

"네가 좌대장 장붕익이 보낸 검사냐?"

군사들 앞으로 김용택이 나서면서 표철주에게 물었다.

"예."

"그러면 좌포도청 포교인 것이냐?"

"소인은 송파나루 객주의 차행수입니다."

"이름이 무엇이냐?"

"표철주라고 하옵니다."

"검술이 출중하구나. 한데 어찌하여 좌대장이 너를 보낸 것이냐?"

"마포나루에 중한 일이 있다고 하여 소인을 보냈습니다."

"검은 옷을 입은 자객이 누구인지 알겠느냐?"

"검계로 알고 있을 뿐 자세한 내막은 모르옵니다."

"나중에 나타난 흰옷 입은 자는 누구냐?"

"소인은 모르는 자이옵니다."

표철주는 이향의 정체를 밝히고 싶지 않았다.

"어찌 되었거나 이현궁에 출몰한 자객을 막았으니 가상하다. 날이 밝을 때까지 호위를 계속하도록 하라."

"예."

표철주가 머리를 조아렸다. 김용택은 군사들에게 단단히 경계를 하라고 이르고 김창집의 집을 향해 달려가기 시작했다.

"연잉군을 시해하려고 한 자가 있었다고? 이현궁에는 숙빈 마마까지 계시지 않느냐?"

김창집이 경악하여 소리를 질렀다. 숙빈이 출궁을 했기 때문에 이현궁에는 대궐의 내금위 무사들까지 동원되어 삼엄하게 호위를 하고 있었다.

"그러하옵니다."

"허어! 대체 그자가 누구냐?"

"그야 소론이나 남인이 아니겠습니까?"

"숙빈 마마나 연잉군께서는 무사하신 것이냐?"

"예. 좌대장이 보낸 표철주라는 검사가 자객을 막아냈습니다. 검술이 고명한 자였습니다."

"표철주는 무엇을 하는 자냐?"

"송파나루의 차행수라고 하옵니다. 시정에서 협객질을 하는 호한인 듯했습니다."

"연잉군이 이제 사저에서 살게 되었으니 호위가 무엇보다 중요하다. 그 검사를 호위무사로 쓰는 것이 어떠냐?"

"소인도 대감댁으로 오면서 그 생각을 하였습니다."

"전하께서 남인들을 다시 등용하고 있다. 단단히 준비를 하지 않으면 안

276

된다."

"예."

김용택은 머리를 깊숙이 조아리고 김창집의 집에서 물러나왔다.

장붕익은 포도청에 잡혀 들어온 무뢰배들을 쓸어보았다. 김용택은 노론
이 뒷배를 봐주고 있는 객주들과 밀접한 관련이 있는 무뢰배들을 방면해
주라고 말했다. 소론과 남인들의 자금줄을 끊어 그들을 재기하지 못하게
제거하려는 것이다. 그러나 소론과 남인들이 뒷배를 봐주고 있는 객주들도
호락호락하지 않았다. 장붕익은 이 기회에 노론이든 소론이든 남인이든 당
색을 가리지 않고 무뢰배들을 소탕하고 싶었다.

'연잉군저에 자객이 든 것은 남인의 소행이겠지.'

서인들에 대한 남인 강경파들은 허목, 권대운, 오정창 등으로 대부분 숙
청이 되었으나 이중환, 심관, 오광운 등이 활약하고 있었다. 그러나 서인들
은 노론과 소론으로 갈라져 대립하고 있었다. 노론은 연잉군 금을 지지하
고 있었고 소론은 세자 윤을 지지하고 있었다. 연잉군을 지지하는 노론은
김창집, 이이명, 조태채, 이건명, 김용택 등이었고 세자를 지지하는 소론은
최석항, 유봉휘, 이광좌, 조태구, 조태억, 김일중 등이었다.

"내일 아침 용모파기를 대조하여 살인을 하거나 죄질이 나쁜 자는 엄중
히 처벌할 것이다. 저자들을 모두 하옥하고 엄중히 경계하라."

장붕익이 종사관 이종수에게 영을 내렸다.

"예."

이종수가 고개를 숙이고 물러갔다. 장붕익은 마포나루에서 잡아들인 무뢰배들을 노려보고 좌포도청을 나왔다. 전하의 밀지가 내려왔는데 이현궁이 어떻게 되었는지 궁금했다. 그는 말을 타고 바쁘게 이현궁으로 달려갔다. 그가 이현궁에 도착하자 표철주가 나와서 머리를 조아렸다.

"자객이 있었느냐?"

장붕익이 표철주를 쏘아보면서 낮게 물었다.

"예. 다행히 자객을 막았습니다."

"자객을 잡았느냐?"

"검술이 뛰어나 잡지 못했습니다."

"자객이 혼자 왔느냐?"

"예. 검은 옷을 입은 자였습니다."

표철주는 이향의 이야기를 하려다가 그만두었다. 그때 순돌이 달려와서 지붕 위에서 표철주와 흑의인이 한바탕 대결을 벌였던 이야기를 침이 튀기며 떠들어댔다. 오작사령 출신인 순돌은 오랫동안 장붕익의 수족 노릇을 했기 때문에 지기처럼 행동했다.

"흰옷을 입은 자가 도와주었다고? 그자가 누구인지 알겠느냐?"

순돌의 말을 모두 들은 장붕익이 표철주를 향해 물었다.

"어두워서 누구인지 알 수 없었습니다."

"수고하였다."

장붕익은 표철주를 도와준 백의인이 이향이 아닐까 하고 생각했다. 조선에 이름이 알려지지 않은 기인이사들이 많다고는 하지만 지붕 위에서 대결을 벌일 정도로 무예가 뛰어난 자는 얼마 되지 않았다.

'혹여 전하께서 파견한 대내고수인가?'

장붕익은 전하의 용안을 가만히 떠올려 보았다. 그에게 밀지를 내린 것이 불안하여 전하께서 대내고수를 보냈는지 알 수 없었다. 전하를 호위하는 것은 우림아, 또는 별감이라고 부르는 내금위들이지만 전통적으로 그림자 무사인 대내고수를 거느리고 있었다.

대내고수가 조선 왕조에서 처음으로 모습을 드러낸 것은 효종조 때였다. 효종이 하루는 군사들의 훈련을 참관하다가 당시 군사 훈련을 맡고 있던 김체건을 불렀다.

"그대의 습진이 매우 잘되었다. 하나 이 진이 뚫리지 않는다고 장담할 수 있겠는가?"

김체건은 훗날 검선이라고 불릴 정도로 조선제일의 검객으로 알려져 있었다.

"이 진을 뚫는 자는 천하에 없을 것입니다."

김체건이 자신감에 넘쳐서 대답했다.

"과인이 고수를 시켜서 뚫어보랴?"

효종이 웃으면서 김체건에게 물었다.

"전하, 부디 신의 견문을 넓혀주소서."

김체건이 허리를 숙이고 아뢰었다. 효종이 대전 내관에게 무어라고 지시하자 대전 내관이 황급히 어디론가 갔다.

"나의 고수들은 준비가 되었다. 그대도 준비하라."

효종의 영이 떨어지자 김체건은 무예가 가장 뛰어난 무사들을 동원하여 겹겹이 진을 펼쳤다. 김체건이 붉은 기를 흔들 때마다 군사들이 일사불란하게 움직이면서 진을 열고 닫고 하여 정신이 어지러웠다. 그때 군사들이 습진을 하는 저 밖으로 붉은 옷을 입은 말 탄 무사 셋이 나타났다. 그들은 내금위 별감 복장을 하고 있었으나 내금위 무사는 아니었다.

효종이 황금기를 올리자 무사들이 말을 휘몰아 김체건이 펼친 진으로 뛰어들었다. 김체건은 나는 새도 뚫을 수 없는 진이라고 생각했다. 진법도 훌륭하지만 진을 지키는 군사들 또한 최고의 정병들이었다.

'이럴 수가!'

김체건은 세 명의 무사가 진 안으로 뛰어들자 경악했다. 그들은 순식간에 진을 지키는 병사들을 쓰러뜨리고 김체건의 눈앞까지 질풍처럼 쇄도해 왔다. 순식간에 일어난 일이었다. 그들이 언제 손을 썼는지 병사들이 하나같이 연무장에 쓰러져 나뒹굴고 있었다.

"핫핫핫! 이들은 나의 대내고수들이다. 한 번도 얼굴을 드러낸 일이 없으니 그리 알라."

세 명의 대내고수들은 붉은 천으로 얼굴을 가리고 있었기 때문에 정체조차 알 수 없었다. 조선의 임금들은 한 사람도 칼이나 창 같은 병기에 시해된 사람이 없었다. 이는 실력이 막강한 대내고수들이 임금을 지키고 있기 때문이었다. 대내고수의 존재가 알려진 것은 그때가 처음이자 마지막이었다.

"자객이 들었다고 하는데 어찌 되었는가?"

그때 숙빈이 궁녀를 거느리고 내당에서 나왔다.

"송구하옵니다. 자객은 물러갔다고 하옵니다."

장붕익은 재빨리 머리를 조아렸다.

"자객을 놓쳤는가?"

"자객의 검술이 뛰어나 놓쳤다고 하옵니다."

"연잉군이 사저에 나와 살 터인데 벌써 자객이 들면 어찌한단 말이냐?"

"망극하옵니다. 소인들이 경비에 만전을 기할 것이오니 안심하소서."

장붕익이 다시 허리를 숙였다.

"장 대장은 잠시 내실로 들어오게."

숙빈이 먼저 이현궁의 내당으로 들어갔다. 장붕익이 숙빈을 따라 내당
으로 들어가자 숙빈이 궁녀를 시켜 차를 내오게 했다. 숙빈은 장붕익이 차
를 다 마실 때까지 아무 말도 하지 않았다.

"장 대장은 강직한 사람이고 또 우리 연잉군을 지키는 사람이니 내 긴한
이야기를 하겠소."

"예."

"이런 말은 망극하여 입에 담을 수 없으나 장 대장만이라도 대궐의 사정
을 알아야 할 것이오."

"소인, 귀를 씻고 듣겠사옵니다."

"지금부터 내가 하는 말은 무덤 속에 들어갈 때까지 비밀을 지켜야 하
오."

"마마, 무슨 말씀이시옵니까?"

"이 비밀이 누설되면 장 대장 일가는 살아남지 못할 것이고 나 또한 온전

하지 못할 것이오."

"사안이 그토록 중요하다면 말씀하지 마십시오."

"아니오. 장 대장이 반드시 알아야 하오."

장붕익은 전신이 팽팽하게 긴장되었다.

"말하기 민망하지만 세자 저하께서는 지병이 있어서 양도가 부실하오."

"마마."

장붕익은 깜짝 놀라 숙빈을 쳐다보았다.

"저하께서는 후사를 보지 못하오. 대내에서는 공공연한 비밀이오."

"하오나 그 말씀은……."

"연잉군의 생사가 왜 중요한지 이제 알겠소?"

숙빈의 말은 연잉군이 세자를 대신하여 왕이 될 수 있다는 말이어서 장붕익은 가슴이 세차게 뛰었다. 세자 쪽에서 알게 되면 이런 말을 하는 자는 역적이 되어 능지처사를 당하게 되고 듣고 있는 자도 역적이 되어 처형을 당한다.

"내 말을 곡해하지 마시오."

"……."

"내 말은 연잉군을 세제로 책봉한다는 뜻이 아니오. 전하께서는 세자 저하에게 측은지심을 갖고 계시오. 국본을 바꾸는 일은 결코 없을 것이오."

"……."

"다만 후사를 보지 못하기 때문에 세제가 될 수는 있소. 하나 대신들이 전하의 이런 어심을 모르고 세자 편, 연잉군 편으로 갈라져 싸운다면 전하께서 용서하지 않을 것이오."

전하가 대신들에게 원하는 것은 무엇인가. 다음 순간 장붕익은 선하의 어심을 이해했다. 세자 저하가 후사를 생산하지 못한다면 연잉군이 세제로 책봉된다. 그러나 그것은 세자 저하가 보위에 오른 뒤에야 가능한 일이다. 전하가 걱정하는 것은 대신이 어차피 연잉군이 세제가 된다면 세자를 해칠 가능성이 있고, 이를 방어하기 위해 세자가 연잉군을 해칠 수도 있어서 형제간에 살육전이 벌어질 가능성이 있다는 점이었다. 전하는 두 아들 중에 누구도 잃고 싶지 않은 것이다. 그렇다고 세자 저하가 양도가 부실하다고 공개적으로 밝혀서 그러잖아도 희빈 장씨의 죽음과 병으로 우울한 날을 보내고 있는 세자 저하를 슬프게 하지 않으려는 것이다.

"전하의 어심을 알겠습니다."

장붕익은 숙빈이 그에게 이런 말을 하고 있는 의도를 알게 되었다.

"그대는 연잉군을 어떠한 일이 있어도 보호해야 하오."

"예."

"오늘 무사가 지붕 위에서 결투를 벌였다고 하는데 그를 호위무사로 쓰는 것이 어떻소?"

"그자라면 호위무사로 써도 괜찮습니다. 다만 시정의 협객이라……."

"연잉군만 잘 보호하면 상관이 없지 않소?"

"그렇게 하겠습니다."

"밤이 늦었으니 장 대장도 돌아가 쉬도록 하시오."

"예."

장붕익은 숙빈에게 인사를 하고 내당에서 나왔다. 표철주와 순돌이 내당 앞에서 기다리고 있었다. 장붕익은 표철주에게 호위를 철저히 하라는 지시를 내리고 좌포도청으로 돌아왔다. 이미 새벽이었다. 장붕익은 포도청 구류간을 돌아보고 정청으로 돌아와 직소로 들어갔다. 아침 일찍부터 무뢰배들을 신문하고 보고서도 작성하여 한성부와 병조, 형조로 보내야 했다. 포도청은 한성부와 병조의 지휘를 받고 있었으나 사건이 발생하면 형조에도 보고를 해야 했다.

'세자 저하께서 양도가 부실하다고?'

양도가 부실하다는 것은 자식을 낳을 수 없다는 말이다. 성년이 된 지 여러 해가 되었는데도 세자빈이 잉태 한 번 하지 않았다는 것이 그 사실을 증명했다.

표철주는 연잉군에게 공손히 절을 올렸다. 이제는 상단의 차행수 대신 연잉군의 호위무사가 되어야 한다. 지난밤에 자객이 들기는 했으나 호위무사를 하는 것이 차행수보다 훨씬 수월할 것이라고 생각했다. 너구나 만약에 연잉군이 보위에 오르기라도 하는 날이면 별감이 될 수도 있다.

"표철주라고 했느냐? 이제 내 목숨을 너에게 맡길 것이니 잘 부탁한다."

연잉군이 밝게 웃으면서 표철주를 보았다. 왕손들 중에 가장 총명하다는 연잉군이다. 눈에는 반짝이는 재기가 엿보이고 목소리는 맑고 또렷하다.

"황송합니다."

"나는 외출을 자주 하지 않을 것이다. 그러니 크게 걱정할 것은 없다."

연잉군은 죽음까지도 초연한 태도였다. 나이 어린 왕자로는 느물세 담대한 성품을 갖고 있었다.

"나는 학문을 좋아한다. 내가 거처하는 사랑이 항상 조용했으면 좋겠구나."

표철주는 어린 왕자에게서 범접할 수 없는 기도가 풍기는 것을 느꼈다.

"소인은 행랑채에 기거하겠습니다."

"어머니께서 이현궁 옆에 집 한 채를 마련하셨다. 거기서 살도록 해라. 내관이 일러줄 것이다."

"황송합니다."

표철주는 절을 올리고 연잉군 앞에서 물러나왔다. 장붕익이 가기 전에 연잉군 저의 호위무사를 하라고 했는데 이미 연잉군이나 숙빈과 이야기가 있었던 듯했다.

"가자."

내당에서 나오자 내시 최영조가 앞장을 섰다. 최영조는 내시가 된 지 얼마 되지 않은 듯 20대 후반의 젊은 사내였다. 표철주는 최영조를 따라 이현궁을 나와 길을 걸었다. 이현궁에서 불과 2백 보도 떨어지지 않은 곳에 행랑채까지 갖춘 아담한 기와집이 한 채 있었다. 대문을 열고 들어서자 깨끗하게 비질이 되어 있는 마당과 장독대, 그리고 대청이 보였다. 대청 좌우로 방이 하나씩, 왼쪽으로 사랑이 있었다.

"여기가 너의 집이다. 너의 살림살이며 일용할 양식은 이현궁에서 대줄 것이니 들어와서 살도록 해라."

표철주는 이현궁의 집이 너무나 마음에 들었다. 득달같이 송파나루로 달려가서 예분과 장춘삼 일가에게 자초지종을 설명했다.

"연잉군 마마께서 왜 우리에게 집을 주시는 거야?"

예분이 이해할 수 없다는 듯이 눈을 깜박거리면서 물었다.

"내가 호위무사라고 했잖아?"

"호위무사면 관리가 된 거야?"

"관리인지는 잘 몰라도 언젠가는 별감이 될 수 있다고 했어."

예분은 표철주의 말에 반신반의하고 있는 것 같았다.

"아따, 우리 철주가 출세를 하여 집이 생겼는데 왜 그래? 어찌 되었건 집 구경을 가보면 알 게 아니야?"

영달이 기분 좋은 표정으로 말했다. 장춘삼과 오씨도 흐뭇한 표정으로 즐거워했다. 표철주는 황 의원의 집으로 달려갔다. 그러나 이향은 그곳에 없었다.

'내가 너무 늦게 왔나?'

표철주는 송파나루의 객주로 발걸음을 돌렸다.

"연잉군 마마의 호위무사라……. 어쩌면 잘된 일인지도 모르겠네."

하영근 객주의 행수 이철환이 말했다. 그는 하영근의 책사와 같은 사람이었다.

"잘된 일입니까?"

"차행수 일은 걱정하지 않아도 되니 연잉군 마마를 잘 지켜드리게. 자네에게도 복이 있을 걸세. 내 가끔 들를 테니."

이철환은 이사하는 비용에 쓰라면 돈까지 5백 냥을 주었다. 표철수는 오후가 되자 장춘삼 일가와 함께 이현궁 집으로 왔다. 예분과 오씨는 집을 둘러보면서 좋아했고 영달은 방마다 돌아다니면서 대궐 같다고 호들갑을 떨었다. 이현궁에서는 30대 초반의 과부까지 보내서 집안을 돌보게 했다.

"이현궁의 여종입니다. 영월댁이라고 합니다."

영월댁은 얼굴이 음전하여 영달이 정신을 차리지 못하게 했다.

"살림살이가 모두 갖춰져 있네. 쌀이며 침구, 그릇, 장독대까지…… 어쩌면 이렇게 세심한 배려를 하셨느냐?"

오씨가 감탄하여 어쩔 줄을 몰라 했다.

"이제 누님도 호강하게 되었습니다."

영달이 너스레를 떨었다. 표철주는 간단히 짐을 꾸려서 이사를 했다. 그러나 장춘삼과 오씨는 뜻밖에도 새집으로 이사를 하지 않았다. 오씨만 며칠 동안 새집에 머물면서 이것저것 구경도 하고 깨끗한 방에서 잠을 자다가 돌아갔다. 영달은 장춘삼이 송파나루로 돌아가자고 했으나 자신도 호의호식하겠다면서 사랑을 차지하고 주저앉았다. 그는 특별히 하는 일이 없었기 때문에 마당도 쓸고 허드렛일을 하면서 영월댁의 뒤를 따라다니느라고 분주했다.

표철주는 항상 연잉군의 뒤를 따르면서 호위를 했다. 이향이 오라고 했던 황 의원이 살던 집에는 몇 차례 가보았으나 이향은 없었다. 표철주는 그럴 때마다 쓸쓸하게 집으로 돌아오고는 했다.

표철주는 이현궁을 무시로 출입하면서 안팎을 살폈다. 연잉군의 호위무사는 사실상 할 일이 없는 자리였다. 연잉군은 독선생을 모셔놓고 공부를 하거나 이따금 종친을 만나는 것이 고작이었다. 연잉군을 찾아오는 대신들도 더러 있었다. 표철주는 호위무사 일이 좀이 쑤실 정도로 따분했다. 그러나 연잉군이 만나는 사람이 있었기 때문에 정치에 대해서 조금씩 알아가게 되었다. 연잉군은 좌포도청 종사관 장붕익을 좋아했다. 장붕익이 찾아오면 이현궁의 뒷산을 거닐기도 하면서 많은 이야기를 했다.

연잉군의 부인은 서종제의 딸이었다. 13세 때 연잉군과 혼례를 올려 처남 서덕수가 자주 찾아와 연잉군과 어울렸다.

"정국이 조용하다. 마치 살얼음판을 딛고 있는 것 같구나."

장붕익이 연잉군을 만난 뒤에 표철주에게 말했다.

"소인들이 조심해야 할 일이 있습니까?"

"아니다. 편안하게 지내도 될 것 같다."

장붕익은 정국이 어떻게 돌아가는지 읽을 수 있었다. 노론과 소론이 조정에서 균형을 이루면 연잉군은 안전했다. 그러나 소론이 궁지에 몰리고 세자가 위태로워지면 최후의 선택으로 연잉군을 암살할 수도 있다는 것이 장붕익의 지론이었다.

표철주는 장붕익의 이야기를 듣고 연잉군에 대한 경계를 늦추었다. 대신 그는 밤이면 건넌방에서 조용히 책을 읽었다.

"당신이 양반이야, 밤새워 책을 읽게?"

예분은 표철주가 잠자리에 들지 않는다고 건넌방으로 건너와서 투덜거

288

렸다.

"양반만 책을 읽나?"

"과거도 보지 않을 것을 뭣 하러 책을 읽어?"

"세상 돌아가는 이치를 알기 위해 책을 읽지."

"흥! 천민이 책을 읽는다고 돈이 나와, 벼슬이 나와? 빨리 잠이나 자자고."

예분이 속치마 차림으로 표철주에게 달려들면 표철주는 못 이기는 체하며 예분을 안고 잠을 자고는 했다. 그러나 예분이 잠이 들면 다시 건넌방으로 건너와서 책을 읽고는 했다.

"이놈아, 아예 연잉군 마마 졸개 노릇으로 평생을 보낼 셈이냐?"

하루는 거지 대장 광문이 찾아와 투덜거렸다.

"거지가 내 집에는 웬일이야?"

표철주는 책을 읽다가 말고 광문을 맞아들였다. 광문은 집구석에만 파묻혀 있지 말고 바깥바람을 쏘이라면서 우격다짐으로 표철주를 집에서 끌고 나와 다방골로 향했다.

"이놈아, 분단이가 그립지 않으냐?"

"흥. 내 집에도 사지육신 멀쩡한 여편네가 둘이나 있다."

"뭣이여? 그럼 네놈 집에서 일하는 침모를 깔고 누른 것이냐?"

"한량 눈에 치마 두른 여편네가 있는데 어찌 그냥 두겠느냐?"

"에끼, 불학무식한 놈아! 어찌 집에서 일하는 여종에게 수작질을 해?"

"헐헐. 실은 영월댁은 손대지 않았다. 우리 처외삼촌이 눈독을 들이고 있는데 내가 어찌 욕심을 내겠냐? 한데 요즘 분단이는 어찌 지내냐? 내가 그립다고 안 하던?"

"분단이는 이조판서 대감의 무르팍에서 놀지. 그 대감이 장안의 부호 아니냐?"

"하아, 분단이가 이번에는 한밑천 우려낼 수 있을까 모르겠구나."

"어떠냐? 오늘 밤에 기루나 한 바퀴 돌지 않으련?"

"요즘 누가 소리를 잘하냐?"

"소리는 계섬이가 잘하고 요분질은 소영이가 잘하지."

"그럼 소리 잘하는 계섬이는 네가 취하고 요분질 잘하는 소영이는 내가 차지하기로 하자."

"헐헐. 이놈아, 계섬이를 네가 취해라. 계섬이도 허리질은 만만치 않더라."

표철주는 광문과 시답잖은 이야기를 주고받으면서 기루로 향했다.

검은 옷을 입은 흑의인이 이향이리고는 꿈에도 생각하지 못했다. 표철주는 광문과 함께 계섬이가 있는 기루에서 술을 마신 뒤에 분단이를 찾아갔었다. 조현명 대감이 올 것이라면서 앙탈을 하는 분단을 옆구리에 꿰차고 담장 위로 날아올라 골목으로 내려섰을 때, 예리한 검기가 뒤통수를 향해 쇄도해 오는 것을 느끼고 표철주는 경악하여 몸을 바짝 숙였다. 그 순간 예리한 검기가 머리 위의 허공을 베고 지나갔다

'인기척도 느끼지 못했는데 어느 사이에 나타났단 말인가?'

표철주는 전신이 팽팽하게 긴장되는 것을 느꼈다. 분단을 골목에 내려 놓고 뒤를 돌아보았다. 그 순간 그의 얼굴을 노리고 무시무시한 검기가 뻗쳐 왔다. 표철주는 깜짝 놀라서 순식간에 보세를 취해 뒤로 물러섰다. 그러나 검기는 그림자처럼 그의 전신 요혈을 노리고 따라붙으며 공격을 퍼부었다. 숨 돌릴 틈도 없는 맹렬한 공격이었다.

'무서운 고수다.'

표철주는 머리카락이 일제히 곤두서는 것을 느끼면서 칼을 뽑아 들었다. 표철주를 사정없이 공격하는 상대방은 흑의인이었다.

팟!

어둠 속에서 허공을 가르는 바람 소리가 들리면서 흑의인이 분단을 향해 검을 내려쳤다.

"앗!"

표철주는 대경실색하여 분단을 향해 내려치는 검을 막았다. 요란한 금속성이 울리면서 불꽃이 일어났다. 흑의인은 표철주와 분단을 번갈아 공격해 표철주를 당황하게 만들었다. 표철주를 향해서만 공격하면 얼마든지 막을 수도 있을 것 같았다. 그러나 표철주를 향해 공격하던 검세를 별안간 바꾸어 분단을 공격할 때는 정신이 없었다.

"에구머니!"

분단의 입에서 짧은 비명 소리가 흘러나왔다. 어느 사이에 흑의인이 공격했는지 분단의 옷자락이 수십 조각으로 베어져 허연 살덩어리가 드러나 있었다.

"도망가라, 내가 막을 테니!"

표철주는 분단의 앞을 막아서면서 소리를 질렀다. 흑의인이라면 이향을 죽일 뻔한 일이 있는 고수이고 연잉군의 사저인 이현궁에 출몰했던 자객이다. 표철주보다 무예가 훨씬 뛰어난 자인 것이다.

"어서 도망가!"

표철주가 분단을 향해 다급하게 외쳤다. 분단이 허겁지겁 도망을 치기 시작했다. 표철주는 흑의인이 분단을 공격하는 것을 막기 위해 검을 세워 들었다.

"음탕한 놈."

그때 흑의인이 검을 거두면서 말했다. 여자의 목소리다. 순간 표철주는 흑의인이 이향이라는 것을 깨달았다.

"누님!"

표철주의 입에서 저절로 반가운 외침이 터져 나왔다.

"이제야 알아보느냐? 누님이라고 부르지도 마라. 나에게 언제 너 같은 동생 놈이 있었느냐?"

이향이 쌀쌀맞게 내뱉었다.

"죄송합니다."

"그동안 한량이 다 되었더구나. 기생 년들이나 후리고 다니고 잘하는 짓이다."

이향이 화를 벌컥 내고 어둠 속으로 몸을 날렸다.

"누님!"

표철주는 재빨리 이향을 따라 신형을 날렸다. 이향은 한 마리 비조처럼 몸을 날려 담장과 지붕 위를 날고 있었다. 표철주도 이향을 따라 담장과 지붕 위로 날아올랐다. 그들은 새처럼 호선을 그리면서 숲에 이르렀다.

"누님."

"왜 따라오는 거야?"

"누님이 보고 싶었어요."

"음탕한 짓이나 하고 돌아다니는 주제에……."

원망이 서린 목소리였다. 표철주는 등을 돌리고 서 있는 이향에게 다가가 허리를 안았다. 그러자 이향이 쓰러지듯이 표철주의 품에 안겼다. 표철주는 이향을 세차게 끌어안고 입술을 포갰다. 그리움이라고 해도 좋았다. 황 의원의 집에서 이향이 떠난 뒤 하루도 그녀를 잊은 적이 없었다. 표철주를 떠밀어낼 듯하던 이향이 그의 목에 두 팔을 감았다.

길고 긴 입맞춤이 이어졌다.

달빛이 흘러내린 숲 속이라 더욱 좋았다. 촉촉하게 밤이슬이 내리고 있었으나 상관하지 않았다. 표철주는 이향과 하나가 되어 숲에서 뒹굴었다.

이향은 표철주가 그녀의 몸속 깊숙이 침입해 들어오자 이를 악물었다. 얼마나 기다려 왔던 순간인가. 얼마나 그를 그리워했는가. 미칠 듯한 그리움 때문에 밤마다 잠을 이루지 못했었다. 문득 황 의원, 아니 사암 도인의 얼굴이 떠올랐다.

"연을 끊기가 정녕 쉬운 것이 아닌 모양이구나."

황 의원, 아니, 사암 도인이 그녀가 번민하는 것을 보고 탄식했다.

"하기야 남녀가 연분이 나는 것을 어찌 막겠는가. 도를 깨우치는 것도 자연으로 돌아가는 것이니 자연에 순응해야지 억지로 거스를 수는 없어."

이향은 사암 도인의 말을 알아들을 수가 없었다.

"대사님, 소인이 미욱하여 번뇌가 떠나지를 않습니다."

이향이 괴로워하면서 말했다.

"억지로 번뇌를 떼어버리려는 것도 집착이다. 집착이 있으면 해탈할 수 없는 법."

"소인은 이제 어찌해야 합니까?"

"고뇌의 바다에 빠졌으니 어찌하겠는가? 바다로 돌아가야지."

"바다로 돌아가라는 말씀은……."

"속세로 돌아가라는 뜻이다. 내일 아침 떠나거라."

"대사님께서는 어찌할 생각이십니까?"

"나는 이미 바람 따라 구름 따라 떠도는 몸이다."

"대사님의 존성대명은 어찌 되옵니까? 소녀를 거두셨으니 한자라도 일고 싶습니다."

"알 것 없다."

이향이 떠나기 위해 아침에 인사를 드리러 가자 사암 도인의 방은 썰렁하게 비어 있었다. 이향은 어쩔 수 없이 금강산에서 하산하여 송파나루로 돌아왔다. 그러나 표철주 앞에 선뜻 나설 수가 없었다. 좌포도청으로 찾아가 다모를 할 수도 있었으나 자신을 보는 장붕익의 눈을 감당할 수 없었다.

다모는 관비나 다름이 없다. 관장이 천침을 들라고 하면 들 수밖에 없다.

좌포도청에서 다모 일을 할 때도 숱한 관리들이 그녀를 범간하려고 달려들었다.

"나리, 소인의 무예 솜씨를 한번 보시겠습니까?"

이향은 그럴 때마다 자신에게 달려드는 관리들을 떼어놓고 칼을 꺼냈다.

"다모 년이 무슨 무예냐?"

관리들은 이향을 대수롭지 않게 생각했다.

"한 번 보시면 견문을 넓힐 수 있습니다."

"그러냐? 그러면 네 알량한 솜씨를 보자꾸나."

관리가 큰기침을 하고 앉으면 이향은 연화검을 꺼내 절초를 몇 수 선보이고는 했다. 허공에 백광이 번뜩이고 칼바람 소리가 요란해지면 대개의 관리들은 무인이라고 해도 얼굴이 창백하게 변해 달아나고는 했다.

이향은 좌포도청에 들어가지 않고 황 의원의 집에 머물렀다. 때때로 표철주의 집을 찾아가 그의 동정을 엿보고는 했다.

'어쩌면 저렇게 변했을까?'

표철주가 양수척의 일을 하지 않고 하영근 객주의 상단에서 차행수 일을 하면서 한량 짓을 하는 것을 본 이향은 실망했다. 표철주는 옛날의 순진했던 소년이 아니었다. 무예도 뛰어날 뿐 아니라 기루의 조방이나 별감, 한량 등 장안의 무뢰배들과 어울려 패싸움을 벌이고 기생집에서 잠을 자는 일이 허다했다.

이향은 표철주의 그런 모습을 볼 때마다 두 다리에 맥이 풀리는 듯한 기분이었다. 그러나 그러면 그럴수록 표철주에 대한 그리움은 더욱 강렬해지고 있었다.

'그의 첩이라도 되고 싶다.'

이향은 그런 생각이 들면 스스로 화들짝 놀라고는 했다. 한때 호남의 선비 소응천의 첩 노릇을 한 일이 있었다. 그때 소응천이 자신에게 걸맞지 않은 사내라고 생각하여 버리고 떠나왔는데 길거리의 잡초 같은 사내에게 마음이 끌리는 것을 이해할 수 없었다.

몇 년 동안 꼭꼭 닫아놓고 있던 여인의 문이었다.

이향은 미칠 듯한 쾌감에 몸을 떨면서 회상에서 깨어나 짐승처럼 신음하고 짐승처럼 울었다.

'나는 너 없으면 못살 것 같아.'

이향은 표철주를 받아 안으면서 요기를 뿜었다. 30대의 농염한 여인의 색기가 표철주를 만나 폭발하고 있었다. 허다한 기생질로 여자에게 이력이 나 있는 표철주였다. 한 손으로는 이향의 풍만한 가슴을 애무하면서 입술을 덮쳐눌렀다.

2권에 계속……